W0070348

Was tun, wenn man in einer Flughafenbar in Zürich die Liebe seines Lebens kennenlernt, die auch nach Paris fliegt, nur leider in einer anderen Maschine?

Dergestalt vom Schicksal gelockt und zugleich gebeutelt gibt der Ich-Erzähler aber nicht so schnell auf. Er macht sich auf die Suche nach der Traumfrau Eliane und trifft sie tatsächlich wieder, im Louvre. Zufall? Oder geschickte Planung von zarter Frauenhand?

Während einer Vortragsreise in Amsterdam wurde ihm aus dem Hotel sein Manuskript gestohlen und später unter dem Namen Ubus in einer Fachzeitschrift publiziert. Ubus folgt ihm auf seinen Auslandsreisen, nach Berlin, nach China. Wer ist Ubus?

Ein Unterhaltungsroman auf höchstem Niveau, von dem eleganten Erzähler Luigi Malerba, der den Träumen unserer Phantasie genausoviel Existenzberechtigung gibt wie der sogenannten Realität.

»Ein einzigartiger komischer Thriller: spannend und geheimnisvoll.«   Paulo Mauri, *La Repubblicca*

Luigi Malerba
Elianes Glanz

ROMAN

Aus dem Italienischen
von Moshe Kahn

Verlag Klaus Wagenbach   Berlin

Unter dem Himmel von Amsterdam

Was tat ich da eigentlich, um acht Uhr morgens, auf der Straße am Herenkanal, Ecke Leidsegracht, im Zentrum von Amsterdam, vor dem Hotel Rembrandt? Eine Straße voller Melancholie zu dieser Stunde, bei diesem grauen Himmel, dessen Grau sich im reglosen Wasser des Kanals widerspiegelte, die Luft noch schwer von der Feuchtigkeit der Nacht. Auf der Wasseroberfläche schwammen Blätter, die von den Linden am Straßenrand heruntergefallen waren, und hier und da, inmitten der Blätter, die Flecken weißer Papierflugzeuge, die ich in der Nacht, vor dem Einschlafen, vom Fenster des Hotels hatte hinuntersegeln lassen. Ich konnte gar nicht glauben, daß es so viele waren. Allesamt von der Schlaflosigkeit oder, genauer gesagt, vom »Waldkauzsyndrom« hervorgebracht, einer weniger augenfälligen Disposition zur Schlaflosigkeit. Eine Disposition, die eine ganze Nacht oder auch viele aufeinanderfolgende Nächte auftreten kann und daher am Ende zu wirklicher Schlaflosigkeit führt.

Von den sprichwörtlichen Asketen des Orients habe ich gelernt, an das Gegenwärtige zu denken, ich tue etwas und denke an das, was ich tue, auch wenn ich einfach nur durch eine Straße gehe oder ein Glas klares Wasser trinke. Doch diese Straße prägt sich meinem Gedächtnis ein, und wenn es sich lohnt, sich ihrer zu erinnern, werde ich mich ihrer erinnern, selbst über den Zeitraum von hundert Jahren hinweg, und wenn dieses Glas Wasser eine besondere empirische Empfindung in mir auslöst, wird auch diese im Gedächtnis festgehalten und in dem überquellenden Lager meiner Erfahrung abgelegt. Ansonsten aber versinkt sie im Dunkel des

Vergessens, einer Leere, so endlos und staubig wie die Wüste Gobi. Daher achte ich auf alles, was sich um mich herum ereignet, auch auf die langweiligen, weit abschweifenden Bruchstücke der tagtäglichen Wirklichkeit, auf all die zu vergessenden Glas Wasser, die sich somit nicht unnötig in meinem Gedächtnis anhäufen, und behalte den wohlüberlegten Pausen am Tag nur die Gedanken, Vorstellungen, Aussichten und Empfindungen vor, die ich in meinem Gedächtnis festgehalten habe.

Und jetzt bin ich noch immer hier, eingehakt am Arm der blassen Mnemosyne, der Mutter der neun Musen, und gehe seit drei viertel Stunden unter dem Himmel von Amsterdam auf und ab, auf der Straße am grauen Herenkanal, Ecke Leidsegracht, im Stadtzentrum, vor dem Hotel Rembrandt, drei Sterne.

Auf dem Bürgersteig hat sich eine milchkaffeefarbene holländische Taube mit ihren Füßen in einem schwarzen Plastikbeutel verheddert und versucht verzweifelt, aufzufliegen. Unmöglich für die arme Taube, sich von dem Plastikbeutel zu befreien und von der Erde aufzusteigen, sie schlägt die Flügel, es gelingt ihr, sich ein wenig hochzuheben, aber dann fällt sie wieder ins tote Laub zurück, das auf der Straße von dem Plastikbeutel durcheinandergewirbelt wird, der sie an der freien Bewegung der Flügel hindert. Das arme Ding begreift nicht, was da mit ihr geschieht. Immer wieder gelingt es ihr, sich eine Handbreit hochzuschwingen, aber dann stürzt sie gleich wieder zur Erde. Wenn sie ins Wasser fällt, ertrinkt sie, sagte ich zu mir und versuchte, mich vor den Kanal zu stellen, um sie auf den Bürgersteig vor den Häusern zu drängen, wo sie in Sicherheit wäre.

Der Plastikbeutel war immer noch in den Füßchen verheddert und machte jedesmal Geräusche in der Luft, wenn sie einen Flugversuch unternahm. Das Drama der holländischen Taube lieferte mir den Vorwand, auf dieser Straße stehenzubleiben, ohne die Aufmerksamkeit der wenigen Passanten auf mich zu lenken oder derjenigen, die mich von den Fenstern der Häuser aus beobachten konnten, die am Kanal lagen (auch wenn es unwahrscheinlich war, daß sich ein Mann oder eine Frau um diese Zeit an einem der Fenster der Häuser gezeigt hätte, die am Herenkanal, Ecke Leidsegracht lagen).

Ein paarmal hatte ich den Versuch unternommen, mich der milchkaffeefarbenen Taube zu nähern, um sie von dem Plastikbeutel zu befreien, ohne sie zu erschrecken, doch jedesmal, wenn ich kurz vor ihr stand, entfernte sie sich, schlug verzweifelt mit den Flügeln und mit dem Plastikbeutel. Sie tat einem leid, diese holländische Taube, und ich war erstaunt über das grenzenlose Mitleid, das ich für sie empfand, und vergaß völlig die Unruhe, die der Unbekannte in mir hervorrief, der in ein paar Minuten oder auch in ein paar Stunden aus diesem Hotel kommen sollte. Seinetwegen war ich dort, nicht wegen der Taube.

Jetzt, Mitte Oktober, fingen die Bäume am Kanal an, die letzten Blätter zu verlieren, bald schon würden sie mit ihren winterlichen Skeletten in die Luft ragen. Ein junger Mann ging vorüber, mit langem Bart, von kränklichem Aussehen. Er trug ein grünes T-Shirt mit einem großen weißen H auf der Brust und dem Schriftzug »Grenoble« knapp oberhalb der Gürtellinie. Ein Studenten-T-Shirt, getragen von einem, der mit Sicherheit sein Studium und noch vieles andere aufgegeben hatte. Man sah ihm deutlich an, daß er auf einer Bank oder auf dem Stuhl eines nachts geschlossenen Cafés geschlafen hatte, denn er bewegte sich müde, mit schlurfendem Schritt, wie ein alter Mann, ein Sinnbild für Müdigkeit und Vereinsamung. Oder auch Verzweiflung. Ich fragte mich, wofür dieser Buchstabe, den er auf der Brust trug, wohl stand, und zählte im Geiste in meiner Sprache die negativ besetzten Wörter auf, von *Haine* bis *Homicide*, von *Honte* bis *Hôpital*, und einen Augenblick lang überkam mich die Versuchung, in diese Negativliste auch das Wort *Homme*

9

aufzunehmen. Ich drehte der blöden Taube, die sich weigerte, meine Hilfe anzunehmen, den Rücken zu. Vielleicht hätte ich mich lieber um den einsamen, verzweifelten jungen Mann kümmern sollen, statt um die Taube? Was für einen Unterschied macht das schon? Sie sind beide leidende Wesen, sagte ich mir, einer ist soviel wert wie die andere.

Die Taube von diesem schwarzen Abfallbeutel befreien, eine verbohrte Vorstellung unter dem grauen Himmel von Amsterdam morgens um acht an der Herengracht und ein Alibi zum Herumgehen vor dem Hotel, das nach dem großen Maler benannt ist, ohne Argwohn zu erregen. Doch kaum machte ich einen Schritt auf die Taube zu, hüpfte sie auch schon ungelenk und seitlich geneigt davon, wirbelte ein bißchen Erde hoch und ein paar welke Blätter. Liebe Güte noch mal, ich bin hier, um dich zu retten, begreifst du das, oder begreifst du das nicht? Natürlich war dieses arme Ding nicht einmal in der Lage, eine Richtung einzuschlagen, und früher oder später würde es ins Wasser fallen, wenn es sich nicht von diesem Plastikbeutel befreien konnte, früher oder später landest du im Wasser, liebe dumme holländische Taube. Ich weiß, was ich da sage, wenn ich sage, daß du im Wasser landest. Und schwimmen kannst du nicht.

Ich folgte der Taube mit gesenktem Kopf, hin und wieder machte ich zwei schnelle Schritte, um ihr näher zu kommen, und gab acht, daß nicht ich in den Kanal fiel (denn auch ich kann nicht schwimmen). Ich hatte beschlossen, ihr das Leben zu retten. Die Taube ist das Symbol für Frieden, auch wenn sie nicht weiß ist, sondern milchkaffeebraun. Plötzlich sah ich auf und merkte, daß ich Schritt für Schritt ein ziemliches Stück Weg zurückgelegt hatte. Ich befand mich an der Kreuzung der Herengracht mit der Raathuis Straat, vor einem kleinen Laden mit alten Drucken und Büchern. Über Jahre hinweg waren in Holland anonym verbotene Bücher gedruckt worden, einschließlich Voltaire. Aufrührerische Traktate aus Wissenschaft und Philosophie, sarkastische Pfeile auf die Herrschenden, häretische Satiren, erotische und blasphemische Bücher und alle nur denkbaren sonstigen Schnurren. Hierher, vor dieses kleine Geschäft der alten Grenzkultur, hatte mich die Taube geführt, dann war sie mit ihren ungelenken Sprüngen um die Ecke gehüpft und auf den Stufen des Hotels Barbizon Centre, fünf Sterne, stehengeblieben. Merkwürdiger Zufall, sagte ich mir, da stehe ich vor meinem Hotel, hergeführt von einem ganz gewöhnlichen Abfallbeutel aus Plastik.

Sonst weiter nichts, so laufen nun mal die Dinge in dieser Welt. Du siehst hier in Amsterdam Menschen als Gefangene ihrer Beine, du siehst den dunklen Himmel und Vagabunden, die durch die Straßen schlurfen, humpelnde, hungrige Menschen, in Lumpen gewickelte Bettler vor deinem Fünfsternehotel, du siehst auch junge Menschen, kranke, drogensüchtige, man erkennt sie an ihren Gesichtern, und jedesmal wendest du den Blick von ihnen ab, um sie nicht ansehen zu müssen. Aber wenn du wirklich weinen mußt, dann weine ihretwegen, nicht wegen einer blöden holländischen Taube.

Zum Teufel mit der Taube, die mich hierhergeführt hat, ich werde doch nicht meinen Tag damit verbringen, diesem doofen holländischen milchkaffeefarbenen Vogel nachzulaufen, der mit seinen Füßen in die Falle getappt ist, blöd für ihn. Warum soll ausgerechnet ich mich um die Lösung seiner Probleme kümmern? Warum, du absolut dämliche holländische Taube, soll ausgerechnet ich mich um die Lösung deiner Probleme unter dem Himmel von Amsterdam kümmern? Leck mich doch! Es lohnt sich nicht, meine Schritte, meine Gedanken auf diese Scheißtaube zu verschwenden. Hundertmal leck mich doch! Hätte ich eine Flinte bei mir, würd' ich dich mit einem einzigen Schuß abknallen, saublöder holländischer Vogel, und dann würd' ich dich auffressen, am Spieß gebraten, mit einem Rosmarinzweiglein im Schnabel und ein paar gemahlenen schwarzen Pfefferkörnern im Bauch. Das ist das Ende, das du verdienst!

Schnell ging ich zum Herenkanal zurück, vor das Hotel Rembrandt, von wo ich weggegangen war, um der Taube zu folgen. Meine Uhr zeigte neun Minuten nach halb neun an, aber ich mußte jedesmal noch etwas abziehen, weil alle meine Uhren mindestens eine Minute pro Tag vorgehen. Jahrelang habe ich sie zum Uhrmacher gebracht, um sie richten zu lassen, und jedesmal habe ich zur Antwort bekommen, sie gingen doch völlig einwandfrei. Auf diese Weise habe ich entdeckt, daß sie »meinetwegen« vorgehen. Offensichtlich übertrage ich auf diese trägen, knechtischen Mechaniken einen Teil meiner Energie, eine magnetische Beschleunigung, die kein Uhrmacher je in der Lage sein wird zu korrigieren.

Die Freundesstimme

Ich fing wieder an, den Kanal auf und ab zu gehen, im Parkabschnitt für die Autos, zwischen den einzelnen Bäumen, in der Erwartung, daß der hinterhältige Ubus das Hotel verlassen würde. Wie hinterhältig, wie heimtückisch er eigentlich war, das wußte ich nicht. Am Abend zuvor erhielt ich einen anonymen Anruf von einer Person, die sich als »eine Freundesstimme« bezeichnete, die Stimme einer Frau, die mich kurz, aber eindringlich davon in Kenntnis setzte, daß ein gewisser Ubus mich verfolge und sich im Hotel Rembrandt eingemietet habe, wahrscheinlich um irgendwelche Geheimnisse über die Herstellung unserer Spezialfarben für atlantische und mediterrane Yachten und Schiffe an sich zu bringen. Industriespionage (aber wäre es nicht leichter, einfach eine Dose unserer Farbe zu nehmen und sie chemisch analysieren zu lassen?). Also, Ubus sollte, wie die lakonische Mitteilung am Telefon sagte, zwischen acht und neun Uhr morgens aus dem Hotel kommen.

Mir war, als hätte ich die Stimme erkannt.

»Bist du's, Marguerite?«

Kurze Stille, dann das Dementi, mit neutraler, aber fester Stimme.

»Ich kenne keine Marguerite.«

»Hör zu, ich hab' doch deine Stimme erkannt. Also, hör schon auf!«

»Ich bin nicht Marguerite, und ich wiederhole, daß ich keine Marguerite kenne. Ich gebe dir ganz uneigennützig eine Information, sofern du mir zuhören willst, andernfalls lege ich wieder auf.«

Ich konnte nichts tun als zuhören, auch wenn das nicht Teil meines Perfektionierungsprogramms war. Am Ende war mir die Stimme dann doch überzeugend vorgekommen, und um ihrem Hinweis zu folgen, hatte ich ein Tarnquartier im Hotel Rembrandt bezogen, behielt allerdings auch mein Zimmer im Barbizon Centre bei, wo ich auf Spesen des Unternehmens wohnte, für das ich arbeite.

Das Rembrandt ist ein in die Tage gekommenes Hotel, das aus einem alten Kaufherrenhaus entstanden ist und, wegen der im Lauf der Jahre hinzugekommenen Angliederungen und Anpassungen, zu einer Art labyrinthischer Kasba geworden war, mit Fluren, Treppchen, Absätzen, Stufen, Fensterchen und dunklen Bereichen, die die armen Gäste durcheinanderbringen, die sich zu jeder Stunde verloren hier durchwinden, auf der Suche nach ihrem Zimmer. Ein schönes Fenster zum Kanal und ein großes Bett trösteten mich über die schlechte Laune hinweg, die der anonyme Anruf bei mir hervorgerufen hatte. Im Rembrandt also wohnte Ubus, beauftragt von der Konkurrenz, die Geheimnisse unserer Produktion auszuspionieren. So wie die Freundesstimme diese undurchsichtig dunkle Person beschrieben hatte, glich sie eigentümlicherweise mir selbst, gleiche Gestalt, mehr oder weniger gleiches Alter, Bart, kahle Stirn, Manageranzug, flaschengrüner Burberry. Mein Doppelgänger oder meine Parodie?

Ich mußte ihn aus der Nähe sehen, diesen Ubus, damit ich dem Vorstand unseres Unternehmens einen Bericht zuleiten konnte, auch wenn die Vorstellung von Industriespionage mir wenig überzeugend vorkam. Vielleicht würde ich Gelegenheit haben, ihn, Monsieur Ubus (oder Hubus mit H?), im Hotel zu treffen. Doch weder hatte ich ihn beim Abendessen gesehen noch an den Frühstückstischen, oder vielleicht hatte ich ihn gesehen und aufgrund der euklidischen Beschreibung der »Freundesstimme« nicht erkannt. So hatte ich mich entschlossen, vor dem Hotelausgang am Herenkanal, Ecke Leidsegracht auf ihn zu warten. Aber wie mich verhalten? Ich würde ihm folgen, ohne seinen Verdacht zu erregen, wie ein Geheimpolizist, ein neutraler Ermittler erster Klasse, ein stummer, abschweifender Maigret.

Am Abend zuvor hatte ich eine Reisetasche mitgenommen, darin ein Pyjama, den Elektrorasierer und ein Tütchen Antihistamine, während ich alles andere im Barbizon gelassen hatte. Auf diese Weise logierte ich gleichzeitig in zwei Hotels derselben Stadt, zweihundert Meter voneinander entfernt. Nicht einmal im Traum will ich mir vorstellen, was die Polizei gesagt hätte, wenn sie dahintergekommen wäre, daß ich in zwei Hotels wohnte. Und wer weiß, was Sherlock Holmes gesagt, welche Verdächtigungen, welche dunklen Vermutungen er angestellt hätte.

Der anonyme Anruf konnte durchaus ein übler Scherz sein, doch ich hatte meinem Unternehmen gegenüber die Pflicht, herauszufinden, ob wirklich jemand hinter mir herspionierte und, wenn es so war, in wessen Auftrag er das tat. Wenn es kein Scherz war und Ubus sich in Amsterdam aufhielt, um mich auszuspionieren, mußte ich Ubus ausspionieren. Vor allem ihn erkennen, ihm folgen, möglicherweise mich ihm unter einem Vorwand nähern, eine peinliche Angelegenheit, auf die ich mich aber wohl einlassen mußte, weil ich ein leitender Direktor vor Ort im Auftrag meines Unternehmens war. Ich mußte herausfinden, wer Ubus war und was er wollte. In den Spionagefilmen geht es immer so aus, daß die Hauptdarsteller sich gegenseitig erbarmungslos umbringen. Nein, nein, ich wollte Ubus nicht umbringen, daran habe ich überhaupt nicht gedacht. Zumal es sich in diesem Fall ja nicht um politische Spionage handelte, bei der jedesmal das Leben der beteiligten Personen aufs Spiel gesetzt wurde, und ich war ja nicht einmal sicher, ob es sich hier um Industriespionage handelte.

Das Unternehmen Loutrous Peintures

Die *Loutrous Peintures AG* ist eine alte Farbenfabrik innerhalb der Finanzierungsgesellschaft HH (mir ist es nie gelungen herauszufinden, was diese beiden Hauchlaute bedeuten) und arbeitet vor allem in der Großversorgung von Bau- und Seefahrtunternehmen, verkauft aber auch an den Einzelhandel. Der Verkauf in Geschäften bringt keine nennenswerten wirtschaftlichen Vorteile und macht die Buchführung nur komplizierter, dient aber der Verbreitung des Namens, sozusagen als Streuwerbung. Als Auslandsdirektor der *Loutrous Peintures* lebe ich nicht in einem Kristallkäfig wie gewisse andere Direktoren, ich bin aktiv und dynamisch, ständig auf Reisen, um die Umsätze zu steigern, nehme an Kongressen teil und lege einmal im Monat dem Vorstand einen Rechenschaftsbericht über Neuheiten und Neuerungen vor. Der tritt zusammen im FÜNFTEN STOCK (mit Majuskeln, weil es der Stock der Autorität ist) des Hauptsitzes unseres Unternehmens, einem großen Palais aus dem neunzehnten Jahrhundert der Haussmann-Epoche, in der Avenue de l'Opéra, mit einer gelben Fassade voll unsinniger Balkone (wer hat schon je einen Menschen auf einem dieser Balkone stehen sehen?). In dieser Straße haben Großbanken aus der ganzen Welt, von Hamburg bis Bilbao, ihren Sitz, eine energetische, beruhigende Nähe, für die Gesellschaft ebenso wie für mich.

Ich schätze den Wert des Geldes auch dann, wenn es mir nicht gehört.

Die *Loutrous Peintures* arbeitet mit Gewinn, ein Teil der Reingewinne werden zwar in das Unternehmen zurückinvestiert, in Produktion, Vertrieb und Werbung, aber die Türen und Fenster der Büroräume des Hauptsitzes sind scheußlich, sie müßten geputzt, gespachtelt, geschmirgelt und mit einer Schicht cremeweißen Lacks aus unserer Produktion gestrichen werden. Mehr als einmal habe ich das dem Generalsekretariat gesagt, leider ohne Erfolg: Ein Farbenhersteller mit derart abgeblätterten Türen in den Räumen des Hauptsitzes sei ein blühendes Paradox. Es heißt dann, daß eine sokratische Sparsamkeit in der Tradition der *Loutrous Peintures* liege, doch meiner Ansicht nach handelt es sich hierbei eher um schäbigen Geiz.

Unser festgefügtes, altes Unternehmen hat nach achtzig Jahren seiner Tätigkeit vor vier Jahren eine schwere Krise durchlebt, und zwar, weil holländische Farben machtvoll auf den europäischen Markt gedrängt waren, die auch deutsche Farbenhersteller wie Sikkens und Max Mayer, unsere traditionellen Konkurrenten, in eine Krise stürzten. Vor zwei Jahren hat der Vorstand von einem Tag auf den anderen den Auslandsdirektor, Monsieur Ballou, »wegen ungenügender Leistung« gefeuert und mich zu seinem Nachfolger bestellt. Seitdem habe ich keine Minute stillgestanden, ich habe, sei es im Flugzeug, sei es im Zug, die gesamte Landkarte Europas bereist, mit einigen Abstechern auf den amerikanischen Kontinent und in den Fernen Osten. Ich muß mich dranhalten, denn ich weiß, daß sie mich von einem Tag auf den anderen ersetzen können, wie es mit Monsieur Ballou geschehen ist. Die Grausamkeit unseres Vorstands ist unerbittlich, tyrannisch und unwiderruflich.

Für *Loutrous Peintures* drückt sich meine Zeit in Französischen Francs aus, in Mark, Dollar, Peseten, weniger in Englischen Pfund und in einem ganz beträchtlichen Umfang in

Lire (den Euro habe ich noch nicht voll und ganz in meine geistigen Koordinaten aufgenommen). Wir exportieren beachtliche Mengen an Schiffsfarben nach Italien, das zweimal so viele Küstenkilometer hat wie wir in Frankreich und in seinen Werften in Genua, Livorno, Viareggio und Triest den größten Teil der Schiffe und Yachten baut, die das Mittelmeer durchpflügen. Traumhafte Segelschiffe, komisch aussehende Katamarane, schauerliche »Bügeleisen« und Milliardärsyachten. Jeden Winter werden diese Boote in Ruhestellung gebracht, zur Untersuchung der Motoren und für den Neuanstrich des Schiffskörpers. Die italienischen Werften sind unsere besten Kunden im mediterranen Raum.

Während ich am Herenkanal vor dem Hotel Rembrandt auf und ab spazierte, sagte ich mir, das einzige, was für die Konkurrenz von Interesse sein könnte, wäre, herauszufinden, woher wir die Grundstoffe für unsere Farben beziehen. Dieses Geheimnis kennen nur drei Leute in unserem Unternehmen. Ich bin einer von diesen dreien.

Wenn man in Erfahrung brächte, daß ein Großteil der Grundstoffe der *Loutrous Peintures* aus einem Ort im Kaukasus kommt, den ich nicht nennen kann (ich muß das Geheimnis auch in dieser Niederschrift wahren), wo sie weniger als die Hälfte kosten als die, die aus arabischen und italienischen Raffinerien stammen, wären wir mit unserem Vorteil gegenüber unseren Konkurrenten am Ende. Vom Kaukasus gehen die Nebenprodukte des Erdöls, die für unsere Fabriken bestimmt sind, auf eine lange arabeske Reise, werden in unseren Lagern in Bahrain zwischengelagert, um die Spuren ihrer eigentlichen Herkunft zu verwischen.

Selbstverständlich gebe ich in meinem Vortrag, den ich auf dem morgen im Hotel Barbizon Centre, fünf Sterne, stattfindenden Kongreß vorlesen werde, keinerlei Hinweis auf den Ankauf der Grundstoffe und spreche vielmehr über die arabischen Länder, wo die ersten Lacke ausprobiert wurden, und über China, wo man den Lack erfunden hat. Gerade der chinesische Lack ist nicht nur eine Farbe, sondern ein ganz leichter Stoff, der sich um eine einfache Holzstruktur oder um Metallfäden nach und nach verfestigt und dann von dem Gegenstand angenommen wird. Die Einheit von Struktur und Form, nach dem Kanon der klassischen Kunst.

Wir produzieren chemische Farben, die dem Lack ähnlich sind, natürlich patentiert und in jedem Fall schwer nachzumachen, weil sie von kleinen Herstellungsgeheimnissen geschützt werden. Und seit ein paar Jahren stellen wir eine besondere Farbe her, die Rostschutz enthält und es ermöglicht, die Handwerkerkosten um die Hälfte zu senken. Es handelt sich dabei um einen matten Anstrich »Farbe plus Farbe«, der es uns erlaubt hat, der holländischen Konkurrenz Paroli zu bieten. Die historisch-kulturellen Hinweise auf die arabischen Länder sind indirekt ein Ablenkungsmanöver, das ich ganz bewußt in meinen Vortrag eingebaut habe. Dieser ist ja vor allem an die Holländer gerichtet, die den Kongreß gesponsert haben.

Ich hatte dem Anruf keine große Bedeutung beigemessen, auch weil ich in meinen Papieren keinerlei Herstellungsgeheimnisse enthüllte, keinerlei chemische Informationen preisgab (normalerweise ist es die Chemie, die die Konkurrenz interessiert) und noch viel weniger über die Versorgungsquellen für die Grundstoffe sprechen wollte, die für uns wichtiger sind als die Chemie. Doch konnte ich den Anruf über mögliche Industriespionage auch nicht übergehen, weil Ubus' Anwesenheit möglicherweise auch dem einen oder anderen Vorstandsmitglied der *Loutrous Peintures* mitgeteilt worden war. In einigen Fällen ist es das Unternehmen selbst, das mich über die Gefahr informiert, und zwar durch ferngesteuerte Geheimagenten, um zu sehen, wie ich reagiere und wie ich anschließend dem allmächtigen Vorstand Bericht erstatte. Es kann aber auch das vorkommen: Wenn es sicher ist, daß wir bespitzelt werden, sorgen wir dafür, daß die Spione Papiere mit falschen Informationen finden. Das ist eine von vielen Industrieunternehmen angewandte Strategie, die diese byzantinischen Tricks aus Spionagefilmen und Spionagekrimis gelernt haben.

Ideologie der Farben

Der Kongreß über Farben, der mich nach Amsterdam geführt hatte, war »kultureller« Art, und ich hatte meinem Vortrag über zehn Seiten hinweg eine historische Ausrichtung gegeben. Über noch einmal so viele Seiten entwickelte ich dann meine Farbideologie (die ganze irdische Welt besteht aus Oberflächen, sämtliche Oberflächen sind angestrichen oder anstreichbar). Mein Vortrag begann mit folgenden emphatischen Worten: »Meine Damen und Herren, Freunde und Konkurrenten, haben Sie die griechischen Statuen vor Ihrem geistigen Auge? Ursprünglich waren sie alle angemalt, doch die Farben der Antike haben der Abnutzung durch die Zeit nicht standgehalten, und so sind die griechischen Statuen heute allesamt ›nackt‹. Hätte es in den weit hinter uns liegenden Jahrhunderten die Farben der *Loutrous Peintures* gegeben, dann hätte sich die farbige Hülle dieser Statuen möglicherweise bis auf unsere Tage erhalten.«

Natürlich lag Ironie darin, daß ich mich an die Konkurrenten wandte und die griechischen Statuen als nackt bezeichnete (schön doppelsinnig, denn »nackt« bedeutet für uns Farbenhersteller: nicht angestrichen). Ich wußte, daß ich mit dieser Einleitung voll ins Schwarze treffen würde. Die Ironie frißt die Worte auf, wie Viktor Schklowski sagt, macht aber die Ideen deutlich, macht sie leichter verständlich und dadurch annehmbarer, genießbarer. Wenn man eine gute Idee vorträgt, sie aber wie den Schuß aus einem Gewehr abfeuert, läuft man Gefahr, gleich im ersten Augenblick so viel Lärm zu machen, daß man keinen Platz in der Erinnerung der Zuhörer erobert.

Ich habe Quintilians Bemerkungen über die Rhetorik gründlich durchgearbeitet, ziehe aber das Moment des Schreibens dem des öffentlichen Vortrags vor. Und ganz sicher bin ich nicht in der Lage, meine Rede durch Fuchteln mit Armen und Händen und noch viel weniger durch Schwenken der Toga, wie es der große lateinische Semiologe empfiehlt, zu begleiten. Schreiben mag ich, die Ideen kommen nacheinander zum Vorschein, stellen sich in eine Reihe, ganz nach Anlage der Rede, und so werden sie mir im Verstand klar. Ich mag das Schreiben, weil ich beim Schreiben erfahre, was ich denke, auch wenn ich nicht immer Gefallen an meinen Gedanken finde.

Mein Vortrag orientierte sich in seinem historischen Teil treu an Goethes *Farbenlehre*, an einer Anthologie großer Denker und Wissenschaftler, an den Nachrichten über die Malerei in der klassischen Antike, wie sie Plinius der Ältere in seiner *Naturalis historia* mitteilt, er basierte aber auch auf meinen eigenen Untersuchungen über die Farbanstriche im Mittelalter und in der Renaissance. Ich zitierte ausführlich den *Dialog der Farben* von Ludovico Dolce aus dem sechzehnten Jahrhundert (wer könnte denn heute noch Farbtöne wie die von Dolce zitierten »Punizisch, Tyrisch, Soranisch, Melisch, Hispaniolisch, Modanisch, Koschenille, Buchsisch, Serampil« definieren?). Ein seltener Text, dieser *Dialog* aus dem sechzehnten Jahrhundert, und den in Amsterdam versammelten Managern ganz sicher unbekannt. Doch ich gestehe, daß ich mich der Volksenzyklopädie von Larousse bedient habe. Ich sprach auch von Leonardo da Vincis *Letztem Abendmahl*, das mehr und mehr verblaßt aufgrund der abenteuerlich angewandten Technik des großen Malers. Die griechische Skulptur, Leonardo da Vinci, der *Dialog* von Dolce, das alte China und die Jesuiten, die ihre Berichte über die Geheimnisse des Lacks nach Europa schickten. Mit Kunst und Geschichte versuchte ich, die Farbenindustrie zu adeln. Ich wußte, daß kulturelle Darstellungen dieser Art nach dem Geschmack der europäischen Manager waren, die an dem Kongreß teilnahmen. Ein Auslandsdirektor eines großen Unternehmens, wie ich es bin, braucht immer wieder Zustimmung. Gerade deswegen war ich ja auch zu dem Amsterdamer Kongreß gekommen, wegen meines Prestiges und persönlichen Interesses, ganz abgesehen von dem der *Loutrous Peintures*. Unter uns gesagt, mag ich die Herren der Farben, die im Vorstand sitzen, überhaupt nicht, kein bißchen, ich fürchte sie, wie alle sie fürchten, Angestellte und Leitendes Personal des Unternehmens, aber ich habe keinen eigentlichen Grund, sie zu strangulieren. Sie sind es, die die Autorität repräsentieren, und sie sind es, die mich zum Auslandsdirektor an Stelle von Monsieur Ballou gemacht haben.

Was für lächerliche Geheimnisse konnte mir der hinterhältige Ubus also stehlen? Oder handelte es sich einfach nur um falschen Alarm? Oder vielleicht um einen heimtückisch telefonischen Bühnencoup? Es gibt Menschen, die sich verstecken, und aus ihrem anonymen Versteck rufen sie an, schreiben Briefe (der Köhlerkomplex und der innere Ruf zum Freimaurer) oder töten (der Terroristen- oder Massenmörderkomplex). Es gibt auch Menschen, die sich verstecken oder maskieren, um Durcheinander in der Welt zu stiften, ohne Plan, ohne auch nur den Schatten einer Idee, ohne ein Ziel, außer dem, ein Durcheinander zu erzeugen. Doppelbödig und ausweichend, dieser Anruf der »Freundesstimme«, aber konnte ich ihn ignorieren? Nein. Der Anruf kam von einer Person, die über den Kongreß genau Bescheid wußte und auch meine Zimmernummer im Hotel Barbizon Centre kannte. Meine Antennen sagten mir, daß dieser Anruf aus Paris kam, und nicht nur, weil die Person französisch sprach. Normalerweise kann ich meinen Antennen vertrauen wie einem Radargerät, das den Horizont der Menschen in meiner Umgebung absucht.

Angesichts des Unerwarteten, das die Dialektik meines Berufs unterbricht, werde ich tendenziell von allem angezogen, das sich als Treffpunkt und Kompromiß zwischen mir und der dumpfen Welt darstellt, in die ich gerufen worden bin, um meine Arbeit auszuführen. Schon stellte ich mir Fakten vor, Licht und Schatten, ich registrierte sie in meinem Palais des Gedächtnisses und verarbeitete sie unverzüglich zu Erinnerungen, und möglicherweise waren sie es irgendwie längst. Doch blicken wir diesem Ubus in die Augen.

Ich fragte mich, wie ich ihn aufgrund der telefonischen Beschreibung der »Freundesstimme« erkennen sollte. Ich wußte lediglich, daß er im Hotel Rembrandt logierte, drei Sterne, daß er mehr oder weniger mein Alter hatte, um die Vierzig, mehr oder weniger die gleiche Figur. Durch diesen Anruf, bei dem sich die Frauenstimme als Freundin und Vertraute bezeichnete, wußte ich, daß er sich seit kurzem einen Bart hatte wachsen lassen und ihn mit Unbehagen trug. Auch ich hatte mir seit kurzem einen Bart wachsen lassen und wußte, was es bedeutet, sein Gesicht hinter all diesen Härchen verborgen zu wissen. Seit ich mir den Bart hatte wachsen lassen, litt ich an ähnlichen Schwierigkeiten, es kam vor, daß ich meine Freunde und Mitarbeiter nicht mehr erkannte, und jedesmal, wenn ich mich im Spiegel betrachtete, fuhr ich zusammen, es kam mir fast vor, als wäre auch ich ein Unbekannter. Dann gab ich mich der Illusion hin, ich könnte handeln, ohne jedesmal meine impressive Zustimmung einholen zu müssen. Verantwortungslos, ich fühlte mich verantwortungslos. Eine glückliche, billige Form von Freiheit. Mehr als einmal habe ich ein Taxi genommen, eine lange pleonastische Tour durch die Stadt gemacht, sagen wir bis zum Jardin de Plantes oder bis La Défense, und bin dann wieder zum Ausgangspunkt zurückgekehrt.

Wieder am Herenkanal

Nachdem ich zu der Straße am Herenkanal zurückgekehrt war, fing ich wieder an, auf und ab zu gehen. Mir war vollkommen bewußt, daß ich auf und ab ging, hin und wieder blieb ich stehen, mir war vollkommen bewußt, daß ich stehengeblieben war und auf der von Linden gesäumten Straße am Herenkanal im Zentrum von Amsterdam, unweit des Hotels Rembrandt stand, daß ich versucht hatte, das Leben einer Taube zu retten, sie dann aber ihrem Schicksal überlassen hatte. Leck mich doch, du blöde holländische Taube. Wenn diese Rettung die Lossprechung von irgendeiner Schuld sein sollte, dann war der Versuch gescheitert. Wer hat denn nichts zu verbergen, irgendeine geheime Schuld, die er nie jemandem anvertrauen würde? Und warum sollte ich von Dingen erzählen, die nie jemand aufdecken wird? Ich durfte dem Drängen nach Analyse nicht nachgeben, sondern mußte weiterhin dasein, in der Gegenwart, auch wenn die Gegenwart die Gestalt einer saublöden holländischen Taube angenommen hatte.

Ich konnte nicht vor mir verbergen, daß ich in bezug auf Ubus von den schlimmsten Regungen geplagt war, obwohl ich viele Zweifel hinsichtlich des Sinns und der Absichten jenes Telefonanrufs hatte. Aus diesem Grund wollte ich nicht auffallen, auch wenn es zu dieser Stunde kaum einen Passanten gab und ich in dieser Stadt nur ganz wenige Menschen kannte. Und von diesen ganz wenigen würde ich zu dieser Uhrzeit, auf dieser Straße, an diesem Kanal wahrscheinlich keinen treffen.

Als ich am Herenkanal entlangging, hatte ich immer noch diese »Freundesstimme« im Ohr, eine Frauenstimme, ein bißchen rauh, wie die von Marlene Dietrich, eine sinnliche Stimme, die in mir das überreale Bild einer Frau um die Dreißig wachrief, ausgestreckt auf einem Diwan neben dem Telefon, in einem eng anliegenden Kleid mit roten und blauen Blumen, die Beine nackt bis zur Leistengegend, eine Hand um die Knie, warme Hände, grüne Augen, tiefer Blick. Mir genügte ihre Stimme, um dieses Bild vor mir zu sehen, und das Bild zerfloß zu einer weißen Schleierwolke (auch in der noch so kreidigsten Malerei des Hyperrealismus gibt es Schattierungen), während mir noch die entschiedenen Worte dieser sinnlichen Stimme im Ohr klangen, einer Stimme, die ich gleich in einem weißen Kästchen meines Gedächtnislagers ablegte. Sollte ich etwa schon von dieser Unbekannten verzaubert sein, die durch das schwarze Telefonkabel in mein Zimmer im Hotel Barbizon Centre getreten ist?

Industriespionage

Nachdem ich schließlich die blöde holländische Taube ihrem Schicksal überlassen hatte, mit Hunderten von Leckmich-doch, kam ich gerade noch so rechtzeitig zur Straße vor dem Hotel Rembrandt zurück, daß ich von weitem einen Mann um die Vierzig erkennen konnte, mit Bart, ein bißchen größer als ich (hierin hatte sich die »Freundesstimme« geirrt), mit einem flaschengrünen Regenmantel, er kam auf den Hoteleingang zu und ging hinein. Irgend etwas sagte mir, daß dies Ubus sein mußte. Aber er kam nicht aus dem Hotel, sondern ging hinein. Das stimmte mit dem anonymen Anruf nicht überein. Vielleicht war Ubus schon früh morgens weggegangen und kam jetzt wieder zurück. Vielleicht war er frühstücken gewesen, in einem der Cafés im Zentrum. Das Unerwartete seiner Rückkehr ins Hotel hatte mich völlig verunsichert. Jetzt mußte ich wohl ins Rembrandt gehen und an diesen Unbekannten herantreten. Doch wie ihn anreden, was ihm sagen?

»Ich weiß, daß du dich ganz brutal für die Geheimnisse der *Loutrous Peintures* interessierst.«

»*Loutrous Peintures*? Nie gehört. Was ist das?«

»Ich hab's ja gewußt. Wie könnte ich auch erwarten, daß ein Industriespion zugibt, ein Industriespion zu sein?«

»Da bist du bei mir an den Falschen geraten.«

»Aber man sieht es doch deiner Visage an, daß du ein Spion bist. Ich wollte dir nur sagen, daß mein Vortrag lediglich historische und kulturelle Bemerkungen über Farben enthält. Keinerlei nützliche Geheimnisse für die Konkurrenz. Mach also nicht auf Kultur, wäre besser.«

In der Aufregung meines imaginären Zusammentreffens hatte ich vergessen, den Unbekannten zu fragen, ob er Ubus heiße. Woher kommt so ein Name nur? Baskisch, portugiesisch, sardisch? Jedenfalls war es vorhersehbar, daß er leugnen und sich beleidigt fühlen würde, wenn ich ihm den Vorwurf der Industriespionage machte. Spione verstecken sich, sie verkleiden sich, sie maskieren sich, und sie leugnen selbst noch unter der Folter, daß sie Spione sind. Wäre er in den Herenkanal gestürzt, ich schwöre, ich hätte ihn absaufen lassen.

Der gestohlene Vortrag

Ich entschloß mich, ins Barbizon zurückzukehren und meinen Vortrag noch einmal durchzugehen. Der Spaziergang in der Morgenfrische hatte meine lahmen Lebensgeister nach einer schlaflos verbrachten Nacht geweckt. Ich betrat das Barbizon Centre und durchquerte die von einer Glaskuppel gekrönte Eingangshalle. Von dort oben floß ein gallertartiges Licht herunter, das einem Schauder verursachte, obwohl das Hotel bereits im Oktober, einem milden, feuchten Oktober, so geheizt wurde wie im Winter. Ich fuhr zum dritten Stockwerk hoch, in einem Aufzug, in dem Hintergrundmusik mit Melodien von Mozart erklang (über was für ein Raffinement diese holländischen Hoteliers doch verfügen), und ging auf mein Zimmer. Aus meiner Aktentasche nahm ich die Mappe mit dem Vortrag, um ihn noch einmal mit lauter Stimme durchzugehen, bevor ich mich um drei Uhr nachmittags vor meinen Zuhörern präsentierte, nach einem Mittagessen, das ich in Gesellschaft einiger holländischer, deutscher, schwedischer und italienischer Manager einnehmen sollte.

Mein Vortrag war nicht mehr in der Mappe. Wo konnte ich ihn nur hingelegt haben? Ich durchsuchte die Mappe noch einmal. Nichts. Ich suche die Blätter meines Vortrags, sagte ich mir, ich muß ihn noch einmal durchlesen, bevor ich öffentlich auftrete, ich suche ihn aufmerksam in jedem Winkel des Zimmers. Auch auf dem Tisch vor dem Fenster waren die Blätter nicht. Ich schaute in der Schublade nach, im Kleiderschrank, meine Erregung nahm zu, ich öffnete sogar den kleinen epikureischen Kühlschrank. Ich finde die Blätter meines Vortrags nicht, sagte ich mir wiederholte Male und versuchte, nicht nervös zu werden. Es blieb dabei: Sie waren nirgends zu finden. Werde nicht nervös, sagte ich mir, bleib ganz ruhig, am Ende kommen sie schon noch zum Vorschein, sie müssen zum Vorschein kommen.

Plötzlich hatte ich den Sinn des Anrufs begriffen, der mich drängte, das Hotel zu verlassen und mich vor dem Hotel Rembrandt aufzustellen. Ja, genau das war der Trick, der Anruf hatte den Zweck, mich aus meinem Hotel zu locken, damit Ubus oder jemand an seiner Stelle in mein Zimmer eindringen und sich in den Besitz des Vortrags bringen konnte. Aber ich hatte Schwierigkeiten, mir vorzustellen, daß eine Aktion von Industriespionage mit soviel Risiko geplant wurde, nur um in den Besitz eines Textes zu gelangen, der vor allem Historisches und Literarisches enthielt und für einen möglichen Konkurrenten der *Loutrous Peintures* von keinerlei Interesse sein konnte. Gleichwohl mußte ich zugeben, daß der Diebstahl mit unleugbarer Verschlagenheit und ebensoviel Dummheit durchgeführt worden war (hätte es denn nicht genügt, einfach zu dem Vortrag ins Barbizon

Centre zu kommen, wo der Kongreß stattfand?), und daß die Informationen und Schlußfolgerungen dieses Textes absolut irrelevant für die Konkurrenz waren.

Dann dachte ich, daß man mich einfach nur in Schwierigkeiten bringen wollte vor meiner Zuhörerschaft, anders gesagt: in eine verdammt peinliche Lage. Ein eifersüchtiger Kollege? Die Sabotage eines Konkurrenten zum Nachteil der *Loutrous Peintures*? Oder zum Nachteil des Kongresses aufgrund irgendwelcher Intrigen vor Ort? Es ist schwer, sich zu schützen, wenn man weder den Feind kennt noch seine Absichten. Ubus konnte ein einfaches Werkzeug sein, der für einen unbekannten Auftraggeber tätig wurde, doch jede Hypothese vergrößerte nur meine Verwirrung und mein Empfinden von Machtlosigkeit. Ich war wütend, weil ich sehr genau wußte, daß eine Beschwerde bei der Hoteldirektion zu nichts geführt hätte, mehr noch, ich hätte mich der Gefahr ausgesetzt, zügellosen, unliebsamen Gerüchten im Zusammenhang mit dem Diebstahl Nahrung zu liefern. Vor allem Diskretion, bitteschön. Leider hatte ich die Diskette meines Computers nicht mitgebracht, mit der ich den Vortrag noch einmal hätte ausdrucken können. Unmöglich auch, mir ihn vor drei Uhr nachmittags, an einem Samstag, nachschicken zu lassen.

Jemand war also in mein Zimmer eingedrungen und hatte mir die Blätter gestohlen, während ich am Herenkanal vor dem Hotel Rembrandt auf und ab ging, in der Hoffnung, Ubus zu begegnen, und mit dem Versuch beschäftigt, das Leben dieser blöden holländischen Taube zu retten. Dieser machiavellistische Anruf hatte den Zweck, mich aus dem Hotel Barbizon Centre zu locken. Ziel erreicht. Ich war in die Falle getappt, und jetzt müßte ich ohne meinen geschriebenen Vortrag vor die Zuhörer des Kongresses treten. An die zehn Flüche und Verwünschungen habe ich gegen den unbekannten Dieb geschleudert, daß er in einen Keller voll hungriger Ratten eingesperrt, ins eisige Wasser der Ostsee geworfen, von Kopf bis Fuß abgeschmirgelt werden möge, bis die Haut in Fetzen runterhängt und er wie ein gehäutetes Kaninchen aussieht. Trug er eine Mappe unterm Arm, der Mann im grünen Regenmantel, als er morgens das Hotel Rembrandt betrat? Nein, er trug keine Mappe unterm Arm.

Leider besitze ich nicht die Fähigkeit zu improvisieren, ich bin kein mit den Armen fuchtelnder Redner, schon gar nicht bei einem so gewichtigen Thema wie dem, das ich mir vorgenommen und über drei lange Monate hinweg, zwischen einer Reise und der nächsten, mühevoll ausgearbeitet hatte.

Ich setzte mich an den Tisch vor dem Fenster und machte mir ein paar Notizen, die die Abfolge des Vortrags wiederholten, mit den Schlüsselargumenten, die ich deutlich sichtbar rot unterstrich, doch auf diesem kleinen Zettel stoben die eloquenten Wörter davon, das Kalkül der rhetorischen Effekte, der wohlüberlegte Fluß des Vortrags. Adieu, Quintilian.

Eine Sekunde lang hatte ich erwogen, ob ich eine Krankheit vorschützen und auf meinen Beitrag verzichten sollte, doch der kleine Zettel, mein gutes Gedächtnis und die über mir schwebende Verantwortung gegenüber der *Loutrous Peintures*, die mich als ihren Botschafter nach Amsterdam entsandt hatte, hatten mich an den Kongreß gefesselt und mich davon überzeugt, nicht zu verzichten. Eine angekündigte Pein.

Nachdem ich die Stichworte aufgeschrieben hatte, entschloß ich mich, mir eine Pause in Form eines Gesprächs zu gewähren, und rief Marguerite in Paris an. Eine Freundin, die, sobald sie die Wohnung betrat, sich auszog und nackt herumlief, ohne sich um die zu kümmern, die sie von ihren Fenstern aus sehen konnten. Ich hatte sie in der Rue du Temple zurückgelassen, um bei meiner Rückkehr nicht in eine menschenleere Wohnung zu kommen.

»Marguerite, ich bin's.«

Marguerite erkennt am Telefon immer meine Stimme, tieftönend wie Bronze, sagt sie, unverwechselbar.

»Neuigkeiten?«

»Ich habe einen anonymen Anruf von einer Frau erhalten.«

»Wo bist du?«

»Noch immer in Amsterdam. Ein seltsamer Anruf. Er enthielt die Mitteilung, jemand würde mich ausspionieren. Industriespionage. Wer könnte das sein?«

»Das fragst du mich?«

»Natürlich weißt du nichts, ist schon klar. Tatsache ist aber, daß man mir im Hotel meinen Vortrag gestohlen hat, den ich auf dem Kongreß halten sollte.«

»Ich weiß nicht, was ich dir dazu sagen soll. Einer von der Konkurrenz. Oder hast du etwa irgendeinen Feind auf dem Kongreß? Oder in deinem Unternehmen?«

»Hoffentlich nicht.«

»Ich bin in Paris, du in Amsterdam. Ich kann dir gar nichts sagen.«

»Ich dachte, du hättest vielleicht eine Idee, einen Verdacht, einen Rat, eine Vermutung.«

»Was könnte ich dir raten? Bleibe ruhig, nimm ein heißes Bad, um dich zu entspannen. Nimm ein Beruhigungsmittel!«

»Tut mir leid. Eigentlich hatte ich nur Lust, deine Stimme zu hören. Morgen ruf' ich dich wieder an.«

Nein, Marguerite konnte nicht die Anruferin gewesen sein, das wußte ich bereits, auch wenn die Stimme ähnlich war. Auch nicht Marlene Dietrich. Jedenfalls war es kein Scherz, wie ich zunächst angenommen hatte, sondern eine mit dem Dieb abgesprochene Falle. Marguerite werde ich bei meiner Rückkehr ein größeres Geschenk mitbringen als sonst, damit sie mir meine Unterstellung vergibt.

Beifall

Um drei Uhr las in dem überheizten Hotel ein Deutscher mit monotoner, metallischer Stimme noch immer seinen Vortrag über die Anwendung von Farblacken in der mittelalterlichen Schmuckherstellung vor. Dies war das angekündigte Thema des Vortrags auf dem Kongreß (ein Plakat von einem deprimierenden Fäulnisgrün), doch ich verstehe Deutsch nur unzureichend und hatte mich geweigert, den Kopfhörer mit der Simultanübersetzung aufzusetzen, um mich nicht von meinen Notizen auf dem Zettel ablenken zu lassen. Von diesem Vortrag verstand ich weder die Worte noch den Sinn, einzig ein paar Namen von Malern und Orten, die auf der Oberfläche mir unbekannter Wörter dahintrieben. Das Goldene Ruderblatt von San Marco in Venedig, Godefroid von Claire in Lüttich, Nikolaus von Verdun in Köln, Sankt Ambrosius in Mailand, das Korporal von Ugolino di Vieri in Orvieto und so weiter und so fort. Neben mir folgte eine japanische Abordnung der Übersetzung aus dem Deutschen mit Kopfhörern. Am Ende des Vortrags ziemlich lauer Beifall. Ein bißchen Beifall anstandshalber versagt man keinem.

Als der Deutsche mit seiner metallischen Stimme vom Rednertisch wegging, wurde vom Sprecher mein Name genannt, ich ging zu dem Tisch und setzte mich vor das Mikrophon, mit meinem Zettel in der Hand, an den ich mich klammerte wie an einen Rettungsring auf offenem, aufgepeitschtem Meer.

Ich bin es gewohnt, vor Publikum die vorher ausgearbeiteten und zu Hause mehrmals laut wiederholten Vorträge abzulesen. Im Verlauf des Lesens gelingt es mir bisweilen, aus dem Stegreif kleine Exkurse einzufügen, die der Grundlinie des Vortrags folgen, und damit gebe ich meinen Worten eine größere Natürlichkeit. Aber einen ganzen Vortrag aus dem Stegreif zu halten, das bringt mich in Schwierigkeiten. Vor allem, wenn es sich um einen derart komplexen Vortrag mit vielen historischen Bezügen handelt wie der, den ich für diesen Kongreß vorbereitet hatte. Kurz gesagt, ich hatte wirklich die Befürchtung, es könnte mich zerbröseln, dort, vor all diesen Kollegen mit gespitzten Ohren, und daher gab ich mir alle Mühe, selbstsicher und ungezwungen zu wirken. In Wirklichkeit aber war ich furchtbar beunruhigt, und einen Augenblick lang, während ich, um Zeit zu gewinnen, das Mikrophon zu mir heranzog, fühlte ich mich so, als stünde mein Kopf in Flammen. Der Blutdruck steigt bei solchen Gelegenheiten wirbelnd in die Höhe. Ruhig, bleib ganz ruhig!

Meine Damen und Herren, Freunde und Konkurrenten, haben Sie die griechischen Statuen vor Ihrem geistigen Auge? Zum Glück erinnerte ich mich fast auswendig an den Anfang meines Vortrags, und der nahm sogleich die Aufmerksamkeit meiner Zuhörer gefangen. Als ich merkte, daß das Publikum mir folgte und auch amüsiert war über das, was ich da sagte, habe ich meinen Vortrag fortgesetzt und entschlossen und sogar ironisch, aber auch unerwartet sicher den roten Faden meiner Erinnerung weitergesponnen, was mich in die Lage versetzte, die Ordnung des Vortrags, die Themenfolge so zu organisieren, wie der Spieler im Stadion sein Spiel organisiert, um zu gewinnen und gleichzeitig eine gute Show zu bieten. Während die Worte dahineilten, folgte mein Verstand den funkelnden Farben der Verben, der Substantive und Attribute, die aufflogen wie Schmetterlinge unter der blumenverzierten Glaskuppel der Eingangshalle des Fünfsternehotels Barbizon Centre.

So fuhr ich mit meinem Vortrag aus dem Stegreif fort und hielt mich an das auf dem Notizzettel entworfene Schema, allerdings mußte ich mir wegen der inneren Erregung und auch wegen der übermäßigen Hitze zwei- oder dreimal den Schweiß von der Stirn tupfen. Es war das erste Mal, daß ich sprach, ohne einen Text vor Augen zu haben, aber ich wußte, was ich sagen wollte, und vielleicht hatten die leichte Befangenheit bei der Aussprache und der Plauderton meiner Ausdrucksweise meinen Worten größere Echtheit verliehen und so die Aufmerksamkeit meiner Zuhörer auf sich gezogen, die gerade erst dem Vortrag des Deutschen mit der metallischen Stimme zugehört hatten.

Eine volle Stunde hatte ich gesprochen, den Blick dabei fest auf eine Delegierte gerichtet, eine Blonde in der ersten Reihe, die mich ihrerseits mit dionysischer Intensität ansah. Den Blick fest auf einen Zuschauer richten und sich an ihn wenden, als sei er der einzige Empfänger des Vortrags, ist ein rhetorischer Trick vieler Redner. Auch Quintilian spricht darüber. Hin und wieder streifte mein Blick über die Zuhörer im Saal hinweg, um herauszufinden, ob dieser Mann mit Bart, den ich ins Hotel Rembrandt hatte gehen sehen (Ubus?) im Publikum anwesend wäre. Er war nicht da, ich bin sicher, daß er nicht da war.

Ich sprach weiter und richtete meine Worte an die blonde Delegierte in der ersten Reihe, die meine Aufmerksamkeit bemerkt hatte und mir ihrerseits zulächelte und mich mit deutlichem Interesse anblickte. Unsere Blicke kreuzten sich wie elektrische Hochspannungsströme.

Am Ende viel Beifall, tosender Beifall, der die Glasscheiben der Kuppeldecke zum Erzittern brachte und wie feierliches Windbrausen vom Meer an mein Ohr drang. Ubus zum Trotz. Ein schwindelerregender Erfolg, triumphale Begeisterung der Zuhörer. Und ich ganz ruhig, da oben, auf dem Podest, ernst und gleichmütig, wie ein Fakir.

Während die Delegierten auf mich zukamen, mir die Hand schüttelten und mir gratulierten, suchte ich mit weit gefächertem Blick nach der blonden Dame, an die ich mich während meines Vortrags gewandt hatte. Verschwunden aus meinem Blickhorizont.

»Da war doch diese Hochspannung zwischen uns, tausend Volt, die in dem Kongreßsaal Funken sprühte. Wo hast du dich versteckt, Sirene? Wollen wir denn diese ganze Elektrizität vergeuden?«

Also noch ein Trugbild all den anderen hinzufügen, die mein expansives Gedächtnis im Lauf der Jahre bevölkert haben. Aber sie hatte doch in der ersten Reihe gesessen, klar und deutlich und farbig, mit scharfen Umrissen wie die Figuren eines japanischen Videogames. Aufgetaucht und verschwunden aus meinem Horizont.

Hotel Rembrandt

Der Applaus hatte zwar meiner Eitelkeit als Manager geschmeichelt, aber die Nachforschung über die Gründe des Diebstahls konnten dadurch nicht auf Anhieb eingestellt werden. Ich hatte der »Freundesstimme« gewissermaßen zum Spaß geglaubt, eine kleine, im Programm nicht vorgesehene holländische Abwechslung, aber jetzt stand der Mann mit Bart und grünem Regenmantel, der vermutliche Dieb, im Mittelpunkt meiner unbefriedigten Neugier. Die Vorstellung, gleichzeitig in zwei Hotels zu logieren und einem Industriespion zu begegnen (es gibt viele Spione im Dienst von Industrieunternehmen, die versuchen, leitende Angestellte oder Techniker konkurrierender Unternehmen zu bestechen), hatte anfangs meinen Abenteuersinn geweckt, doch der Diebstahl meines Vortrags hatte meine Bereitschaft erlahmen lassen. Während ich mir abends zuvor noch vorstellte, daß ein Industriespion auf irgendeine Weise an mich herantreten und, vielleicht, versuchen könnte, mich zu bestechen (ich war neugierig zu sehen, wie Spione in solchen Fällen vorgehen), ging es jetzt darum herauszufinden, warum die Unbekannten diesen Schuß aus einer Bazooka auf mich abgefeuert hatten, indem sie mir im letzten Augenblick meinen Vortrag wegschnappten. Nein, nicht auf die *Loutrous Peintures* hatten sie es abgesehen, sondern auf mich, ganz gezielt auf mich. Ich mußte mit äußerster Vorsicht vorgehen, denn noch war ich nicht sicher, ob der Unbekannte mit Bart und grünem Regenmantel (Ubus?) der Vollstrecker des Diebstahls oder der verantwortliche Erfinder dieser geheimen Machenschaft war.

Ich wandte mich daher an den Portier des Rembrandt.

»Können Sie mir sagen, ob sich unter den Gästen des Hotels ein gewisser Ubus befindet?«

»Ubus?«

»Ja, Ubus.«

»Ich meine nicht. Aber lassen Sie mich einen Blick in die Gästeliste werfen.«

Das Rembrandt ist kein großes Hotel, es hat allenfalls um die fünfzig Gäste. Der Portier setzte seine Brille auf und blätterte die Tagesliste der Gäste durch.

»Nein, da ist kein Ubus.«

»Ganz sicher?«

»Ich habe die Gästeliste hier. Es gibt keinen, tut mir leid.«

Ich drängte weiter.

»Ein Mann um die Vierzig, mit Bart und grünem Regenmantel. Ich hab' ihn heute morgen hereinkommen sehen, gegen neun.«

»Ubus Arconti, da, da, ich hab' ihn. Er ist gestern abend angekommen und heute um elf Uhr abgereist.«

Der Portier klappte die Gästeliste mit einem Ruck zu. Ende der Unterhaltung.

Also, der Mann mit Bart und grünem Regenmantel, den ich gegen neun Uhr an diesem Morgen das Hotel betreten sah und auf den die Beschreibung der »Freundesstimme« paßte, hieß Ubus Arconti. Aber wer war Ubus Arconti? Der Portier wußte nichts oder wollte mir nichts sagen.

Ich ging in mein Zimmer im Rembrandt, nahm die Tasche mit dem Pyjama und dem elektrischen Rasierapparat, beglich die Rechnung und verließ das Hotel. Meine Ermittlung über den Diebstahl des Vortrags war bei Null angelangt.

Böse Gedanken unter dem Himmel von Amsterdam: Träfe ich auf die milchkaffeefarbene holländische Taube am Herenkanal, ich würde sie erschießen.

Von Amsterdam nach Paris

Ich begab mich zum Amsterdamer Flughafen, ohne ein Wort mit dem schläfrigen Taxifahrer zu wechseln, der stumm wie ein Fisch war. So, auf den ersten Blick, ein miesgelaunter Algerier, der aus Prinzip die Kunden haßte, die von ihm verlangten, von einem Punkt zu einem anderen gefahren zu werden. Ein sensationeller Herbstsonnenuntergang färbte den Himmel leuchtend rosa vor einem flammenden Horizont, der hier und da mit kleinen goldenen Wolken durchsprenkelt war.

»Ein schöner Sonnenuntergang«, sagte ich, einfach um diese feindselige Stille zu unterbrechen.

Der Taxifahrer warf mir im Rückspiegel einen scheelen Blick zu.

»Kitsch gibt es auch in der Natur«, sagte er mit einem Ton der Endgültigkeit, »es gibt nichts Kitschigeres als einen Sonnenuntergang.«

Da war ich also an einen snobistischen Taxifahrer geraten, und nach dieser naturästhetischen Feststellung machte er seinen Mund bis zu dem Augenblick nicht mehr auf, in dem ich ihm vor dem Eingang ins Flughafengebäude den gebührenden Lohn entrichtet hatte.

Die junge Frau am Check-in der Air France sah mich verloren an, als ich ihr das Ticket hinhielt.

»Leider werden wir in Brüssel landen, statt in Paris. Wir sind verständigt worden, daß die Pariser Flughäfen aufgrund eines Streiks des Flugbegleitpersonals geschlossen sind. In Brüssel wird ein Bus bereitstehen, der die Reisenden in drei Stunden nach Paris bringt.«

»Und das erfährt man erst jetzt?«

»Wenn Sie es vorziehen, erstatten wir Ihnen das Geld für das Ticket zurück. Air France bittet vielmals um Entschuldigung, aber die Nachricht haben wir erst vor einer Stunde erhalten.«

Die junge Frau von der Air France lächelte, ein Lächeln, das entspannt wirken sollte, in Erwartung meines Wutausbruchs. Aber ich konnte meine Wut schließlich nicht an ihr auslassen. Was also tun? Ich hatte die beiden Zimmer in den Amsterdamer Hotels bereits aufgegeben und jetzt keine Lust mehr, in die Stadt zurückzukehren, und noch viel weniger, das Ticket für einen anderen Flug einzutauschen, ohne zu wissen, wann der Streik zu Ende gehen würde. In diese Unannehmlichkeit der Flugsituation verwickelt und mein nutzloses Ticket nach Paris in den Händen wendend, überkam mich ein fürchterlicher allergischer Juckreiz am Bart. Tausend elektrische Ameisen. Im Bart konzentriert sich in solchen Fällen meine ganze nervöse Sensibilität, jedes Härchen ist eine elektromagnetische Antenne. Myriaden elektrischer Ameisen.

Ich ließ mich wie ein Postpaket in die DC-9 verladen, entschlossen, mich ganz passiv nach Brüssel versenden zu lassen, den fürsorglichen Zufälligkeiten der Air France ausgeliefert.

Ein dunkelroter Mantel

In Brüssel, wo wir kurz vor Mitternacht landeten, warteten vier Autobusse auf die unglücklichen Fluggäste aus Amsterdam. Die Passagiere eines vorhergehenden Fluges hatten sich bereits auf die vier silbergrünen, von der Air France gecharterten Busse verteilt, aber es waren noch ausreichend Plätze für uns zuletzt Angekommene vorhanden. Auf dem Platz vor dem Flughafengebäude bestieg ich einen der wartenden Busse, halbdunkel wie der Bauch eines Wals, und setzte mich neben eine schlafende Frau, die ihren roten Mantel bis über den Kopf gezogen hatte. Auf diese Weise würde ich der Gefahr entgehen, neben jemandem zu sitzen, der redete, eine Unannehmlichkeit bei Reisen im Zug oder im Flugzeug. Oder im Autobus.

Der Fahrer setzte sich ans Steuer und ließ den Motor laufen, während ich noch damit beschäftigt war, meine Reisetasche unter dem Sitz zu verstauen. Der silbergrüne Wal setzte sich langsam in Bewegung und fuhr in die Nacht, zur Autobahn nach Paris.

Das Wetter war nebelig, und der Nebel kam noch zum Dunkel der Nacht hinzu, man sah lediglich die Nebelleuchten an den Kreuzungen und die Verkehrszeichen, die uns zur Autobahn führten. Schließlich gelangte der Bus zur Autobahn Lille–Paris inmitten eines dichten, undurchdringlichen Nebels. Nun begannen hinter den seitlichen großen Fensterscheiben die undeutlichen Bilder von aufmarschierten Bäumen am Straßenrand vorüberzufliegen. Der Bus fuhr mit der Richtgeschwindigkeit von neunzig Kilometern pro Stunde, also langsam, begleitet vom schläfrigen Autobahnsurren. Vor uns verlief die gerade Spurenlinie des von den Scheinwerfern beleuchteten Asphalts. Das eine oder andere Auto überholte uns schnell, und wir wiederum überholten mehrere Male einige Lastwagen.

Das Unbehagen und die Wut über den entwendeten Vortrag hatte ich durch den Erfolg und den Beifall überwunden. Jetzt mußte ich meinen Verstand ablenken und ihn auf etwas anderes richten. Ich machte den mühevollen Versuch, mir die Landschaft neben der Autobahn vorzustellen, wie sie in Belgien aussehen könnte, wie die Natur aussehen könnte, aber es war wie die Befragung einer von Zeit und Muff verblaßten und damit unleserlich gewordenen Schrift. Ein Licht im nächtlichen Nebel konnte ein Haus sein, ein Laden, eine Kreuzung, ein Restaurant, eine Straßenlaterne.

Hin und wieder eilten Umrisse dürrer Bäume an uns vorüber, und ich konnte nicht sagen, ob es Bäume waren, die
die Autobahn säumten, oder der Anfang eines Waldes. Das
milchige Dunkel jenseits der großen Fenster war unentziffer-
bar, es konnte bestelltes Land sein oder auch die leere Weite
einer versteppten Ebene. Ein paar zufällig dahingeworfene
Neonlichter, rot, blau, grün oder gelb, umrißartige Schrift-
züge oder Symbole, schwierig, sie durch den Nebel hindurch
zu lesen, konnten eine Tankstelle bedeuten, ein Einkaufs-
zentrum, einen Dorfplatz, den Eingang zu einer Diskothek,
eine Autowerkstatt, einen Jahrmarkt am Stadtrand oder auch
ein Krankenhaus. Über lange Strecken sah man nur Nebel
und Dunkelheit, und ich gab mich der Vorstellung hin, eine
Wüste zu durchqueren, aber Wüsten gibt es in Belgien keine.
Vielleicht die Hölle, wo man vor Kälte mit den Zähnen klap-
pert und wegen der Schwefeldünste hustet. Oder vielleicht
auch das Fegefeuer, wo die Sünder ihre Sünden abbüßen.
Ganz sicher aber nicht das Paradies, von dem ich mir nicht
vorstellen konnte, daß es in Kälte, in Dunkel und Nebel ge-
taucht wäre. Ich versuchte, der Dunkelheit und dem Nebel
etwas abzugewinnen, während der Bus monoton über den
Asphalt rollte.

»Tout pour Tous« besagte eine große Schrift an einem
Lastwagen unterhalb eines unbekannten Warenzeichens von
schöner dunkelroter Farbe.

»Alles für Alle« sagt ihr da, aber darf man vielleicht mal
wissen, was zum Teufel ihr herstellt? Übertreibt ihr da nicht
etwas? Und was, wenn ich von euch eine Villa an der Côte
d'Azur haben will? Oder was, wenn ich mit Julia Roberts
vögeln will? Euer Alles schließt das ein? Auch das Amphi-
theater der *Sapienza*? Die grüne Ampel? Eine Reise nach
Ägypten? Ich fragte mich mit weitschweifiger nächtlicher
Rhetorik, was diese Fabrik überhaupt produziere, die eine
allmächtige Anmaßung derart zur Schau stellte.

Plötzlich erinnerte ich mich daran, während meiner Forschungen über die Farben in Gombrichs *Geschichte der Kunst* gelesen zu haben, daß während der Französischen Revolution die mittelalterlichen Statuen der alttestamentarischen Könige von der Notre Dame abgeschlagen worden waren. In den Neunzigern wurden sie von Arbeitern wiedergefunden, die im Zentrum von Paris die Fundamente für ein Bankgebäude aushoben, und diese steinernen Köpfe wiesen, gerade weil sie zweihundert Jahre lang im gelben Sand des Pariser Erdreichs begraben und damit vor Wind und Wetter und Licht geschützt waren, noch Farbspuren auf. Auf dem Zettel mit den von mir nach dem Diebstahl zusammengestellten Notizen hatte ich diese farbigen Köpfe der Könige von Notre Dame vergessen, und jetzt, während der nächtlichen Reise nach Paris, kamen sie mir plötzlich wieder in den Sinn. Ich hatte mich an den Dom in Bern, an die alte Kathedrale von Salamanca, an die Reliefs des Baptisteriums von Parma erinnert, hatte den Kopf der Nofretete im Ägyptischen Museum in Berlin zitiert, die Monster des Gartens von Bomarzo, doch diese wichtigen farbigen Funde in meiner Stadt, die hatte ich vergessen. Verdammter Ubus.

Meine Nachbarin schlief unter ihrem roten Mantel. Ich war nicht müde und nutzte die Gelegenheit, um mich neuerlich im Spiel der Interpretationen zu üben, aufreibende nächtliche Hermeneutik auf der Autobahn zwischen Brüssel und Paris. Ein Trick, um die mit dem Diebstahl zusammenhängende Unruhe zu überwinden. Gut, und jetzt bitte schön richte deine Gedanken auf anderes.

Der Mantel, der die Unbekannte bis über den Kopf bedeckte, war von schönem Bordeauxrot. Ich konnte zwar nichts über den Schnitt aussagen, aber der Stoff fühlte sich an, als wäre er von bester Qualität, weich und fließend wie Kaschmir. Außer der unentzifferbaren nächtlichen Landschaft war auch die unbekannte Schläferin vor meinen Augen wie ein Rätsel. Ich stellte mir Fragen über den Menschen, der unter diesem roten Mantel schlief, so wie ich mir auch die Frage stellte, ob hinter diesen kahlen, ins Dunkel getauchten Bäumen, die ich neben dem Autobus vorüberziehen sah, sich wohl ein Wald oder verlassenes Land oder beackerte Felder befänden. Ich sah nichts und konnte mir daher alles Mögliche vorstellen. Ich hatte entschieden, daß sich unter dem Mantel eine junge Frau verbarg, wahrscheinlich eine Italienerin oder Französin, aus Amsterdam kommend oder aus Rom, auf dem Weg nach Paris, auch sie aufgrund des Streiks in Brüssel ausgestiegen.

Ein großer schwarzer Schriftzug auf einem leuchtend schwefelgelben Lastwagen im Scheinwerferlicht unseres Busses: »Colette bewegt die Zukunft«. Wunderbare Colette, doch ich möchte mehr wissen. Wie schaffst du das, die Zukunft zu bewegen? Und was kommt dabei heraus? Bewegung allein für dich oder auch für andere? Könnte auch ich lernen, die Zukunft zu bewegen? Gegen Bezahlung, versteht sich.

In der Kurve einer Autobahnabfahrt hatten sich die Beine der Frau neben mir an die meinen gedrückt, ein Knie hatte mein Knie berührt und dort ist es dann geblieben. Die Frage war: Warum waren die Beine der Frau nicht in die vorige Stellung zurückgekehrt, als der Bus wieder die Fahrt in Richtung Paris aufgenommen hatte? Steckte da eine Absicht dahinter, oder spielte der Zufall sein blindes Spiel? Was tun? Mein Knie wegziehen oder den Kontakt beibehalten?

Ich bin nicht für derartige verstohlene Kontakte, doch ich muß gestehen, daß mich das Rätsel dieser verborgenen schlafenden Frau anzog. Aber war ich wirklich sicher, daß sie schlief? Und was, wenn sie ihr Knie absichtlich an meines geführt hatte? Ich hatte aufgehört, den nächtlichen Nebel draußen vor dem Busfenster anzuschauen, und ließ mir sämtliche nur möglichen Bilder von dieser Frau durch den Kopf gehen, von der ich nicht einmal die Haare sehen konnte, nicht einmal wußte, ob sie blond oder braun war, eine gesichtslose, geschichtslose, namenlose, alterslose Frau. Ein Rätsel, das durch diesen leichten körperlichen Kontakt noch erhöht wurde, von dem ich auch nicht wußte, ob er rein zufällig oder absichtlich war. Infantil verbissen warf ich weiterhin die Würfel der Wahrscheinlichkeit. Über die ersten Würfel legten sich bald schon neue, vom Nebel und von der Langeweile beflügelte Vorstellungen. Ich entblätterte dieses unter dem roten Mantel verborgene Fräulein wie eine Artischocke, bis ich sie splitternackt vor mir sah, doch auch da noch ohne Gesicht, wie ein Bild von Magritte.

»Also dann? Ich platze vor Liebe, meine Sirene.«

»Ich auch. An der ersten Haltestelle können wir ficken, auch im Stehen an einer Mauer, mit Liebe.«

»Liebe ist ein feierliches Wort.«

»Beim Ficken ist auch Liebe dabei. Man sagt doch: Liebe machen, oder?«

»Ein Fick mit Liebe.«

Ich stellte mir vor, ich würde mit der Unbekannten im roten Mantel reden, und fragte mich, ob man eine Frau begehren könne, ohne ihr in die Augen zu schauen, ohne zu wissen, wie sie heißt, wie alt sie ist, woher sie kommt. Eine Vorstellung. Völlig aus der Luft gegriffene Fragen, versteht sich, reine Autobahnakademik zwischen Brüssel und Paris in einer Oktobernacht im Bauch des silbergrünen Wals, um den Verdruß über sinnlose Wünsche zu überwinden.

Die Cafeteria von Lille

Ich war noch ganz mit meinen Phantasien über die möglichen Erscheinungsformen meiner Unbekannten von den Haaren bis zu den Fußsohlen beschäftigt, als der Bus seine Geschwindigkeit verringerte, um, wie ein Hinweiszeichen besagte, eine große Tankstelle in der Nähe von Lille anzusteuern, und das hieß, wir hatten die Grenze zwischen Belgien und Frankreich überschritten, ohne daß ich darauf aufmerksam geworden war. War ich denn während der Fahrt eingenickt? War das denkbar, bei einer derart magnetischen Präsenz an meiner Seite?

Der Bus hielt auf einem großen Platz neben den anderen drei Bussen, die uns vorausgefahren waren, mit einem Ruck öffnete sich die automatische Türe, und der Mann von der Air France, der uns begleitete, sagte, daß wir für einen raschen Imbiß in die Cafeteria gehen könnten. Nach einer viertel Stunde sollten wir wieder unsere Plätze einnehmen, »darum bitte ich Sie inständig«. Gerade so viel Zeit, um etwas zu trinken oder ein Brötchen zu essen, und dann geht's weiter. Die eigentümliche Erregung angesichts meiner geheimnisvollen Nachbarin hatte meinem Körper Wasser entzogen und meine Kehle ausgetrocknet. Ich hatte Durst, einen höllischen Durst, den der Aufenthalt in der Cafeteria mir endlich zu löschen erlauben würde.

Bevor ich ausstieg, zögerte ich ein paar Sekunden im Gang in der Hoffnung, daß auch die Frau (das junge Mädchen) mit dem roten Mantel aufstehen würde. Doch jemand hinter mir drängte, wollte aussteigen, und so ging auch ich zum Ausgang, und auf dem Parkplatz begab ich mich zusammen mit einer kleinen Schar gleich zum Eingang der Cafeteria: vier vollbesetzte Autobusse, ungefähr zweihundert Personen. Ich sah mich im Nebel um, ich wollte sehen, ob die Frau mit dem roten Mantel unter uns war. Sie war nicht da.

Die Cafeteria L'Arche war ein niedriges Gebäude mit großen Glasfenstern. Eine auffällige Neonschrift erleuchtete den Platz: »L'Arche Self-service«. Ein Plakat am Eingang wollte die Kundschaft beruhigen: »Wir legen sehr viel Wert auf die Qualität unserer warmen Gerichte«. Tüchtig, sagte ich mir, daß sie große Anforderungen an ihre warmen Gerichte stellen. Aber ich wollte kein warmes Gericht, sondern ein eiskaltes Bier. Ich mußte mich in eine Schlange stellen und an großen eisernen Pfannen voll mit Braten, Würstchen mit Kartoffeln oder Sauerkraut und Nudelgerichten mit roter oder grüner Sauce vorbeigehen, die so gar nicht zu dieser Stunde des frühen Morgens oder der späten Nacht paßten. Es war unfähr zwei Uhr.

Nachdem ich mein Lieblingsbier getrunken hatte (Carlsberg, zu Ehren der wunderbaren Carlsberg-Glyptothek in Kopenhagen), kaufte ich eine kleine Schachtel Marrons Glacés in der Absicht, sie meiner geheimnisvollen Reisegefährtin anzubieten. Ich habe immer ziemliche Schwierigkeiten gehabt, Blumen oder Pralinen zu schenken. Nie habe ich mich dazu durchringen können, einer Frau Blumen mitzubringen, so wie ich mich auch nie dazu habe durchringen können, Pralinen mitzubringen. Ich weiß zwar, wie sehr sich die Frauen über diese Interessenbekundungen freuen können und wie ertragreich sie sind im Hinblick auf Gefühl und Sex. Dagegen ist es mir aus einem unerfindlichen Grund gelungen, hin und wieder Marrons Glacés mitzubringen, die es aber leider nur von Oktober bis Dezember gibt. Eine jahreszeitliche Begrenzung meiner möglichen Verführungsbemühungen.

Schnell kehrte ich zum Bus zurück, wo ich einige Mitreisende, die nicht einmal ausgestiegen waren und vom reflektierten Licht der Neonschriften beleuchtet wurden, auf ihren Plätzen sitzend vorfand. Voller Neugier wartete ich auf die Rückkehr meiner Nachbarin. Ich will sie endlich sehen können, sagte ich mir, will sehen, wie sie aussieht, ihre Augen, ihr Mund, ihre Beine. Mich hatte die angespannte Neugier eines Pokerspielers erfaßt, der im Begriff steht, seine fünf Karten in die Hand zu nehmen und zu sehen, ob er ein Paar in der Hand hat, einen Drilling, eine Straße oder vielleicht ein noch höheres Blatt. Die Zeit unseres Zwischenaufenthalts war fast vorüber, und der Platz neben mir war noch immer leer. Die Passagiere kamen von der Cafeteria zurück und stiegen ein, dann fragte mich ein Mann mit Bart, um die Vierzig, mit einem verstörend sicheren Gehabe, ob er sich neben mich setzen könne.

»Der Platz ist besetzt«, sagte ich.

»Das Fräulein, das hier gesessen hat, ist in einen anderen Bus gestiegen, der an der Opéra hält. Dieser hier hält an den Toren von Paris, La Villette, Clignancourt, Clichy, Maillot. Wir haben unsere Plätze getauscht, weil ich lieber an der Porte de Maillot aussteige. Mein Hotel«, sagte er, »liegt ganz in der Nähe.«

»Wenn ich das gewußt hätte, wäre auch ich an der Opéra ausgestiegen«, brummelte ich verärgert.

»Wir haben die Plätze getauscht«, sagte der Mann mit Bart wieder.

Er setzte sich neben mich, während die automatischen Türen zuschnappten und der Bus seine Manöver begann, um den Parkplatz zu verlassen. Dieser Mann hatte den Wunsch, eine Unterhaltung mit mir anzufangen, das habe ich gleich begriffen. Ich aber hatte überhaupt keine Lust dazu, stellte ihm auch nicht die kleinste Frage nach der Frau mit dem roten Mantel, die mir immer als Knie und als roter Mantel ohne Gesicht im Gedächtnis bleiben wird. Ich steckte die Schachtel mit den Marrons Glacés in meine Reisetasche, zeigte ein leichtes Gähnen, das zu verstehen geben sollte, daß ich müde war, dann streckte ich die Beine aus und schloß die Augen, während der Bus wieder auf die Autobahn in Richtung Paris fuhr.

Nie in meinem Leben würde ich erfahren, was für ein Gesicht die junge Frau hatte, die an meiner Seite bis zur Cafeteria von Lille gefahren war, unter dem roten Mantel verborgen. Ich war nicht müde, und so begann ich, mir bei geschlossenen Augen vorzustellen, daß mein bärtiger Nachbar wieder einmal Ubus sein könnte, der mich angelogen hatte, als er den Platz der Unbekannten einnahm. Der Argwohn gegenüber diesem Mann, der dem vermutlichen Ubus glich, so wie ich ihn mir im Geist aufgrund der Angaben der anonymen Telefonnachricht zurechtgerückt und durch das Bild des Mannes bestätigt hatte, der ins Hotel Rembrandt gegangen war, ließ in mir den Gedanken aufkommen, mein Nachbar könnte die junge Frau auf den Toiletten der Cafeteria umgebracht haben, und zwar mit einem Eisendraht um den Hals, wie man es in Horrorfilmen sieht, und danach hat er ihren Platz im Bus eingenommen. Es gelang mir nicht, einen plausiblen Grund für diese lächerliche Kintopp-Phantasie zu finden, und ich überließ mich daher anderen Gedanken.

Vielleicht war die Unbekannte mit dem roten Mantel die Frau, auf die man sein ganzes Leben wartet, schöne und zärtliche Geliebte, helläugig, schwarzhaarig, mit festen Hüften und olympischen Brüsten. Die Berührung unserer Knie hatte ein abstraktes, wildschäumendes, unmäßiges Begehren in mir ausgelöst. Ich war dabei, mich in ein Phantasiegebilde zu verlieben. Aber kann die Berührung eines Knies ausreichen, um sich verzweifelt in eine Frau zu verlieben, von der ich weder die Augen noch den Hintern gesehen hatte?

Manchmal ist es wirklich der Zufall, der dich die Frau deines Lebens streifen läßt: der Streik des Flugbegleitpersonals in Paris, die nächtliche Fahrt durch die Ebenen Belgiens und Nordfrankreichs, der dichte Nebel während der ganzen Fahrt und dieser rote Mantel, hinter dem sich das Geheimnis einer Frau verbarg. Kann man sich in ein Geheimnis verlieben? Sei dir bewußt, daß du dieser Frau ohne Gesicht nie mehr im Leben begegnen wirst. Selbst wenn sie neben dir sitzen sollte, im Zug, im Bus oder im Flugzeug, du würdest sie nicht erkennen. Und so sollte mich dieses stille Begehren über die Jahre begleiten, und mit ihm die Frustrationen, die ich Tag für Tag anhäufe und die viele Quadratmeter in meinem erotischen Gedächtnis belegen.

Ich stellte mir vor, ich würde sie suchen wie ein Bettler.

»Entschuldige, bist du zufällig im Oktober vor zwei Jahren mit dem Bus von Brüssel nach Paris gefahren, versteckt unter einem bordeauxroten Mantel?«

»Im Oktober vor fünf Jahren?«

»Im Oktober vor zehn Jahren?«

»Im Oktober vor dreißig Jahren?«

Ich sollte sie noch viele Jahre suchen, schon mit weißem Haar, aber immer noch frischer Erinnerung. Warum nur habe ich sie in dieser Nacht nicht geweckt, im Bus von Brüssel nach Paris, die Frau meines Lebens? Die Dunkelheit, der Nebel, das Surren des fahrenden Autobusses hätten doch wie der Motor der Verführung gewirkt, sechzehn Ventile, einhundertzwanzig PS. Ich werde die Schachtel mit den Marrons Glacés aufbewahren, in Erinnerung an ein Phantasiegebilde der Liebe.

Und ich sage dir, du übertreibst mit dem Herzen, und in spätestens einer Woche hast du dieses Phantasiegebilde bereits vergessen.

Eine Frage ohne Antwort

»Wer kann das gewesen sein? Und was kann diesen Unbekannten, Ubus Arconti, dazu veranlaßt haben, meinen Vortrag zu stehlen?«

Mein junger Sekretär hatte mehr als einmal mit mir über Industriespionage geredet, er war ein unermüdlicher Leser von Spionageromanen, überall sah er Spione, doch zu dem Diebstahl meines Vortrags auf dem Kongreß in Amsterdam wollte er sich nicht äußern.

»Dazu kann ich Ihnen überhaupt nichts sagen, völliges Dunkel.«

Sicher, er war nicht imstande, mir eine überzeugende Antwort zu geben, aber es war klar, daß er sich vor allem nicht kompromittieren wollte. Das hatte mich nervös gemacht, seine Zurückhaltung, seine negative Einstellung schienen mir wirklich unangemessen, mehr noch, ausgesprochen verletzend für mein Nervenkostüm.

»Ich habe dem ersten Menschen, der mich für den Fall,

daß dieser Ubus Arconti von jemandem innerhalb der *Loutrous Peintures* auf mich angesetzt wurde, erleuchten könnte, eine Frage gestellt. Dieser erste Mensch bist du, du hast ausgezeichnete Ohren, eine ausgezeichnete Sprachfähigkeit für alles Interne und Externe unseres Unternehmens, und jetzt, ganz plötzlich, bist du stumm wie ein Fisch.«

»Entschuldigen Sie bitte, aber ich verfüge über keinerlei Elemente, um antworten zu können. Die Frage ist zu allgemein.«

Mit kalkulierter Langsamkeit, geradezu provozierend, zündete der junge Sekretär sich eine Zigarette an und stieß dann eine kleine Wolke blauen Rauchs aus.

»Hätte ich irgendein Element zur Verfügung, wäre meine Frage weniger allgemein. Ubus Arconti ist ja nur ein offizieller Name, aber wer steckt dahinter? Denn klar ist, daß er nicht aus sich heraus handelt. Er kann kein Feind von mir sein, wenigstens habe ich nichts in der Hand, um in ihm einen Feind zu erkennen.«

»Ich glaube, verstanden zu haben, daß Sie in Amsterdam großen Erfolg hatten, trotz des entwendeten Vortrags.«

»Schon, aber das macht die Frage nicht obsolet. Die Sache ist so schwerwiegend, daß ich verstehen will, wer ein Interesse daran hat, mich in Schwierigkeiten zu bringen.«

»Würden Sie mir die Frage noch einmal wiederholen?«

»Die Frage lautet: Wer könnte dieser Ubus sein, von dem die anonyme Anruferin gesprochen hat? Und könnte er der Urheber des Diebstahls sein, oder ist es ein Name, hinter dem sich der eigentliche Urheber oder Auftraggeber des Diebstahls versteckt? Und was könnte die Absicht einer so blödsinnigen Tat sein, da mein Vortrag keinerlei Geheimnisse enthielt? Sollte ich aber das Ziel gewesen sein, wer könnte dann ein Interesse daran haben, mir zu schaden?«

Der junge Sekretär machte eine kurze Pause und tat so, als würde er nachdenken, um sich anschließend wieder mit einer negativen Antwort aus der Affäre zu ziehen.

»Tut mir leid, ich kann darauf nichts antworten. Ich besitze nicht einmal ausreichende Elemente für eine Vermutung, und ich verspüre keinerlei Neigung für rhetorische Übungen. Daher nehme ich jede Hypothese, jede Annahme oder Vermutung auf, die Sie mir hinsichtlich der Fakten vorschlagen, über die ich nichts besitze, was objektiv nachprüfbar wäre.«

Wollte er sich lustig machen über mich, mein junger Sekretär, mit dieser monotonen Litanei und diesen Rauchwölkchen, die er wie kleine Ballons in die Luft blies?

»Ähnliche Fragen wie meine wirst du dir bei anderer Gelegenheit gestellt und dann versucht haben, eine Antwort auf sie zu finden. Jeder von uns stellt sich Fragen und versucht dann, überzeugende Antworten zu finden. Ich suche zwar nach der Wahrheit, begnüge mich aber auch mit der Wahrscheinlichkeit. Wenn mein Feind im Unternehmen ist, wer kann es sein?«

Mein Sekretär zuckte die Schultern. Ich war kurz davor, die Geduld zu verlieren. Er redete ständig über alles, er hatte zu allem eine Meinung, mein Sekretär, und das half mir meist, meine Spannungen abzustreifen. Aber nichts, jetzt verweigerte er hartnäckig jedes Gespräch.

Ich steckte mir eine Gitane an, um meinem lakonischen Gesprächspartner Zeit für die Formulierung einer Antwort zu lassen.

»Ich verlange ja nicht, daß du mit völliger Sicherheit antwortest. Jede noch so blöde Antwort ist in Ordnung.«

»Entschuldigen Sie, aber was ist das dann für eine blöde Frage? Leider habe ich überhaupt keine Meinung in dieser Sache, und ich will nicht einfach so ins Blaue hinein antworten.«

Ich versuchte es mit direkter Provokation.

»Nur Tiere haben keine Meinung.«

Der Sekretär fühlte sich wegen seiner Zurückhaltung angeklagt und reagierte starrsinnig.

»Dann bin ich eben ein Tier. Diesmal, Monsieur le Directeur, bin ich eben ein Tier.«

»Soll das jetzt eine witzige Bemerkung sein oder eine Antwort?«

»Ich habe Ihnen bereits mit völliger Gewißheit geantwortet, der einzigen für mich vertretbaren Gewißheit in diesem Fall: Ich kenne keinen Ubus Arconti, über diese Sache weiß ich nichts, und es ist mir nicht möglich, mir eine zuverlässige Meinung hierüber zu bilden. Ich verstehe nicht, was man sonst noch von mir verlangen kann. Was habe denn ich mit der ganzen Sache zu tun? Ich war in Amsterdam nicht dabei, wo diese Dinge geschehen sind.«

Jetzt fing ich an zu begreifen. Mein Sekretär wäre gerne mit mir nach Amsterdam gefahren, und ich habe nein gesagt, weil ich nicht wußte, wie ich seine Anwesenheit in Amsterdam vor der Verwaltung unseres Unternehmens hätte rechtfertigen können. Und deshalb war er beleidigt.

»Die Frage richtet sich nicht an deine Person und deine Anwesenheit in Amsterdam, sondern an deine Denkfähigkeit.«

»Tiere denken nicht.«

»Stimmt.«

»Dann ist ja alles im Lot.«

»Tatsache ist, ich habe dir eine Frage gestellt, und du hast mir nicht geantwortet. Also Ende.«

»Ich kann einen Kommentar ad excludendum abgeben. Der Vorstand hat mehr als einmal deutlich gemacht, daß er Ihre Arbeit schätzt. Daher bin ich der Meinung, daß die Heimtücke diesmal nicht vom FÜNFTEN STOCK kommt.«

Viele Bedienstete der *Loutrous Peintures* lebten im Schrecken vor dem Vorstand, der drohend über unseren Häuptern schwebte und auf den man mit zum HIMMEL gerichteten Fingern deutete, ich meine: Himmel mit lauter Großbuchstaben. Hin und wieder versetzte der Vorstand Untergebene überraschend und grundlos von einem Büro in ein anderes, und wenn schon Gründe genannt wurden, waren sie ein Vorwand. Wirkungen ohne Ursache. Mitunter wurden auch Abteilungsleiter wie Monsieur Ballou brutal entlassen, wegen »ungenügender Leistung«, eine verletzende Begründung, auch wenn längst üblich und formell, ohne Wahrheitsgehalt, gleich für alle. Möglicherweise dachte man, auf diese Weise eine Spannung unter den Mitarbeitern zu schaffen, die dem Unternehmen förderlich sei. Es gab keine andere Erklärung für diese plötzlichen Versetzungen oder Entlassungen.

Unter den Mitarbeitern der *Loutrous Peintures* muß es Spione gegeben haben, die nie mit völliger Gewißheit entlarvt werden konnten. Sie berichteten dem Vorstand wer weiß was für Bösartigkeiten über die Mitarbeiter, die dadurch Beeinträchtigungen in ihrem Büroleben und im Organisationsplan des Unternehmens hinnehmen mußten. Offensichtlich war auch mein junger Sekretär von diesem »Hasensyndrom« befallen worden. Er fühlt sich verfolgt und fürchtet, jeden Augenblick eine Ladung Schrot aufgebrannt zu bekommen. Dazu kam noch die Kränkung, daß ich ihn nicht mit nach Amsterdam genommen hatte.

Innerlich habe ich geflucht und diesen hasenfüßigen Sekretär mit übersteigerter Wut verwünscht. Und ich sagte mir gleich nach diesen Verwünschungen, daß ich verständnisvoller hätte sein sollen, weil ich sehr wohl weiß, daß Feigheit ein Teil des Menschen im allgemeinen und eines Bürohengstes im besonderen ist. Daher habe ich meine »malae cogitationes« (Origenes Origenes) auch bereut, aber man kann nicht einfach kehrtmachen nach einem gedachten Gedanken, ob er nun im Gedächtnis Spuren hinterläßt oder nicht.

Am Ende unseres Gesprächs habe ich im Aschenbecher acht Gitanes-Kippen gezählt. Ich hatte nicht bemerkt, daß ich acht Zigaretten geraucht hatte.

Die erste Begegnung

Einen Schritt zurück. Es war einmal (und leider ist er es immer noch) der Flughafen Charles de Gaulle der dämlichste Flughafen der Welt. Unsinnigerweise in drei Flughäfen aufgeteilt, die durch nie ankommende Pendelbusse verbunden werden und mit diesen kirmesartigen »Satelliten« vollgestopft sind, die Kinder vielleicht amüsieren mögen, Erwachsene aber nur verwirren, diese unendlich langen Tapis roulants, die hinauf- und hinunterrollen wie Achterbahnen im Zeitlupentempo, um die Eincheck-Halle mit den Abflugbereichen zu verbinden. Eigentlich wollte er ein in die Zukunft weisender Flughafen sein, statt dessen ist er eine dem Disneyland würdige Jahrmarktsbude geworden, wo man nur mit Schwierigkeiten hingelangen und noch viel schwieriger wegkommen kann. Dort war es, wo ich die Frau verloren habe, die ich, wenn ich nicht Angst vor diesen Worten hätte, als die Frau meines Lebens definieren müßte, die seitdem zwischen meiner Erinnerung und dem Himmel der Swiss Air schwebt.

Alles hatte im September des vergangenen Jahres in der Bar des Zürcher Flughafens begonnen, als ich auf meinen Weiterflug nach Paris wartete. Ich war von Athen gekommen und mußte über eine Stunde warten. So hatte ich mich vor einen schwarzen Kaffee gesetzt und las »Le Monde«, mit einer Titelseite über Israel. Ich blickte von der Zeitung auf und sah eine junge Frau, eine superlative Vierzigerin, die sich umsah, wo sie sich hinsetzen könnte, aber die Tischchen waren alle besetzt.

Ich verrückte den Stuhl vor mir und lächelte ihr zu.

»Ich gehe bald«, sagte ich zu ihr, um sie zu animieren, sich doch an meinen Tisch zu setzen.

»Danke.«

Sie setzte sich mir gegenüber. Ich lächelte ihr noch immer zu, wollte aber kein Gespräch mit ihr beginnen wie ein Papagallo, und so las ich weiter, hatte unterdessen jedoch ihr

Bild meinem Gedächtnis eingebrannt. Ich weiß nicht, wie ich sagen soll, sie war keine atemberaubende Schönheit, ich meine keine, die man auf dem Titelblatt von Illustrierten sieht, doch ihr Glanz war verzaubernd. Das duftige Kleid mit karmesinroten und schwarzen Blumen, die schwarzen Haare, die ebenfalls karmesinroten Lippen und der tiefe, ferne Blick (möglicherweise war sie kurzsichtig) hatten mich so aufgewühlt wie Dante der Anblick der Beatrice.

Farben haben immer schon meine Vorstellungskraft angeregt (was natürlich ist, weil ich mit Farben zu tun habe) und jedesmal eine emotionsstarke und mnemonische Funktion ausgeübt. Meine Erinnerung an einen Menschen oder an ein Ereignis ist daher mit einer genauen und starken Beziehung zu Farben verbunden. Auch in diesem Fall hatten die Farben den Urknall der Gefühle ausgelöst, deren designiertes Opfer ich war.

Im Leben treten plötzliche und endgültige Gewißheiten auf, Begegnungen von Sinnen und Gefühlen, die sich auf der Stelle in die tiefen Kreise der Seele projizieren. Die Erleuchtung, die man durch Zen erreicht, muß dem ähnlich sein, was ich in diesen wenigen Augenblicken ihres Erscheinens verspürt habe, mit dem Unterschied, daß es sich in meinem Fall um ein Scheinbild geistiger Leere gehandelt hat, weil ich vor meinen Augen den leibhaftigen Menschen sah, der mich erleuchtet hatte. Ich wußte, irgendwo würde es diese Frau geben, ich hatte sie schon mit den Augen des Begehrens gesehen, und jetzt, jetzt war sie da, vor meinen Gefühlsdioptrien, im Café des Zürcher Flughafens. Ein karmesinroter und schwarzer Blitz wie die Blumen ihres Kleides und das Licht ihrer Augen. Ihr Bild, sagte ich mir, wird immer in dein Gedächtnis eingeprägt bleiben, diese Begegnung ist ein Wunder der Natur, wenn die Natur ihre Hand freundschaftlich nach dir ausstreckt. Über das Herz rede ich nicht, aus Scham, und auch weil es mir so vorkommt, als ob die großen Gefühle gar nicht dort ihren Sitz hätten.

Ich wußte nicht mehr, wohin ich meine Hände tun, wo meinen Blick ruhen lassen sollte. Ruhig, sagte ich mir, versuch deine Gefühlsaufwallung zu verbergen, und benimm dich würdevoll. Für diese Dame bist du ein Unbekannter, verhalte dich also mit der Würde eines Unbekannten. Tu so, als würde T. S. Eliot, der Dichter der Eiseskälte, dich beobachten. Ja, was würde T. S. Eliot sagen, wenn er deinen Gemütszustand kennen würde? Und Stendhal? Vielleicht wäre Stendhal verständnisvoller als T. S. Eliot. Er maß den Empfindungen, die Männer für Frauen hegen, noch größere Bedeutung bei als den Frauen. Ich versuchte, mich mit Eliot und Stendhal abzulenken, um von meiner Gefühlserregung nicht allzu angegriffen zu erscheinen.

Ich blickte von der Zeitung auf und lächelte ihr noch einmal scheu zu.

»Ich warte auf den Aufruf für Paris«, sagte ich.

Auch sie flog nach Paris, jedoch mit der Swiss Air, ich dagegen mit der Air France, zehn Minuten früher.

»In Paris könnten wir dasselbe Taxi ins Zentrum nehmen. Wenn Sie wollen, könnte ich an der Gepäckausgabe am Flughafen Charles de Gaulle auf Sie warten.«

Ein Vorschlag, den ich mit aller Diskretion und ohne jede Hoffnung in den Raum gestellt hatte.

»Eigentlich weiß ich gar nicht, wo in Paris ich hin soll, ich bin plötzlich abgereist und habe noch kein Hotel.«

Sie begleitete ihre Worte mit einem Lächeln, amüsiert über die leichte Anomalie der Situation. Ich interpretierte dieses Lächeln wie eine Aufforderung zur Vertraulichkeit.

»Ich habe eine kleine Wohnung in der Rue du Temple. Sie können Ihren Koffer bei mir abstellen und dann in aller Ruhe mit den Hotels telefonieren.«

»Danke.«

Ich lächelte ihr dümmlich zu. Ich hatte nicht ganz verstanden, ob dieses Danke bedeutete, daß sie mein Angebot annahm.

Mein Kopf loderte, ich versuchte, es als abgemacht hinzunehmen, daß sie zu mir nach Hause kommen würde, und zerbröselte bereits bei der Vorstellung, ich könnte sie möglicherweise davon überzeugen, auch über Nacht bei mir zu bleiben, wer weiß. Eine akademische Übung in Liebespathos.

»Danke ja oder danke nein? Kann ich vielleicht erfahren, wie du dieses Danke meinst? Erklär das genauer, Sirene.«

»Aber ja, natürlich komm' ich zu dir nach Hause.«

»Dann könntest du ja bei mir schlafen.«

»Schön.«

»Ich habe nur ein Bett, ein Meter vierzig breit.«

»Groß genug.«

Ich wollte, ich konnte meine innere Erregung nicht zeigen, das durfte ich nicht, und so vereinbarten wir in aller Ruhe, daß wir uns an der Gepäckausgabe des Flughafens Charles de Gaulle treffen und dann gemeinsam ein Taxi nehmen würden. Ich mochte nicht glauben, daß sich so viel Glück aus dem kalten Himmel von Zürich über mich ergießen könnte.

Wir verabschiedeten uns mit einem Lächeln, weil der Augenblick des »letzten Aufrufs« für die Passagiere der Air France gekommen war.

Meine Gedanken an die Liebe flogen fünfzig Minuten von Zürich nach Paris mit einer Geschwindigkeit von achthundert Kilometern pro Stunde. Eine perfekte Landung auf der Piste von Paris im Licht der Dämmerung, während die Wildkaninchen beim Vorbeirollen unseres Flugzeugs, das mit den Motoren geräuschvoll bremste, auf die Wiesen neben der Landebahn hoppelten.

An der Gepäckausgabe des Flughafens Charles de Gaulle, des dämlichsten Flughafens der Welt, wartete ich vergeblich zwanzig Minuten. Ganz klar, aus den zehn Minuten Unterschied zur Swiss Air sind zwanzig geworden, sagte ich zu mir, oder vielleicht hat der Kontrollturm das Flugzeug noch ein paar Runden drehen lassen, bevor es landen kann. Kommt ja vor, wenn der Verkehr dicht ist und die Landebahnen besetzt sind. So versuchte ich, mir die Verspätung der Swiss Air zu erklären. Endlich sah ich auf den Monitor: Das Flugzeug war vor fünfzehn Minuten gelandet.

Flugs hielt ich eine vorbeigehende grüne Hosteß an.

»Es ist angekommen«, sagte sie, »allerdings am Flughafen Nummer zwei, denn hier, an der Nummer eins, landen nur die Flugzeuge der Air France und der Alitalia. Aber sicher, ja, auch das Gepäck wird den Passagieren am Flughafen Nummer zwei ausgegeben.«

Ich habe versucht, den Shuttle zu nehmen, fünf einen Kilometer lange Minuten, auf dem Bürgersteig da, dann die unendlich lange Passage vom ersten zum zweiten Flughafen und schließlich die Suche nach den Rollbändern der Gepäckausgabe. Als ich angekommen war, war niemand mehr da, das Gepäck des Flugs aus Zürich war bereits ausgegeben worden, auch sie war verschwunden, die Frau meines Lebens. Ich kenne nicht einmal ihren Namen. Nichts, verschwunden, ohne daß ich einen Anhaltspunkt gehabt hätte. Im stillen fluchend, sah ich mich um, während die Welt um mich herum weiterlief. Verdammter Flughafen Charles de Gaulle.

Batman in Paris

Für die alten Römer war Fortuna eine Göttin mit verbundenen Augen, daher ging sie tastend umher, ohne zu wissen, wohin sie sich begab. Man kann der Fortuna nicht nachlaufen, vielmehr ist sie es, die auf einen zukommt, mit ihren blinden Schritten, sie ist es, die einen berührt, sofern man sich in der erlauchten Gesellschaft der Fortunaten, der vom Glück Berührten, befindet. Des weiteren füge ich hinzu, daß Fortuna, das blinde Glück, und zwar jede Art und Form von Glück, Teil der unermeßlichen Kategorie von Träumen ist und daher, wenn du siehst, daß es auf dich zukommt (bisweilen geschieht das ja), und du es nicht ergreifst oder ihm nicht nachrennst, wenn du es vorübergehen siehst, es eine andere Richtung nimmt, schnell davongeht und in der ersten Biegung verschwindet.

Ich bin durch die Straßen von Paris gegangen, voller Vertrauen in das blinde Glück, ich bin durchs Quartier Latin gegangen, durch Les Marais, durch die Gegend der Champs-Élysées, und wieder Quartier Latin, hundertmal bin ich den Boulevard Saint-Germain hoch und runter gelaufen, den Boulevard Raspail, Rue du Bac bis zum Pont Royal, ich bin in die großen Kaufhäuser gegangen, ins Lafayette, ins Bon Marché, ins BHV und Samaritaine, alles in der nicht sehr wahrscheinlichen Hoffnung, die Frau meiner Träume wiederzufinden, in die ich mich immer mehr verliebte und über die ich immer mehr verzweifelte. Am Abgrund zur völligen geistigen Leere habe ich schließlich gewünscht, Batman zu sein.

Später ist mir klargeworden, daß die Blondine, die im vergangenen Oktober während meines Vortrags über Farben und Anstriche in der ersten Reihe in Amsterdam saß, der Frau mit den schwarzen Haaren glich, die mich wie ein Blitz am Flughafen in Zürich getroffen hatte. Das also war der Grund, weshalb ich mich unter den zahlreichen Zuhörern während meines Vortrags wie magisch angezogen an sie gewandt hatte. Das also war der Grund, weshalb ich sie am Ende gesucht hatte. Aber wenn sie es war, wieso hatte ich sie dann nicht erkannt? Wegen ihrer blonden Haare etwa? Möglich, daß die Erregung darüber, öffentlich ohne Vortragstext sprechen zu müssen, mein Erinnerungsvermögen durcheinandergebracht hatte, oder ich hatte sie aus meinem Gedächtnis gelöscht, aus unmittelbarer Wut darüber, daß ich sie am Flughafen Charles de Gaulle, dem dämlichsten Flughafen der Welt, nicht mehr wiedergefunden hatte.

Ein literarischer Kniff

Ich habe ein ebenso schlechtes Verhältnis zum Kalender wie zur Uhr, weshalb ich mich oft in der Zeit vertue. Mehr oder weniger ein Jahr war vergangen seit der Begegnung mit der Unbekannten am Flughafen in Zürich, und ich war bei einem Cocktail der Zeitschrift »Nouvel Observateur« im unterirdischen Café du Louvre. Die *Loutrous Peintures* kauft Werbeseiten in diesem Blatt, und daher war ich gemeinsam mit dem Pressesprecher als Repräsentant unseres Unternehmens dort. Mein Kollege war gleich in der Menge verschwunden. Eine große Zahl von Journalisten und Schriftstellern, der eine und andere Cineast, einige unbedeutende Politiker, viel Polizei in Zivil, die sich unter die Menge gemischt hatte, und der Herausgeber Jean Daniel waren da, aufrecht stehend und die Wünsche zum dreißigsten Geburtstag der Zeitschrift entgegennehmend.

War es Fortuna, das blinde Glück, eine Laune des Schicksals oder ein Traum, der mich dort, in jenem Café du Louvre, fast ein Jahr nach Zürich, die schöne Unbekannte hatte wiedertreffen lassen? Nicht schön, sondern wunderschön, wie im Café des Zürcher Flughafens. Ein paar Augenblicke lang war ich wie versteinert, dann ging ich zu ihr und sagte ihr, daß wir uns schon einmal begegnet seien, vor einem Jahr, am Flughafen in Zürich, als wir auf den Flug nach Paris warteten, und ich erzählte ihr, warum ich das Rendezvous im Flughafen Charles de Gaulle verpaßt hatte. Sie hörte mir zu, ohne zu verstehen (oder aber sie tat so, als würde sie mich nicht verstehen?).

»Das war nicht ich«, sagte sie am Schluß meiner Erzählung, erstaunt und einigermaßen verwirrt über meine Sicherheit.

Ich machte den Versuch zu beharren, wobei ich die Worte so nuancierte, daß sie mit allen förmlichen Kunstkniffen der Vorsicht ausgestattet und mit keinerlei Hypothek der Gefühle belastet wurden, doch ich merkte an ihrer hartnäckigen Reaktion, daß sie den einen oder anderen Grund haben mußte, dies alles zu leugnen. Also ließ ich diesen Gesprächsgegenstand beiseite. Aber ich war mir sicher, daß sie die Frau meiner Träume war, die ich am Zürcher Flughafen getroffen und dann am Flughafen Charles de Gaulle, dem dämlichsten Flughafen der Welt, verloren hatte. Ich war glücklich, sie wiedergefunden zu haben und entschloß mich, bei meiner Überzeugung zu bleiben, aber es gelang mir weder jetzt noch später zu verstehen, warum sie so starrsinnig leugnete. Darüber hatte ich ein vertrauliches Gespräch mit meinem Sekretär, der mir in weiser Manier sagte, Frauen seien eben so. Was heißt das: so?

Eliane, das war ihr Name, kam mir vor wie die vollkommene, die verblüffende Doppelgängerin jener Unbekannten. Vor mir hatte ich das lebendige Abbild des Verhältnisses zwischen höchstem Glücksgefühl und dem Vergessen, zwischen der Liebe und dem Nichts. Mit armseligen Worten sagte ich inmitten all der Menschen in diesem Café du Louvre zu ihr, daß ich sie gerne wiedersehen würde, bevor alles wieder zu Asche würde.

»Zu Asche? Was heißt das?«

»Ich habe nur versucht, meinem Wunsch dramatische Kraft zu verleihen. Es handelt sich dabei um einen literarischen Kniff.«

Eliane lächelte und sagte einfach nur »Danke«, wie damals, als ich ihr im Café des Zürcher Flughafens angeboten hatte, sie zu mir nach Hause in Paris zu begleiten.

Wieder stand ich, zwischen Kaviarhappen und einem Schluck Champagner, vor einem Rätsel des Gedächtnisses.

»Was bedeutet dieses Danke? Wir beginnen wieder von vorn, Sirene. Danke ja oder danke nein?«

»Danke ist ein positiv gemeinter Ausruf, und deshalb bedeutet es danke ja.«

»Dann können wir uns also noch einmal sehen, zu einem Tête-à-tête.«

»Hoffen schadet nicht, heißt es nicht so?«

»Eine propädeutische Begegnung, kann man das so nennen?«

Zwei Tage später habe ich Eliane wiedergesehen, Eliane, ein schöner Name, der ganz zu ihrem Glanz paßte. Und wieder traf ich sie im unterirdischen Café du Louvre, das diesmal beinahe leer war. Nein, nicht viele Menschen saßen an den Tischen, doch ich hatte sie mit einem Laserrundumblick in einem Sekundenbruchteil ausgelöscht. Ich war zu Fuß von der Rue du Temple gekommen, Rue Rambuteau und Les Halles bis zur Einmündung in die Rue de Rivoli, voller Bewunderung für die michelangeleske Komposition der Wolken im Gegenlicht, die von einer grandiosen Herbstsonne beschienen wurden. Nein, der Himmel von Paris ist nicht kitschig wie der Himmel von Amsterdam, wie der mürrische algerische Taxifahrer dort meinte. Schwarze und stahlgraue Wolken, dann wieder hellere, beinahe weiße, ein paar andere rosarote, durch das zurückgeworfene Licht, eine berauschend dramatische Aufeinanderfolge. Komisches findet sich nicht in der Natur, Dramatisches hingegen wohl, dieser Himmel war dramatisch wie die Tragödien des Sophokles und imposant wie ein Gemälde von Michelangelo.

Als wir im Café du Louvre saßen, machte ich dieser Frau den Hof, indem ich von anderem sprach, ein Trick, der erstaunt und verblüfft, sozusagen eine Provokation, mit unvorhersehbaren Auswirkungen. Zum Beispiel die Teilchenphysik, die reine Energie ohne Materie, die absolute Abwesenheit, die Nichtigkeit des in diesem Café eingeschlossenen Universums, in dem wir saßen. Ich sah ihren Augen das kosmische Unbehagen an. Die Teilchenphysik ist eines meiner Schlachtrösser, ich kann unendlich lange darüber reden, ohne fürchen zu müssen, daß mir widersprochen würde. Ich redete zwar, aber ich versuchte auch, das eine oder andere

Wort von ihr aufzunehmen, einen Satz, einen Ausruf des Erstaunens, die eine oder andere zerstreute Bemerkung über ihre Mitarbeit an der Frauenbeilage des »Figaro«. Indessen konnte ich mir die Vorstellung nicht aus dem Kopf schlagen, daß die »Freundesstimme«, die mich dazu gebracht hatte, mein Hotel in Amsterdam zu verlassen und so dem Diebstahl meines Vortrags Vorschub leistete, nicht Marguerites Stimme war (das wußte ich ja schon), sondern die Stimme der Frau aus Zürich, die ich weiterhin mit Eliane identifizierte, auch wenn sie es bestritt. Natürlich irrte ich mich, sicher irrte ich mich, daher sagte ich ihr auch nichts von diesem Verdacht.

Von da an sah ich Eliane in den Cafés des Ersten Arrondissements, Palais Royal und Rue Saint-Honoré, zwischen meinen Reisen, mit unendlich viel unerhörtem Begehren, und das ist die Geschichte, die ich hier erzähle, in die irgendwann, anmaßend und arrogant, Ubus eindringt, wieder dieser Ubus Arconti. Aber handelt es sich überhaupt um eine Geschichte?

Militärlieferungen

Ich habe einen meiner Untergebenen in mein Büro bestellt, der aus Rom zurückgekehrt ist. Dort hatte er in meinem Auftrag schwierige Verhandlungen mit hohen Offizieren der Italienischen Militärmarine geführt. Fünfundzwanzig Tonnen Rostschutzfarbe. Stumpfgrau wie der Himmel von Paris, hatte der für Farben zuständige Kommandant provozierend gesagt, der eine Demütigung in der Tatsache erblickte, daß er eine französische Firma wegen der günstigeren Preise und der besseren Qualität beauftragen mußte. Sofern es mir möglich ist, lasse ich keine Gelegenheit aus, nach Rom zu fahren, doch diesmal war ich in Paris beschäftigt, mit entsetzlich öden polnischen Kunden, die unmögliche Preise für eine

Lieferung von Tarnfarben, Grün und Braun, für die Werften in Danzig verlangten. Einmal hatte ich sie ins Restaurant Carré des Feuillantes in der Rue Castiglione gebracht, und jetzt zogen sie die Verhandlung in die Länge und baten mich jeden Abend, noch einmal in dieses sündhaft teure Luxusrestaurant zurückzukehren.

»Nein, nicht, ihr lieben Polen. Einmal, auch zweimal, aber nun reicht's mit den Luxusrestaurants.«

Orthensius war ein junger Mann, schüchtern und intelligent, der niemals die Gelegenheit bekommen hatte, sich Geltung zu verschaffen. Jahrelang arbeitete er abgeschieden in der Abteilung für die Beschaffung von Schwefel, und ich hatte ihn als Sachbearbeiter für Geschäftsbeziehungen in die Auslandsabteilung geholt. Mir schien, daß er glücklich war, sowohl über die Beförderung als auch über die Reise nach Rom, und dafür hatte er mir von Herzen gedankt.

Ich wußte, daß ein direktes Eingreifen von meiner Seite in die Verhandlungen mit der Italienischen Militärmarine eine Demütigung für ihn bedeutet hätte, und so sagte ich ihm, als er mich nach Abschluß der Vorvereinbarungen fragte, ob ich das Geschäft zu Ende führen wolle, daß ich lieber ihm diese Aufgabe überließe. Ich gab ihm die notwendigen Anweisungen und Ratschläge, damit er gegen mögliche Forderungen und Unverschämtheiten des Militärs gewappnet war, überließ ihm aber die Initiative und damit auch einen Teil des Verdienstes und der Anerkennung, sofern die Sache in den Hafen eines sicheren Abschlusses gelangen sollte. Wir haben noch Witze gemacht über das »in den Hafen gelangen«, was angesichts der Tatsache, daß es sich um ein Geschäft mit der Marine handelte, ein durchaus angemessener, zutreffender Ausdruck war. Dann sagte ich noch, daß ich lediglich für die Unterschrift nach Rom kommen würde. Besser, man nimmt ein paar Risiken in Kauf, sagte ich mir, hat aber dafür einen zufriedenen und treu ergebenen Mitarbeiter.

Ich weiß nicht, ob diese Entscheidung, die Orthensius gegenüber äußerst großzügig war, die Zustimmung des Kardinals Mazarin gefunden hätte, der zu kanonischer Vorsicht in den Beziehungen mit Untergebenen rät. Leider wurde mir bei dieser und anderen Gelegenheiten klar, daß Anerkennung einen ehrgeizigen Menschen demütigt, oftmals wandelt sie sich in Haß und treibt ihn zum Verrat. Im nachhinein wurde mir klar, daß der Kardinal wieder einmal recht hatte.

Unterschrift: Ubus

Einzigartige Dinge geschehen in meinem Umfeld. Ich bemühe mich, für alles eine Erklärung zu finden, auch wenn ich weiß, daß eine Erklärung bisweilen nicht existiert, das sind die berühmt-berüchtigten Wirkungen ohne Ursache, und wenn man in eine davon gerät, kann man seinen Kopf auch gleich gegen die Stahlzylinder im Hof des Palais Royal schlagen, ein sinnloses und schmerzhaftes Opfer.

Nun, die Einzigartigkeit hatte sich in einem gelben Briefumschlag gezeigt, der, das besagten Poststempel und Briefmarke, in Paris eingeworfen und mir in meiner Wohnung in der Rue du Temple zugestellt worden war. In dem Briefumschlag fand ich die Fotokopie eines auf englisch geschriebenen Artikels, der in einer Zeitschrift veröffentlicht worden war. Ihr Name, in winzigkleinen Buchstaben, stand am unteren Seitenrand: »Papers from the Regional Meeting, Chicago Scientific Society«. Der Titel des Artikels lautete *Varnishes, Archeology and History*, Unterschrift: Ubus Arconti.

Ich las den Artikel. Es war mein Vortrag, Wort für Wort so übersetzt und veröffentlicht, wie ich ihn für den Kongreß in Amsterdam geschrieben hatte. Es verschlug mir die Sprache. Mithin hatte Ubus Arconti sich in den Besitz meines Textes gebracht, hatte ihn übersetzen und mit seiner Unterschrift publizieren lassen. Ein eindeutiges, ein schamloses Plagiat. Endlich wurde mir der Diebstahl von Amsterdem klar. Ich fragte mich, wie ich es wohl beweisen könnte, daß ich diesen Artikel geschrieben hatte und nicht Ubus Arconti. Der Text war mit Datum in meinem Computer gespeichert, doch das Datum im Computer ist bei einer möglichen Anzeige kein Beweis. Und überhaupt: Was hätte ich davon? Ich würde mich auf eine langwierige Geschichte einlassen, die dem Vorstand der *Loutrous Peintures* unter anderem – abgesehen vom Diebstahl meines Vortrags, worüber ich bereits Mitteilung gemacht hatte – das dann folgende Plagiat enthüllt hätte, eine ziemlich heikle, jedenfalls aber meiner Vertrauenswürdigkeit nicht unbedingt zuträgliche Angelegenheit. Besser, die Sache auf sich beruhen zu lassen, doch durch diese rechtswidrige Veröffentlichung war eine beunruhigende Situation entstanden. Was versprach sich Ubus Arconti von diesem Diebstahl? Und wer hatte sich die Mühe gemacht, meinen Vortrag ins Englische zu übersetzen, ihn zu veröffentlichen, ihn zu fotokopieren und an meine Adresse zu schicken?

»Die Künstler im antiken Griechenland bemalten die Marmorstatuen, auf denen lediglich die eine oder andere mikroskopisch kleine Farbspur verblieben ist. Der Brauch, Statuen zu bemalen, war auch in Ägypten verbreitet, und wir können noch heute im Ägyptischen Museum in Berlin den Kopf der strahlend schönen Nofretete sehen, der völlig bemalt ist. Auch im europäischen Mittelalter war es noch Brauch, Statuen oder Reliefs aus Stein oder Marmor zu bemalen, wie die farbigen Statuen im unterirdischen Bereich der alten Kathedrale von Salamanca, das romanische Portal des Berner Doms, die Monster des Gartens von Bomarzo, die Reliefs des Baptisteriums von Parma, die Köpfe der biblischen Könige von Notre-Dame beweisen. Hätten die Bildhauer des antiken Griechenlands Vinylfarben oder Vinyllacke verwenden können, hätten die Farben der Zerstörung durch die Zeit widerstanden, wohingegen wir alle ihre Statuen völlig ›nackt‹ kennenlernten.«

Der Anfang des ins Englische übersetzten und mit Ubus Arconti gezeichneten Artikels stimmte haargenau mit dem ersten Absatz meines Vortrags überein, abgesehen von einem einzigen Unterschied. Statt von »Vinylfarben« zu sprechen hieß es in meinem Text: »Hätten die Künstler des antiken Griechenlands die Farben und Lacke der *Loutrous Peintures* verwandt, würden die Farben ihrer Statuen der Zerstörung durch die Zeit widerstanden haben usw.« Ansonsten gab der gesamte Artikel meinen Vortrag wortwörtlich wieder. Leider stand ich diesem ungeheuerlichen Diebstahl völlig machtlos gegenüber. Ein Plagiat liegt dann vor, wenn ein Text aus einer Veröffentlichung gestohlen wird, nicht aber aus einem Vortrag, der mit Sicherheit auf Band aufgenommen worden war, allerdings nicht mit dem veröffentlichten Text übereinstimmte, weil ich ihn zu einem beträchtlichen Teil aus dem Stegreif auf einem Notizzettel niedergeschrieben hatte.

In diesem Text stellte ich mir die Frage, ob die griechischen Statuen von den Bildhauern selbst bemalt wurden oder von erfahrenen Malern, die man eigens dafür geholt hatte (in der *Naturalis historia* von Plinius dem Älteren, der großen Universalenzyklopädie der Antike, heißt es, daß der überragende griechische Maler Apelles sich auch der Bemalung von Statuen widmete). Mir ist nicht bekannt, daß sich jemals irgend jemand mit diesem Thema beschäftigt, ja nicht einmal das Problem gestellt hat, das zum ersten Mal vom Verfasser dieser Niederschrift aufgeworfen wurde. Auch das Verdienst hierfür würde nun Ubus Arconti zuerkannt, dessen körperliche und auf unheilvolle Weise sperrige Präsenz ich bei dieser unseligen Gelegenheit förmlich mit den Fingern berühren konnte.

Auch die Übersetzungen einiger schwieriger Zitate aus dem Altitalienischen des *Lapidario Estense* über die Farben von Edelsteinen und Halbedelsteinen wurden angegeben: »Der Heliotrop ist ein grüner Stein mit bläulichen Tropfen, grünlichen gleich dem Smaragd, und er weist eingesprenkelte Venen auf gleich dem Blut.« »Onyx ist ein Stein, welcher der Farbe der Finger ähnlich sieht.« »Sardonyx ist ein Stein, welcher aus drei Farben besteht: Weiß, Schwarz und Rot, diese aber leuchtend.« »Smaragd ist ein Stein von durchscheinendem Grün...«

Unverzüglich habe ich mich per Fax mit der Chicagoer Zeitschrift in Verbindung gesetzt, doch trotz aller Beharrlichkeit hat dies zu nichts geführt. Sie hatten diesen Text erhalten, ihn für interessant befunden und schließlich veröffentlicht, ohne Informationen über den Autor einzuholen, der in einem Begleitbrief schrieb, er sei freier Gelehrter und wohne in Paris. Arconti, Ubus Arconti.

Aber wer hatte mir die Fotokopie des Artikels zugeschickt? Es gab jemanden, der mich bespitzelte, der anonyme Anrufe machte, der mich jetzt von diesem Plagiat in Kenntnis setzte. Wer konnte das sein? Was war die Absicht, die der anonyme Informant damit verfolgte? Und was, wenn es Ubus selbst war, der mir den Artikel als Ausdruck größter Verspottung oder um meine Nerven blank zu legen geschickt hatte? Fragezeichen einstweilen, ohne Antwort. Ich entschloß mich, mit niemandem darüber zu reden, in der Hoffnung, daß die Veröffentlichung vom Vorstand der *Loutrous Peintures* unbemerkt bleiben würde.

Wie es aussieht, ist Orthensius, mein Stellvertreter, den ich großzügig aus dem Schwefel gezogen und zu den Verhandlungen mit der Italienischen Militärmarine nach Rom geschickt hatte, wohl einer der heimlichen Spitzel des Vorstands, und ausgerechnet er hat über den Zwischenfall mit der »Chicago Scientific Society« geredet. Auch ich habe meine Spitzel, die mich ihrerseits über Bespitzelungen und verdächtige Bewegungen im Umfeld des Vorstands informieren. Unterdessen jedoch befand ich mich in Schwierigkeiten und wartete besorgt auf die Reaktionen der FÜNFTEN ETAGE, in dem Bewußtsein, daß diese nicht lange auf sich warten lassen würden. Es wäre nicht das erste Mal, daß mich Menschen, die von mir Wohltaten und Vorteile erhalten hatten, hereinlegen. Orthensius, den Verräter, sollen meine wüstesten Verwünschungen begleiten.

Ich stellte mir vor, wie ich ihn am Hals packen und an mein Bürofenster ziehen würde. Und er würde seine angsterfüllten Augen verdrehen.

»Monsieur le Directeur, was beabsichtigen Sie zu tun?«

»Ich schmeiß' dich aus dem Fenster.«

»Ist das ein Witz?«

»Die Schwerkraft ist kein Witz.«

Mein Büro befindet sich auf der vierten Etage, die Fenster gehen auf die Avenue de l'Opéra.

Ein Gefangener des Regens

Voll ist das Gegenteil von leer, weiß das Gegenteil von schwarz, hoch das Gegenteil von niedrig, oben das Gegenteil von unten, mager das Gegenteil von dick. Und was ist das Gegenteil von Regen? Ich weiß, Regen ist kein Adjektiv, aber jedes Wort, ganz gleich, ob Adjektiv oder Substantiv, müßte sein vollkommen symmetrisches Gegenteil haben, und wenn es das nicht hat, werde ich wütend. Ich liebe die Wörter und werde wütend, wenn sie Verrat an mir begehen. Seit vier Tagen will ich nichts so sehr wie das Gegenteil von Regen. Nein, nicht die Sonne will ich, ich bin schon zufrieden mit der trockenen Straße, dem warmen Pflaster, der trockenen Luft, einem leichten Wind, ja sogar noch mit dem Staub, der mich zum Niesen bringt. Es gibt kein Wort, das das Gegenteil von Regen wäre, doch ich weiß, wonach ich mich sehne, auch wenn ich das Wort meines Sehnens nicht kenne.

Seit vier Tagen bin ich zu Hause, eingeschlossen, ein Gefangener des Regens. In der *Loutrous Peintures* wird man unter meiner Abwesenheit nicht leiden, ich habe keine verpflichtenden Arbeitszeiten, so steht es in den Verträgen, und oft gehe ich weg unter dem Vorwand von manchmal nicht existierenden Arbeitstreffen. Ich gehe zu Fuß durch die Straßen der Marais und beobachte die Farben der Dinge, ein harmloser Sport wie Radfahren oder Fußballspielen (mir ist nur ein schwacher Vergleich eingefallen, denn ich kann überhaupt nicht radfahren und habe noch nie Fußball gespielt). Meine Füße, wollte ich sagen, sind nicht süchtig, aber meine Augen sind es durchaus. Die funkelnden metallischen Farben der Autos sind ein Vergnügen für die Augen, sie erfüllen die Straße mit Farbe und beleben das Grau des Asphalts. Die ersten Autos der Frühgeschichte, die man auf Fotografien sieht, waren zumeist schwarz. Ein Lob also auf die neuen Farben (mein Citroën ist von intensivem Himmelblau). Die hohen Baukräne, die Gabelstapler, die Schürfkübelbagger sind fast immer gelb, und ich begreife nicht, warum sie nicht rot, grün, blau oder glänzend schwarz angestrichen werden. Hin und wieder gehe ich zur Place des Pyramides und betrachte die vergoldete Jeanne d'Arc, deren kostbares Gewand vor kurzem erneuert wurde (Ist Gold eine Farbe? Und wenn es das ist, wieso ist sie dann nicht im Regenbogen enthalten?).

Ich mache mir Notizen über die Farben der Stadt, bewegliche und unbewegliche, um einen Essay über den Glanz zu schreiben, der die Substanzen verändert; und den werde ich an die »Scientific Society« nach Chicago schicken, mit der Unterschrift von Ubus Arconti, und dann will ich sehen, ob sie ihn veröffentlichen. In diesem Fall würde man für den Rest des Lebens über ihn tratschen. Hinter diesem falschen Namen wird der wirkliche Autor des schon veröffentlichten Beitrags über die Farben stecken (ich sage noch einmal: meines Amsterdamer Vortrags), und das wird mir leichtfallen zu beweisen. Und gleichzeitig werde ich beweisen, daß die da drüben, diese amerikanischen Akademiker, Texte veröffentlichen, ohne die grundlegendsten Informationen über den Autor zu besitzen. Ich bin richtig darauf versessen, der »Scientific Society« und diesem verdammten Ubus diesen Streich zu spielen, der sich dann entdeckt und wie Scheiße fühlen wird, wenn er ihn liest. Ich werde ihm eine Fotokopie in einem ironisch gemeinten gelben Briefumschlag schicken. Sofern ich es endlich schaffe, seine Adresse zu bekommen.

Ich laufe nicht mit einem Schirm herum; wenn es regnet, bleibe ich zu Hause. Ein Zuhause, klein wie ein Gefängnis. Der Eingangsflur meiner Wohnung hat eine Schrankwand mit verschiebbaren Spiegeltüren, die bis zur Decke reichen. Auch das winzige Schlafzimmer hat zwei deckenhohe verspiegelte Wände. Die Schränke hinter diesen Spiegeln sind im Verhältnis zur Wohnung unproportioniert, ausreichend für ein ganzes Regiment von Mannequins. Nach Ansicht des Architekten, der diese Wohnung im dritten Stockwerk eines alten kleinen Palais in der Rue du Temple für den Vorbesitzer restrukturierte, sollte dieser Kunstkniff die Illusion von Raumgröße verstärken, Perspektiven und optische Phantasien schaffen, doch das Ergebnis ist nicht das, was er sich ausgeklügelt hatte. Auf kleinem Raum mit so vielen Spiegeln führt es dazu, daß der Mensch sich vervielfacht und sich verliert, er weiß nicht mehr, ob er sich auf dieser oder auf der anderen Seite der Spiegelwand befindet. Ich sollte sagen, er verliert seine Identität, aber das sage ich nicht. Ich gestehe lediglich meine Orientierungslosigkeit ein, um nicht zu sagen meine Verwirrung. Unseliger Architekt, der den Parkettboden mit seinen Daubenhölzern aus alter Stieleiche (die in den anderen Wohnungen allerdings erhalten geblieben sind) herausgerissen und auf den Estrich einen bleifarbenen Teppichboden ausgelegt hat, wie der Himmel, der in diesen Tagen drohend über der Stadt liegt.

Ich weiß nicht, wie ich es geschafft habe, diese Wohnung zu lieben und in so beengter Räumlichkeit durchzuhalten. Ich habe sogar gemerkt, wie ich meine Bewegungen bremse und einschränke, gleichsam als würde ich in einer Schachtel wohnen, und das gleiche geschieht mit meinen Gedanken, die sich auf ein kleines Maß reduzieren. Vielleicht ist es die hypnotische Verwirrung der Spiegel, vielleicht die Magie der Marais, am Ende habe ich den Esprit dieser Wohnung als ein Geschenk des blinden Glücks hingenommen. In diesen Tagen aber hat mir der Regen klargemacht, daß dies keine Wohnung ist, sondern ein Gefängnis. Es heißt, der Wind läßt die Leute verrückt werden. Nein, es ist der Regen, der einen dazu bringt, an Nebensächliches, an Widersprüchliches zu denken, und das ist das Vorspiel zum Wahnsinn.

Wenn ich aus dem Fenster schaue, sehe ich am Haus gegenüber die Mauern aus gelbem Stein, »pierre de taille«, wie man hier in Paris dazu sagt, ein solider Bezugspunkt, der diese schillernden, trügerischen Spiegelspiele Lügen straft. Wenn ich die Augen nach oben richte, sehe ich, die Stadt ist mit grauen Wolken verhangen, ohne Sonne bei Tag und ohne Sterne in der Nacht, was mich zu schlimmen Gedanken verleitet. Die Statistik sagt, daß, wenn der Himmel bedeckt ist oder Regen droht, die Zahl der Verbrechen steige. Versuchen Sie einmal die Lokalberichte von Tagen zu lesen, an denen es grau war, wenn Sie es nicht glauben. Mein Großvater sagte, die schlimmsten, die grausamsten Verbrechen würden immer an den Hundstagen und in den Monaten mit dem stärksten Licht begangen, aber das können die Statistiken nicht bestätigen. Die Statistiken sprechen nie von Hundstagen.

Die Statistiken sprechen vom dunklen Himmel, der mit elektrischen Spannungen geladen ist und sowohl die Psyche als auch die Nerven der Menschen auf die Probe stellt. In Norwegen und Finnland kommen Verbrechen und Selbstmorde prozentual in Europa am häufigsten vor. Das in den nordischen Ländern aufgrund der Lichtminderung im Herbst und im Winter verbreitete Syndrom, der Ursprung für Depressionen und für ein Ungleichgewicht der Gemütslage, hat auch einen Namen, »Seasonal Affective Disorder«, eine Störung der Gemütsverfassung, die Verbrechen und Selbstmorde hervorruft.

Warum hat dann Brutus Cäsar an den Iden des März erstochen? Ein Monat großen Lichts in Rom? Hatte mein Großvater also doch recht?

Während es draußen regnet, bewegt sich Marguerite splitternackt in meiner Wohnung und vervielfacht sich in den Spiegeln, eine Riesenmenge nackter junger Mädchen, was meinen Kopf zum Taumeln bringt und meine Erregung steigert. Ich bringe sie zum Bett, doch trotz der vielen Spiegel mache ich Liebe nur mit einer Marguerite. Ständig bereit, sich aufs Bett zu legen, dieses Mädchen, zu jeder Stunde des Tages und der Nacht, unersättlich nymphomanisch. Orgasmen ohne Ende, die Glückliche, die bei jedem Vögeln vier-, fünfmal genießt, ich dagegen nur einmal. Sie kommt zu mir, wenn ich sie anrufe, doch nach ein paar Tagen erscheine ich dann in der Wohnung mit einem Geschenk, einem Buch, einem Schal, einem Parfum, einer Swatch-Uhr, so als würde dies sagen, der Augenblick ist gekommen, daß du wieder nach Hause gehst. Sie versteht auf der Stelle. Sie ist schön und liebenswürdig, zu allem bereit, sie setzt meinen erotischen Phantasien keine Grenzen, sie schlägt mir sogar immer neue Positionen vor, aber sie braucht meine Energie auf. Alter Jazz, Duke Ellington und Louis Armstrong, ist ihre Leidenschaft, und eines Tages war sie ziemlich nervös geworden, als die Fernbedienung der Stereoanlage kaputtgegangen war, die sie unter dem Kissen liegen hat, wenn wir uns unseren phantastischen Erotikabenteuern hingeben. Einmal hat sie mir in die Augen geschaut und mich gefragt, ob ich bereit sei, sie zu heiraten. Ich sagte ja, die Antwort, die sie so begehrte, doch die Sache hatte natürlich keine Folge, noch wird sie je welche haben.

Marguerite ist zwar eine kostbare erotische Ausschweifung, doch meine Gedanken laufen dem unvergleichlichen Glanz Elianes nach, die ich hin und wieder in den Cafés des Ersten Arrondissements treffe, um, oh Gott! über Teilchenphysik zu reden, was soviel heißt wie über das Nichts.

Käse als geistiger Quell

Alle zwei Monate lädt der Public-Relations-Manager die Führungskräfte der *Loutrous Peintures* zwecks Ideenaustauschs zu einem informellen Abendessen ein. Mit Blick aufs Normale hofft er ständig auf irgendwelchen Ausschuß, der diese Zusammenkünfte produktiv oder, wie er es nennt, *kreativ* werden lassen könnte. Doch dann ergibt es sich bei diesen Gelegenheiten, daß jeder von uns mit einem über dem Teller hängenden Kopf ißt und mit seinem Nachbarn zwar das eine oder andere Wort wechselt, nur nicht über Farben und Lacke. In aller Regel findet das Essen in der Ferme Saint-Hubert statt, einem Restaurant in der Nähe der Madeleine, wo ausschließlich Käsegerichte serviert werden. Ungefähr dreißig warme Speisen, die auf der Grundlage von rund zweihundert Käsesorten kombiniert werden, aufgelistet mit Hinweisen auf die Herkunftsregion, auf die für ihren Verzehr geeignete Jahreszeit und den zu ihnen passenden Wein: Médoc und Volnay für den Brie, Côte du Rhône und Sancerre für die verschiedenen Ziegenkäse, Burgunder für den Camembert, Sauterne für den Roquefort, Bardolino für den Gorgonzola, eine lange Abfolge harmonischer Kombinationen, wie für eine Symphonie.

Die Public-Relations-Abteilung hatte für uns allein den kleinen schwermütigen Salon im ersten Stock für das übliche Zweimonatsessen reserviert. Frische und gelagerte Käse, sämtliche Farbabstufungen von Weiß und Strohgelb, von Orangengelb und dunkelgrünen Streifen beim Schimmel, von Peperonirot auf Korsischem Brébis, einige weniger bekannte Spezialitäten und die vollständige Auswahl der Käse aus den Pyrenäen, natürlich serviert oder zu Soufflées, zu Kroketten, zu Brotaufstrich oder Spießhappen verarbeitet. Insgesamt eine Gesellschaft von ozeanischer Tristesse, gelegentlichen mondänen Begeisterungen für die Käsesorten und die Weine, die sie begleiteten. Während ich auf geräucherten Mozzarellastückchen herumkaute, dachte ich, daß eine Bombe in diesem Restaurant mit einem Mal diese gesamte Schwermutsriege von Managern im Dienste einer renommierten Farbenfabrik wegfegen würde. Und schon stellte ich mir die Titelseiten der Zeitungen vor, das Entsetzen angesichts des Blutbads an unschuldigen Käseessern. Unschuldig? Besser die Sache nicht noch mehr aufrollen, dachte ich, während ich auf meinem gummiartigen Räucherspieß herumkaute und diese bluttriefende Vorstellung schließlich unterbrach.

In den wenigen sich auf die Tätigkeit der *Loutrous Peintures* beziehenden Worte hat niemand auf meinen in Amsterdam gestohlenen und in Chicago veröffentlichten Vortrag angespielt. Doch der für Imagepflege Zuständige hatte irgendwann von Fälschungen bei Gütekäsen gesprochen und in diesem Zusammenhang das Wort *Plagiat* gebraucht. Plagiat im Zusammenhang mit Käse war ein so unangemessener und verdächtiger Begriff, daß die Anspielung auf den mich betreffenden Zwischenfall deutlich wurde. Ich war mir sicher, daß alle mehr oder weniger auf dem laufenden waren, was es mit dieser Geschichte auf sich hatte, denn weitere Anspielungen haben sich an diesem Abend wiederholt, allerdings derart subtil und umschreibend, daß nicht einmal ich sicher bin, ob sie sich auf den Zwischenfall bezogen, dessen Opfer ich geworden war. Warum hatte die für das Generalsekretariat zuständige Frau verkündet, daß sie im nächsten

Sommer ihre Ferien in Chicago (der Stadt der »Scientific Society«) verbringen wolle, wo es, unter anderem, im Juli und August leicht bis zu vierzig Grad heiß werden kann?

Einmal hatten wir uns beklagt wegen der Wahl dieses Restaurants, das immer wieder die gleichen Dinge serviere und die Zusammenkünfte ziemlich monoton und deprimierend aussehen lasse. Der Leiter der Public-Relations-Abteilung hat uns daraufhin ins Pré Catelan im Bois de Boulogne eingeladen, einem der besten Luxusrestaurants in Paris, eingetaucht ins Grün der Rubinien und Eichen, im Inneren ausgeschmückt mit herumfliegenden Putten von Caran D'Ache, doch auch dort hat er ein Menü von ausschließlich Käse bestellt. Große Unzufriedenheit bei allen, die mit glänzenden Augen beobachteten, wie die Kellner vorbeigingen und Tabletts mit gratinierten Makkaroni und Coquilles Saint-Jacques trugen. Unser Gastgeber ist wirklich in vielerlei Hinsicht auf Käse fixiert.

Bei derartigen Gelegenheiten habe ich begriffen, daß es so etwas wie eine gastronomische Freimaurerschaft gibt, die das Essen zum Mittelpunkt des Lebens erhebt. Essen ist für sie keine Notwendigkeit oder gar ein Vergnügen wie für jeden anderen, sondern ein Ritual, eine Zeremonie, eine in der Kategorie des Sublimen angesiedelte Handlung. Viele Menschen trösten sich im Restaurant über alle Widrigkeiten des Lebens hinweg. Wenn ihre Frau in eine Schlucht gestürzt ist, wenn sie ihre Arbeit verloren haben, wenn ihr Haus niedergebrannt ist, wenn sie entlassen worden sind, wenn sie in die Fänge eines Halsabschneiders geraten sind, wenn sie von der Geliebten betrogen worden sind, sie trösten sich im Restaurant. Beim Essen sieht man sie gelegentlich in Ekstase geraten, den Blick ins Wesenlose gerichtet, entrückt in einer Art olympischen Orgasmus. Eine Art Überschwenglichkeit, wie die von Alkoholikern oder Drogensüchtigen. Von Zen will ich im Zusammenhang mit Käse gar nicht erst sprechen.

Der Leiter der Public-Relations-Abteilung der *Loutrous Peintures* war Teil dieser Kategorie von Freimaurern, er war käsesüchtig, und insgeheim versuchte er, Anhänger unter den leitenden Persönlichkeiten des Unternehmens zu gewinnen. Ein hinterlistiges, stillschweigendes, fanatisches Ansinnen, das gelegentlich in seinem im Nirwana der Käsewelten und im Kult des Heiligen Hungers verlorenen Blick aufleuchtete. Ich habe, um es kurz zu sagen, begriffen, daß für einige Exemplare des Menschengeschlechts Käse einen großen geistigen Quell darstellt. Camembert, Brie, Roquefort, Chevrette, Gorgonzola, Reblochon, Parmesan sind ihre mystischen Bezugspunkte. Ein geheimes Laster unseres Leiters der Public Relations, der, wenn wir diese Schwäche einmal außer acht lassen, als respektabler Mann auftrat, zu dem ich ehrenwerte Beziehungen unterhielt, der aber die Unvorsichtigkeit begangen hatte, mir ausgerechnet im Pré Catelan zu sagen, daß er gerne meinen Vortrag beim Kongreß in Amsterdam lesen würde. Von diesem Tag an habe ich kein Wort mehr mit ihm gewechselt.

Ich besitze keinerlei Phantasie und keinerlei Erinnerung im Hinblick auf das Essen im allgemeinen und noch viel weniger auf Käse. Wenn ich das Restaurant verlasse, habe ich bereits alles vergessen. Es gibt Leute, die stundenlang ans Essen denken, bei Tag und bei Nacht, sie sind imstande, hundert Kilometer für einen Teller mit geschnetzelten Steinpilzen oder mit Schinken in Madeira zurückzulegen. Es gibt Leute, die essen und werden dick, um düstere Gedanken oder leidvolle Erfahrungen zu vertreiben (manche Leute, die keinen Umgang mit dem Denken haben, verwechseln das Denken mit leidvollen Erfahrungen und das Glück mit einem leeren Kopf, der sogenannten Unbesorgtheit). Die Gastmahle nach den Beisetzungen in der Antike im mediterranen Raum oder auch heute noch in vielen Gegenden Griechenlands oder Süditaliens, wie Apulien oder Kalabrien, dienen genau dem, nämlich der Vertreibung der leidvollen Erfahrung und dem Sich-Vollstopfen mit Cholesterin.

Auch ich esse wie jeder andere Mensch, doch vom Essen erwarte ich lediglich Nahrung und ein auf den Augenblick begrenztes Vergnügen. Tröstung des Geistes? Null. Friedliche Hinnahme des Plagiats von Amsterdam? Null. Wenn ich jemand unmäßig Dicken sehe, sage ich mir: Vorsicht, sei auf der Hut vor dem da, denn der hat ein schlechtes Verhältnis zum Essen, und daher hat er auch ein schlechtes Verhältnis zum Leben, in seinem Inneren gibt es etwas, das nicht in Ordnung ist. Das ist meine Anschauung. Glücklicherweise ist Eliane rank und schlank wie eine Sardine, und das sollte eine gute Auswirkung auf meine Beziehungen haben, die bis heute verzweifelt platonisch sind, wohingegen die Manager der *Loutrous Peintures* fast ausnahmslos beleibt sind.

Dieses Gesicht habe ich schon gesehen

In der vergangenen Nacht hat jemand mit den Fingerknöcheln an mein Schlafzimmerfenster geklopft. Ich reibe mir die Augen und sehe draußen das bleiche Gesicht eines Mannes, der an der Fensterscheibe zum Innenhof klebt und mich flehend anblickt, als wolle er um Unterschlupf bitten. Dieses Gesicht habe ich schon gesehen. Ja, natürlich, das ist doch der Mann mit Bart (Ubus?), der im Autobus von Brüssel nach Paris den Platz der unter dem roten Mantel verborgenen Frau eingenommen hatte. Vielleicht derselbe Mensch, den ich an jenem Morgen ins Hotel Rembrandt hatte gehen sehen, also derselbe Mensch, der sich in den Besitz meines Vortrags gebracht hatte?

Draußen, im Innenhof, schwarzes, stumpfes Dunkel. Es regnete, und das Gesicht wurde nur ganz schwach von innen her beleuchtet, aber ich sah deutlich seine weit aufgerissenen Augen, die mich voller Verzweiflung anstarrten, und

Regentropfen, die wie Tränen über sein Gesicht liefen. Natürlich dachte ich keine Sekunde daran, diesen Unbekannten hereinzulassen. Aber wie war er nur bis zum dritten Stockwerk heraufgeklettert? Nichts, ich habe gleich die Vorhänge zugezogen, um dieses Gesicht nicht mehr zu sehen, hörte aber gleich darauf um so stärker das Klopfen der Fingerknöchel gegen die Fensterscheiben. Vor Entsetzen war ich wie gelähmt. Wer war dieser Mann mit Bart, und woher kam er? Er hätte doch leicht das Fenster einschlagen und in die Wohnung dringen können. Und ich? Wie sollte ich mich nur schützen?

Endlich wachte ich auf, fuhr hoch, setzte mich im Bett auf, glücklich darüber, daß es nur ein Traum gewesen war. Doch der Traum hatte Angst in mir zurückgelassen, ich stand noch immer unter dem Eindruck dieses bärtigen Gesichts, dieser verzweifelten Augen, die gegen die Fensterscheibe gepreßten Hände mit den totenbleichen Fingerkuppen, und zitterte noch bei der Vorstellung, dieses Gespenst des Unbekannten könnte bei mir eindringen. Der Vorhang war zugezogen (ich hatte ihn im Traum zugezogen), und ich konnte mich nicht dazu durchringen, ihn zu öffnen, um Gewißheit zu bekommen, daß auf der anderen Seite des Fensters niemand war.

Während ich die Hände ausstreckte und den Vorhang zurückziehen wollte, hörte ich wieder dieses matte Hämmern, genauso, als wenn jemand mit den Fingerknöcheln an die Fensterscheiben klopfte. Im Wachzustand war ich noch entsetzter als im Traum. Ich mußte mich entscheiden, hinter den Vorhang zu schauen, aber dazu fehlte mir der Mut.

Ich stieg aus dem Bett, und auf Zehenspitzen ging ich ins Wohnzimmer, wobei ich versuchte, nur ja kein Geräusch beim Schließen der Türen zu machen. Meine Füße waren bleiern, mein Kopf ebenfalls, aber ich war in Sicherheit. Zerfahren blätterte ich eine Illustrierte durch. Ich suchte jeden nur irgendwie glaubhaften Vorwand, um mich von diesem

Bild der Angst zu entfernen. Mein Blick fiel auf einen Artikel über die Temperaturen der Sonne, fünfzehn Millionen Grad im Inneren des Kerns! Was war da schon dieses bleiche Bartgesicht im Vergleich zu den fünfzehn Millionen Grad Celsius? Fünfzehn Millionen Grad, das ist eine Temperatur, die man nicht einmal mit der Vorstellung erreichen kann. Eintausendfünfhundert Grad reichen, um Eisen zum Schmelzen zu bringen, und hundert Grad, um tödliche Verbrennungen auf dem menschlichen Körper zu verursachen.

Ich lenkte mich ab, indem ich einen Vergleich zwischen den fünfzehn Millionen Grad der Sonne und diesem bärtigen Bleichgesicht anstellte, das im Traum an meinem Schlafzimmerfenster aufgetaucht war. Doch jetzt war ich verzweifelt, wenn ich mit Schrecken, mit Grauen an diese ungeheuerliche Temperatur dachte, die alles zu Asche macht, einschließlich unseres Planeten. Was war da dieses Bartgesicht, von dem ich in der Nacht geträumt hatte, im Vergleich zu der unmäßigen Temperatur der Sonne? Ich stellte mir vor, wie unser Planet zu einem Rauchwölkchen reduziert würde von dieser Temperatur, der kein Stein widerstehen konnte, nicht einmal ein Diamant, selbst wenn er so groß wäre wie die Erde. Ich dachte an den Parthenon, an die Pyramiden, ans Kolosseum, an den Eiffelturm, wie sie verschluckt und zerschmelzen würden wie Butterflöckchen. Und der Mensch? Im Bruchteil einer Sekunde zu einem Nichts gemacht. Als ich an den Menschen dachte, dachte ich an mich, den Leiter der Auslandsabteilung der *Loutrous Peintures*, elender, elender Floh.

Die fünfzehn Millionen Grad der Sonne ließen mich vor der unendlichen kosmischen Leere erbeben, in denen sich die Schrecken des Universums ausglühen. Die Illustrierte brachte ein Bild von kardinalroter Farbe, die zum Kern hin zuerst eidottergelb wurde, dann schwefelgelb mit einem weißen Punkt in der Mitte. Dieser weiße Punkt im Kern der Sonne, fünfzehn Millionen Grad, hatte mich noch mehr gefangengenommen als Kubricks *Odyssee im Weltall*, und ich habe völlig betäubt dagesessen und konnte meinen Blick nicht davon losreißen. Hör zu, das ist lediglich ein weißer Punkt auf dem Papier einer Illustrierten, sagte ich mir, du mußt nicht erschrecken über eine derartige Kleinigkeit. Es funktionierte nicht, diese Markierung auf der Farbenpalette von Rot bis Weiß hatte mich terrorisiert. Statt mich von Ubus' Gesicht abzulenken, hatten mich diese symbolischen Farben in einen noch schlimmeren Zustand von Panik gestürzt. Wer hat ihn eigentlich erfunden, diesen Glutofen mitten am Himmel?

Am Ende hatte der Himmel zum Licht einer blassen winterlichen Morgendämmerung aufgeklart, und die ersten Passanten erschienen auf der Straße. Sie gingen mit eiligen Schritten zu ihrer Arbeit, die Absätze ihrer Schuhe hallten auf dem Bürgersteig wider. Erst da fand ich den Mut, in mein Schlafzimmer zurückzukehren und den Vorhang zurückzuziehen. Hinter den Fensterscheiben war natürlich niemand. Schließlich bestimmte ich, daß es die Knoten der Zugleine für die Außenjalousie gewesen sein mußten, die, um mich zu erschrecken, an die Scheiben schlugen. Aber wie konnte das sein, wenn nicht einmal das kleinste Lüftchen wehte? Nein, ich durfte mir keine Fragen stellen, die ich nicht beantworten konnte.

In meinem Palais des Gedächtnisses (einem großen Warenlager voller Abfälle) habe ich dieses bärtige Bleichgesicht gespeichert, diese weit aufgerissenen Augen, die mich da draußen in der Nacht anstarrten, und diese Leichenhände, die gegen die Fensterscheibe gepreßt waren. Auch Männern mit Bart muß man mißtrauen, sie alle haben etwas zu verbergen, manchmal nur ihre Falten, eine Narbe oder ein häßliches Profil, oft jedoch ein schlechtes Gewissen oder böse Absichten. Das bärtige Gesicht, das ich hinter den Fensterscheiben gesehen habe, konnte Ubus' Gesicht gewesen sein, das ich in Amsterdam nur von weitem gesehen habe. Oder

der Mann im Autobus? Oder handelte es sich bei ihm immer um denselben Mann? Jetzt drängt die Gegenwart Ubus Arcontis endgültig in mein Leben, ohne daß ich etwas über sein Leben weiß.

Auch blassen, unglücklichen Menschen muß man mißtrauen, denn oft versucht der Mensch seinem Unglück durch Bösartigkeit abzuhelfen. Wenn ich einem unglücklichen Menschen begegne, sage ich mir: Halte dich von ihm fern! Nicht aus Zynismus oder Egoismus. Mehr aus Angst. Den übelsten Verrat habe ich durch unglückliche oder bärtige Menschen erlebt, eine lange Liste. Damit wir uns verstehen: Auch ich habe mir einen Bart wachsen lassen, daher muß ich mich unter Kontrolle halten, um nicht irgendwelchen perversen Gedanken nachzugeben, die sich zwischen den Barthaaren am Kinn und an den Wangen verbergen, ein Wald von Antennen, die die Bösartigkeit der Welt auffangen.

Wünsche unter dem Regen

Im Jahr 1646 veröffentlichte der Jesuit Athanasius Kircher, Mathematiker, Literat und Erfinder der *Laterna magica*, ein Werk mit dem Titel *Ars magna lucis et umbrae*, in dem er erklärt, daß Licht, Schatten und Farben als »Elemente des Sehens« zu betrachten seien, die Farben als Auswirkung von Licht und Schatten »das schönste Ornament der irdischen Welt« darstellen würden und, dank der Farben, »viele staunenerregende Dinge geschaffen werden«. Dann erklärt er, wie die Natur die angemessensten Farben auszuwählen verstehe, um die Welt auszumalen: »Die Natur traf daraufhin die weiseste Wahl und fand unter den leuchtenden Farben, dem Gelb und dem Rot auf der einen Seite und der Farbe der Finsternis auf der anderen, eine mittlere Farbe, das Blau, entstanden aus einer ungleichartigen Vermischung von Licht und Dunkel.« Und dies, damit der Blick des Menschen

»mit angenehmer Empfindung und mit Bewunderung die schönen Himmelsräume betrachten kann, ohne gekränkt zu werden«.

Wo sind die schönen Himmelsräume des Athanasius Kircher? Der Wunsch nach Blau wird hier in Paris immer stärker an diesen langen Tagen mit grauem Himmel, mit Regen und wenig Licht.

Es regnet, dann hört es auf, dann regnet es wieder. Die Dächer sind naß, der Asphalt der Straßen, der Triumphbogen, die Autos, die Menschen, das Pantheon und die Madeleine, die schwarz gekleideten Polizisten, die die Stadt nach den Bombenanschlägen in der Metro von Saint-Michel und den Champs-Élysées bevölkern. Polizisten in Zivil behalten die Metro-Stationen im Blick, die Eingänge zum Louvre, das Palais Royal, die Gare de Lyon und die Gare Saint-Lazare. Es regnet, und meine Wünsche wandern umher ohne Schirm, regendurchnäßt.

Ich trete ans Fenster. Unten auf der Straße gehen die Menschen dicht an den Häuserwänden vorbei oder suchen unter dem Regenschirm Schutz, diesem schwarzen, schlichten Gegenstand, der den Flügeln einer Fledermaus ähnelt. Ich liebe Fledermäuse, aber ich verabscheue Regenschirme, die nur eine schlechte Nachahmung von ihnen sind. Der Regenschirm paßt nicht zu mir. Angenommen, ich gehe mit einem Schirm aus dem Haus, und es hört auf zu regnen, was soll ich dann mit diesem lächerlichen, diesem peinlichen Ding? Schließe ich ihn dann und benutze ihn auf englische Art wie einen Gehstock? Nein, nein, da bleibe ich lieber zu Hause. Ich gehe nur hinunter, um zu Fuß zu einem Restaurant in der Nähe des Markts der Rue Montorgeuil zu kommen, wo ich nur so lange bleibe, wie zum Essen unbedingt nötig. Dort macht man eine sehr gute »Petite marmitte«, und es gibt dort eine hervorragende Auswahl an Weinen.

Mit plattgedrückter Nase warte ich am Fenster darauf, daß es aufhört zu regnen, und betrachte wieder den regen-

nassen Asphalt der Rue du Temple, die Menschen mit aufge-
spanntem Regenschirm, die Schwermut unter dem Regen
und diesen bleiernen Himmel, der die Einsamkeit unerträg-
lich macht und mich zwingt, am Tag das Licht anzuschalten.
Viele, sehr viele Jahre ist es her, daß ich gelernt habe, alleine
zu sein, ein großer Gewinn nach all den vertanen Abenden
in Gesellschaft nichtssagender Menschen, einfach um weg-
zugehen, einfach um nicht alleine zu Hause zu bleiben
(manche würden sagen, »um Zeit totzuschlagen«, aber das
habe ich nicht gesagt, noch werde ich es jemals sagen).
Schmarotzende Mädchen, idiotische Filme, sündhaft teure
Restaurants, Wege ins Leere, mit dem täglich wiederkehren-
den Ergebnis eines ozeanischen Stresses. Dann die Entdeckung des glücklichen Alleinseins in der Gesellschaft Vi-
valdis oder in den Abgründen Kafkas oder Dostojewskis.
Und jetzt soll ich, bester Athanasius, deiner Meinung nach
auf meine herrliche Unabhängigkeit zugunsten dieses farb-
losen Pariser Regens verzichten? Ich brauche doch nur anzu-
rufen und die Heizung höher zu stellen, um Marguerite
nackt in meiner Wohnung herumlaufen zu sehen. Vierund-
zwanzig Grad Celsius.

Ballou Findus

Monsieur Ballou war vor zwei Jahren von einem Tag auf den
anderen gefeuert worden und ist jetzt überraschend »durch
Zuwahl« in den Vorstand der *Loutrous Peintures* eingetreten.
Großes Staunen allenthalben, aber keinerlei Kommentar unter den höheren Angestellten und Managern des Unternehmens. Keiner will über diese unglaubliche Rückkehr von
Monsieur Ballou reden, und ich, der ich nach seiner Entlassung seine Stelle in der Direktion der Auslandsabteilung eingenommen habe, bin noch stummer und erstaunter als alle
anderen.

Monsieur Ballou ist um die Fünfzig, sein Gehabe arrogant und mondän, er kleidet sich mit grauer Eleganz, spricht viele Sprachen (auch arabisch, sagt er, aber wer kann das schon kontrollieren?). Trotz seines einbalsamierten Förmlichkeitsgetues, schwitzt Monsieur Ballou Vulgarität aus jedem Quadratzentimenter seiner Person. Es liegt etwas Zweideutiges, ich würde sogar sagen Zwielichtiges in seinem Blick, in diesen Augen, die so grau sind wie die einer Schlange, in der erdigen Farbe seines Gesichts. Und ständig leckt er sich die bläulich-violetten Lippen, mit einer obszönen Bewegung seiner Zunge, die in krassem Gegensatz zu seiner Zweireihererscheinung steht. Wenn ich mich daran erinnere, daß der Stuhl, auf dem ich sitze, fünf Jahre lang von Monsieur Ballou besetzt worden ist, daß der Schreibtisch, die beiden Stühle vor dem Schreibtisch, die Tastatur des Computers, die Regale mit den Korrespondenzordnern von den Händen dieses widerwärtigen Wesens berührt worden sind, dann schnüren sich mir die Nerven und das Gedärm zusammen.

Als mein junger Sekretär die Nachricht erfahren hatte, hat er mir zu verstehen gegeben, daß Monsieur Ballou, seiner Ansicht nach, nur durch einen ausgekochten Schachzug so plötzlich auf die höchste Ebene des Unternehmens gelangt sein konnte, mit einem Wort: durch Erpressung. Auch ich bin dieser Meinung, wahrscheinlich kannte auch er die Versorgungsquellen unserer Rohstoffe und hat gedroht, sie den Konkurrenzunternehmen preiszugeben. Eine plausible Erklärung zwar, aber warum ist er dann zwei ganze Jahre lang nicht in die *Loutrous Peintures* zurückgekehrt? Mir ist klar, daß mein Sekretär sich Sorgen um mich macht, auch um sich. Für beide von uns kommt die Rückkehr dieser zwielichtigen Gestalt ins Unternehmen der Ankündigung eines Sturmes gleich.

Ach, sieh da, da bin ich doch überraschend zu einem persönlichen und informellen Gespräch zu Monsieur Ballou gerufen worden. Ein Anruf vom FÜNFTEN STOCK, unerwartet wie eine Gewehrsalve, eine unvorhersehbare Abweichung von der Norm. Ich war verblüfft, als ich seine Stimme hörte, die mir ein Treffen im Café de la Paix an der Place de l'Opéra noch für denselben Abend um acht vorschlug. Einverstanden, um acht im Café de la Paix. Mich mit ihm so auf du und du zu treffen, außerhalb des Büros, mit diesem so säuberlich in einem Grisailles-Zweireiher gekleideten Abschaum der Menschheit und ganz sicher giftend vor Rache (was unbegründet ist, weil ich nichts getan habe, das schwöre ich, um seinen Platz einzunehmen), das alarmierte mich.

Ich konnte mir überhaupt nicht vorstellen, was er von mir wollen könnte, ich hatte zwei Jahre unter ihm als meinem Vorgesetzten gearbeitet, habe den Briefwechsel mit den ausländischen Kunden erledigt, abgeschieden in meinem Büro, ohne auch nur je zu reisen, disziplinierter Ausführer seiner Anweisungen, die wie Blitze aus heiterem Himmel auf mich niederfielen. Nie auch nur ein Wort von seiner Seite, abgesehen von dem Zusammentreffen bei den einmal im Monat stattfindenden Sitzungen der Auslandsabteilung.

Ein einziger Zwischenfall, für den Monsieur Ballou mir schwere Vorhaltungen gemacht hat: als ich in der Anschrift eines Kunden »Antwerpen, Holland« geschrieben hatte, wo Antwerpen doch in Belgien liegt. Ein schlimmer Fehler, einverstanden, doch ohne Folgen, weil der Brief ganz normal wieder an den Absender zurückgesandt worden war. Was ich nicht verstanden habe, war, wieso der Brief überhaupt in seine Hände gelangt war, wer die Mühe auf sich genommen hatte, ihn auf seinen Tisch zu legen.

»Geographie!« hatte Monsieur Ballou auf der monatlichen Sitzung der Auslandsabteilung ausgerufen, vor allen Anwesenden, und dabei den Brief hochgehalten und mit dem Finger auf mich gedeutet, wie ein Schullehrer. Sagen wir ruhig wie ein verhaßter Schullehrer.

Dann hatte er mich genötigt, eine große Europakarte in meinem Büro aufzuhängen. Ansonsten keinerlei Vertraulichkeiten, keinerlei menschlicher Kontakt mit diesem seelenlosen Zweireiher, der eingeschlossen in seinem Büro saß, mit dem immer eingeschalteten roten Licht über seiner Türe, was soviel bedeuten sollte wie: Ich will nicht gestört werden. Bis zu dem Tag, als er vom Vorstand »wegen ungenügender Leistung« gefeuert und ich an seiner Stelle zum Leiter der Auslandsabteilung ernannt wurde. Die Beförderung vom Abteilungsleiter zum leitenden Direktor war für mich ein wichtiger, wenn auch riskanter Schritt, weil die leitenden Direktoren nicht mehr unter dem Schutz der Gewerkschaften stehen und ihnen von einem Tag auf den anderen ohne Angabe von Gründen oder aus nichtigen Anlässen gekündigt werden kann. Das ist ein alter Trick der Unternehmen, die den Organisationsplan ausdünnen wollen: befördern und feuern.

Nach Monsieur Ballous Aufstieg in den Vorstand war ich nicht einmal richtig imstande, Haß auf ihn zu verspüren, für ihn empfand ich lediglich einen instinktiven, tief von innen kommenden Abscheu. Dagegen glaube ich durchaus, daß Monsieur Ballou mich wirklich haßte, in seinen Augen konnte ich unvermittelte Blitze des Hasses erkennen. Das war das einzige Licht, das seine Augen aussandten, ein unheimliches Licht, schwarz wie der Himmel vor dem Sturm. Bekannt war, daß er sich von seiner Frau getrennt hatte und mit einer Tochter zusammenlebte, die keiner im Geschäftssitz der *Loutrous Peintures* je gesehen hatte, und daß diese Tochter ihn Findus nannte, wie die Marke für Tiefgefrierprodukte. Auch in den Büroräumen wurde er hin und wieder Monsieur Findus genannt. Und jetzt, nach seinem triumphalen Einzug in den Vorstand, hatte Monsieur sich entschlossen, mich zu treffen. Ganz privat, im Café de la Paix, ausgewählt mit einem offenkundigen, brutalen Sarkasmus, was den Namen anging.

Verhör

Bevor ich das Büro verließ, rauchte ich drei Gitanes, eine nach der anderen, denn ich wußte, daß Monsieur Ballou Rauch nicht ausstehen konnte. Mit meiner Ladung Nikotin im Körper ging ich auf die Straße, setzte mich auf der Avenue de l'Opéra in Bewegung, mit langsamem Schritt und nachdenklich, und gelangte ein paar Minuten vor der verabredeten Zeit zum Café de la Paix. Erstaunt sah ich, daß Monsieur Ballou-Findus bereits an einem Tisch saß. Ein Zeichen des Grußes, und ich setzte mich ihm gegenüber. Er fing sogleich an zu reden, ohne mich auch nur anzublicken.

»Wissen Sie, was das Problem ist? Diese alte Geschichte über Ihren gestohlenen Vortrag in Amsterdam macht mich neugierig und besorgt mich. Ich hoffe, Sie haben nichts dagegen einzuwenden, wenn ich Ihnen ein paar Fragen stelle.«

Das also ist das Thema unserer Begegnung, wie es gleich zu Anfang unverblümt ausposaunt wurde, sagte ich mir.

Monsieur Findus rief den Kellner mit einer Handbewegung herbei, dann wandte er sich mit dem Gehabe eines Gastgebers an mich.

»Sie, was nehmen Sie?«

»Einen Tomatensaft«, sagte ich zum Kellner.

Monsieur Findus bestellte einen Martini.

Der aggressive Beginn der Unterhaltung hatte mich auf der Stelle alarmiert. Ich war auf der Hut.

»Das mit dem gestohlenen Vortrag«, sagte ich, »ist eine alte Geschichte, wie Sie ganz richtig gesagt haben. Eine Geschichte ohne Folgen, längst vergessen. Darüber habe ich seinerzeit dem Vorstand berichtet, und jetzt habe ich dem nichts hinzuzufügen.«

»Aber die Angelegenheit hat Folgen gehabt, nur haben Sie dem Vorstand darüber nichts gesagt. Die Information ist auf anderen Wegen zu ihm gelangt.«

Sicher, habe ich gedacht, über Orthensius. Ich wußte genau, worauf er anspielte.

»Ein Plagiat.«

»Erzählen Sie mir doch etwas über Ubus Arconti!«

Monsieur Findus hatte gleich einen durchaus irritierenden inquisitorischen Ton angeschlagen. Erzählen Sie mir doch etwas. Mit welchem Recht verlangte er, daß ich seine Fragen beantworte? Und außerdem: Sprach er für sich oder im Namen des Vorstands? Ich wollte eine Auseinandersetzung vermeiden und tat daher alles, um mein Unbehagen zu verbergen.

»Ich wünschte, ich könnte Ihnen etwas sagen, aber ich weiß nichts, ich kenne Ubus Arconti nicht.«

»Verzeihung, Sie wissen nichts, oder haben Sie sich entschlossen, nichts zu wissen? Mitunter sind wir es selbst, die versuchen, peinlichen Angelegenheiten, in die wir verwickelt sind, auszuweichen, sie zu vergessen.«

»Ich dachte, die Sache mit dem Plagiat könnte mir schaden, nicht aber der *Loutrous Peintures*, deshalb habe ich es laufen lassen wie es lief.«

»Sie sind also der Meinung, es sei für unser Geschäftsunternehmen unerheblich, daß ein leitender Direktor auf einem internationalen Kongreß sich seinen Vortrag stehlen läßt und dieser dann unter einem anderen Namen veröffentlicht wird? Die Tatsache, daß Sie keine Anzeige erstattet, jedenfalls aber keine Reaktion auf den Diebstahl und die nachfolgende Veröffentlichung gezeigt haben, könnte Argwohn aufkommen lassen. So könnte man etwa hinterhältigerweise denken, daß Sie es waren, der den historischen Aufsatz über Lackfarben gestohlen hat und als Vortrag auf diesem Kongreß verwenden wollte, an welchem Sie offiziell im Namen unseres Unternehmens teilgenommen haben.«

Was sollte ich tun? Ihn zusammenschlagen? Meine Hände um seinen Hals legen und fest zudrücken, so lange, bis ihm die Augen aus dem Kopf schießen? Ich machte einen tiefen Atemzug, wie wenn man vor dem Eintauchen stünde, danach antwortete ich ganz gelassen.

»Die Abfolge der Tatsachen umzukehren, ist ein Sport, an dem sich leider auch ganz unverdächtige Leute beteiligen. Der historische Aufsatz über die Lackfarben, welcher in Chicago nach dem Diebstahl des Manuskripts und nach meinem aus dem Stegreif gehaltenen und nach dem Vorbild des Vortragstextes gestalteten Beitrags, den ich während der Niederschrift auswendig gelernt habe, publiziert wurde, stammt von mir und nicht von Ubus Arconti.«

»Und was, wenn Ihnen das keiner abnimmt? Sie wissen doch, daß die Fristen für die Veröffentlichung akademischer Zeitschriften sich sehr lange hinziehen, daher müßte man das Ablieferungsdatum der Textvorlage bei der Zeitschrift von Chicago kontrollieren. Die Gedanken eilen bei einem so kontroversen Fall wie diesem in viele Richtungen davon«, Und Monsieur Findus ahmte mit seinen Händen in der Luft den Flug eines Vogels nach.

Ich konnte nicht verstehen, worauf Monsieur Findus mit diesen brutalen Anspielungen hinauswollte. Unterdessen leckte er sich weiterhin die Lippen wie eine Katze vor ihrer Beute.

»Mein Vortrag ist im Computer meines Büros mit Datum auf Festplatte abgespeichert.«

»Ich nehme einmal an, daß auch Ubus Arconti ein Datum hat, und der hat sich wenigstens um die Übersetzung und ihre Veröffentlichung gekümmert. Soweit ich weiß, haben Sie Ihren Text nicht ins Englische übersetzen lassen und auch nicht an die Zeitschrift in Chicago geschickt.«

»Wozu hätte ich ihn denn in einer mir übrigens völlig unbekannten amerikanischen Zeitschrift veröffentlichen sollen, zumal ich wußte, daß die Kongreßbeiträge publiziert werden? Ich habe mit der Zeitschrift in Chicago telefoniert, die die Übersetzung meines Textes veröffentlicht hat, und ihr ein Fax geschickt, doch die haben mir nichts über diesen

Ubus Arconti sagen können oder sagen wollen. Sie haben das bereits ins Englische übersetzte Material aus Paris erhalten, und zwar ungefähr einen Monat nach meinem Vortrag auf dem Kongreß in Amsterdam, sie hielten den Text für interessant und haben ihn publiziert. Die da drüben sind sehr pragmatisch. Ich habe das Antwort-Fax der ›Chicago Scientific Society‹ aufbewahrt, und das ist auch schon alles.«

»Ein etwas dürftiges Alles, um nicht zu sagen unzureichend, um Licht in diese wirklich peinliche Angelegenheit zu bringen. Wir wissen zwar, wann der Text bei der Zeitschrift in Chicago eingetroffen ist, nicht aber das mögliche Datum, wann Ubus Arconti ihn verfaßt hat.«

Ich war drauf und dran, meine Geduld zu verlieren.

»Aber es handelt sich dabei doch um ein Plagiat, deshalb kann gar kein Datum, an dem es von diesem getarnten Ubus Arconti verfaßt wurde, draufstehen. Ich habe drei Monate an der Beschaffung des Dokumentationsmaterials und an der Niederschrift des Textes gearbeitet. Wenn nötig, kann ich die Bestellkarten der Nationalbibliothek auftreiben, wo ich meine Nachforschungen betrieben habe.«

»Nach Einstein treffen sich die Parallelen an einem bestimmten Punkt. Wer kann schon sagen, ob es nicht parallel zu Ihnen auch eine Nachforschung durch Ubus Arconti in der National- oder in einer anderen Bibliothek gegeben hat?«

»Wenn jemand diesen Nachweis führen will, habe ich nichts dagegen. Ich kann die Dokumente meiner Nachforschungen vorlegen, und dann sehen wir ja, ob man Spuren von Ubus Arcontis Forschungen findet. Nehmen wir ruhig einmal an, daß es Parallelforschungen gegeben hat, wie erklärt man dann aber das Vorhandensein zweier identischer Texte? Der veröffentlichte Text wiederholt Wort für Wort meinen Vortrag, daher kann kein Zweifel daran bestehen, daß es nur eine Forschungsarbeit, nur eine Niederschrift und folglich nur einen Verfasser gibt. Ich versichere Ihnen, der Autor bin ich und nicht dieser spukhafte Ubus Arconti.«

»Offenkundig lügt einer der beiden, darüber besteht kein Zweifel, zumal einer der beiden den Text des anderen kopiert hat. Mit einem Wort, es hat ein Plagiat gegeben, bleibt nur herauszufinden, von wem.«

Jetzt schleuderte ich Monsieur Findus einen furchterregenden Blick zu, entschlossen, mir von diesem Abschaum der Menschheit nicht auf dem Kopf herumtrampeln zu lassen.

»Also, was wollen wir tun?«

»Genau gesagt, ist es ausschließlich an mir, etwas zu tun oder nicht zu tun, jegliche Entscheidung liegt bei mir. Ob ich die ganze Angelegenheit vor den Vorstand bringe und eine Untersuchung einleite oder ob ich es laufen lasse. Ich muß darüber nachdenken, um herauszufinden, ob Sie Ubus aufgefressen haben oder er Sie.«

Monsieur Findus sah mich an und leckte wieder seine Lippen. Es handelte sich eindeutig um eine Erpressung oder genauer gesagt um die Voraussetzung für eine Erpressung, denn verstanden hatte ich nicht, was Monsieur Findus eigentlich von mir wollte. Mit einem Wort: Was war der Einsatz für diese Erpressung?

»Jedenfalls«, sagte ich, »das muß klar sein: Ein Kannibale bin ich nicht.«

»Das hoffe ich auch«, sagte Monsieur Findus beinahe flüsternd.

Stille. Dann der zweite Hieb.

»Dann ist da noch die Angelegenheit mit der Taube am Herenkanal vor dem Hotel Rembrandt zu klären.«

»Zu klären? Ich habe versucht, eine Taube zu befreien, die sich mit ihren Füßen in einem schwarzen Müllsack verheddert hatte. Ist denn da etwas dabei?«

»Dann haben Sie auf die Taube geschossen.«

»Ich habe lediglich versucht, sie zu befreien.«

»Und dann haben Sie auf sie geschossen.«

»Nicht ich.«

»Sie wurde tot am Herenkanal aufgefunden, in der Nähe des Hotel Rembrandt. Wissen Sie, daß es in Holland schwere Strafen für den gibt, der auf Tauben schießt? Sie laufen mit einer Waffe herum, aber wozu ein Revolver mit Schalldämpfer?«

»Ich hasse Lärm. Jedenfalls laufe ich mit einer Waffe aus Notwehr herum. Nicht um auf Tauben zu schießen.«

»Dann etwa auf Menschen?«

»Nur im Fall von Notwehr. Meine Reisen bringen mich oft an gefährliche Orte, vor allem im Orient.«

»Ich habe mir nicht vorgestellt, daß Sie unsere Geschäfte in der Unterwelt von Hong Kong oder Peking verhandeln. Doch wie dem auch sei, Amsterdam liegt nicht im Orient.«

»Ich habe ja auch auf niemanden geschossen. Und um die Wahrheit zu sagen, auch im Orient habe ich noch nie auf jemanden geschossen.«

Fehler. Ich hätte ihm sagen sollen, daß ich den Finger leicht am Abzug habe, aber ich war nicht in der Laune, ihn zu provozieren.

»Verstehen Sie, ich will hier nicht ihre privaten Verhaltensweisen bewerten, es geht mir allein um unser Unternehmen, das ein korrektes, ja untadeliges Erscheinungsbild in Gestalt seiner Repräsentanten abgeben muß. Die Konkurrenz behält uns ständig im Blick, das wissen Sie besser als ich. Stellen Sie sich doch vor, was wäre, wenn unsere Konkurrenz erfahren würde, daß Sie mit einer schallgedämpften Pistole in der Tasche auf Kongresse gehen und in Amsterdam gleichzeitig in zwei Hotels wohnen.«

Das hatte ich nun nicht erwartet. Von wem hatte er diese Informationen?

»Ich hatte einen anonymen Anruf erhalten, mit dem ich vor einem Versuch von Industriespionage gewarnt wurde. Ich hatte gehofft, ich würde im Hotel Rembrandt, das bei dem anonymen Anruf genannt worden war, diesen Ubus Arconti treffen, der dann meinen Vortrag gestohlen hat.«

»Um auf ihn zu schießen?«

Ich glaube, jetzt hatte ich ein sarkastisches Lächeln aufgesetzt. Sagt man *hyaena ridens*? Also, genau so war es, das Lächeln der Hyäne.

»Aber klar doch. Hätte ich Ubus von Auge zu Auge im Hotel getroffen, hätte ich ihn kaltgemacht. Sie werden ja schon begriffen haben, daß ich blutrünstig bin, eine menschliche Bestie, ein Killer.«

Monsieur Findus verzog sein Gesicht, ohne auf meine Provokation einzugehen, dann zahlte er die Rechnung, und wir gingen still fort. Wir wollten uns gerade auf der Place de l'Opéra verabschieden, als Monsieur Findus mich mit einer Forderung kalt erwischte.

»Warum versuchen Sie nicht, diesen Ubus Arconti ausfindig zu machen? Damit könnte sich vieles klären.«

Ich sah ihn ungläubig an.

»Ich kann ja das Telefonbuch durchgehen.«

Monsieur Findus lächelte bös.

»Wieso haben Sie das noch nicht längst getan? Man darf nichts auslassen, wenn man die Bauern auf dem Schachbrett der Möglichkeiten in Bewegung setzen will.«

Es war offenkundig, daß nach meinen sarkastischen Bemerkungen nun auch Monsieur Findus mit Worten spielen wollte und dafür die Arroganz der Banalität zu Hilfe rief.

»Glauben Sie wirklich, das hätte ich nicht schon getan? Immerhin«, sagte ich abschließend, »ich wußte nicht, daß eine ganze Meute von Bauern mir nachspioniert, wenn ich auf Kongresse fahre und womöglich auch noch bei anderen Gelegenheiten.«

»Als Sie in Amsterdam waren, war ich noch nicht im Vorstand.«

Monsieur Findus hielt mir seine Hand hin und ging eilig davon, ohne noch etwas zu sagen.

Es gelang mir nicht, den Sinn dieser Begegnung und dieses Verhörs zu erfassen. Einschüchterung, Erpressung, schwarzer Humor, Verbrechen? Dostojewskis Geist hatte in der klimatisierten Luft des Café de la Paix geschwebt. Klar, daß Monsieur Findus mich erschrecken oder auch demütigen oder auch ganz einfach nur ankündigen wollte, daß er im Begriff stand, mich in Schwierigkeiten zu bringen.

Ich hatte das Lokal verlassen und war mit gesenktem Kopf die Avenue de l'Opéra in Richtung Palais Royal hinuntergegangen und von dort über die gestopft volle Rue Etienne Marcel nach Hause, ein einsamer Floh inmitten der Menge. Ich wich den Blicken der Passanten aus, denn ich war immer noch angewidert und niedergedrückt von Monsieur Findus' Überfall.

»Das eigentlich Richtigste wäre jetzt, dich zu erwürgen.«

»Aber du hast Angst.«

»Wenn du meine Hände um den Hals spürst und blau anläufst, machst du mir keine Angst mehr.«

»Dann los, worauf wartest du noch?«

»Du ekelst mich so sehr an, daß ich dich nicht mal anfassen will.«

»Dann halt die Klappe!«

»Bevor ich die Klappe halte, will ich dich noch fragen, wie du es geschafft hast, in den Vorstand zu kommen.«

»Meine Angelegenheit.«

»Erpressung? Ist das deine Geheimwaffe?«

»Hilfe.«

Ich stellte mir vor, wie ich diese Visage von Monsieur Findus würgte, während ich in Richtung Rue du Temple ging, und gar nicht merkte, daß ein dichter Nieselregen einsetzte. Als ich meine Wohnung betrat, war ich von Kopf bis Fuß naß. Keinerlei Begehren nach Marguerite, die ich ausgestreckt auf dem Sofa vorfand, nackt.

»Nimm's nicht persönlich, Sirene.«

Die empfindsamen Ausläufer der Seele

Elianes Lippenstift ist immer auf das Kleid abgestimmt, das sie gerade trägt, Stoffe mit roten, violetten, gelben oder blauen Blumen, blau wie der Himmel Italiens, der in diesen Tagen das Objekt meiner Begierde ist. Vor allem an Regentagen, unter diesem bleiernen Himmel, wird mein Begehren nach Eliane lebhaft, und wenn ich aus dem Fenster blicke, stelle ich mir ihr Eintreffen vor wie die Ankunft des Lichts. Und da kommt sie endlich, sie, Eliane, auf dem gegenüberliegenden Bürgersteig, mit olympiaverdächtigen Laufschritten überquert sie die Straße, geht auf meine Haustür zu, in wenigen Minuten wird sie bei mir auf der dritten Etage sein und auf die Klingel drücken. Sollte ich mir denn diese glücklichen Vorstellungen versagen und mich den *malae cogitationes* überlassen? Ich bin nicht vollkommen, das ist richtig, aber Origenes in all seiner transzendenten Vollkommenheit ist ganz fraglos ein schlechter Meister.

Ich habe herausgefunden, daß Eliane sich für alte Stiche begeistert. Nach sinnlosen Versuchen habe ich auch diesen stereotypen Vorwand ausprobiert, um sie zu mir nach Hause einzuladen. Ich schämte mich vor mir selber, als ich ihr über zwei Stiche von Chereaux erzählte, zwei seltene »Perspectives« in Farbe, die in meinem kleinen Wohnzimmer hängen, und bin zur Salzsäule erstarrt, als Eliane sagte, daß sie gerne zu mir nach Hause kommen würde, um sie sich anzuschauen. Hatten sich meine Ohren etwa getäuscht? Nein, hatten sie nicht.

Als Eliane dann endlich meine Wohnung betrat, war es, als wären »die schönen Himmelsräume« des Athanasius Kircher angelangt, die mit Ekstase und Bewunderung betrachtet werden sollten. Trotz meiner lang anhaltenden schlechten Laune nach dem Gespräch mit Monsieur Findus kam Eliane mir wie das blaue Licht des Himmels vor, wie die durchsichtigen Wasserstrahlen in der Mitte der Place de la

Concorde, die gelben Rapsfelder, der Regenbogen nach dem Regen über den Hügeln der Provence, das mediterrane Licht, das jäh über diese graue, verregnete Stadt hereinbricht.

Eliane hat einen geistesabwesenden Blick auf die beiden Stiche geworfen, hat sich umgesehen, um eine Vorstellung von der Wohnung zu bekommen, ohne sich über die Spiegel auszulassen, dann ist sie wieder zu den Stichen zurückgekehrt und hat sie aufmerksam betrachtet.

»Hast du viel für sie bezahlt?«

»Ich weiß nicht mehr, aber ich glaube nicht.«

»Sie sind schön.«

»Ich weiß.«

Ende der Unterhaltung über die Stiche.

Eliane setzte sich auf das Sofa vor dem Fenster. Ich setzte mich neben sie, lächelte ihr zu und strich kaum merklich, ganz still über ihr Haar. Ein vorsichtiger Anfang. Auch sie lächelte mir zu, und ich verstand nicht, ob dieses Lächeln Ermunterung bedeuten sollte, mir schien, daß sich auf ihrer Lippe eine ironische Falte zeigte, kurz gesagt: Ich verstand nicht, ob dieser Besuch ein positives Signal, eine Provokation oder eine Frotzelei war. Ich gab mir Mühe zu verstehen, und langsam versuchte ich, die Lage durch Streicheln zu vertiefen. Hände sind die treuen Botinnen der Gefühle, die empfindungsreichen Ausläufer der Seele. Doch leider erschien jedes Mal, wenn ich sie streichelte und die Fingerkuppen schon sanft über ihre Brustwarzen gestreift waren, hinter ihr eine verschwommene, milchige Gestalt, die sich von Zeit zu Zeit in drohenden Gebärden verhärtete. Ja natürlich, das war ihr Schutzengel, der sie beschützen wollte, mir gräßliche Grimassen schnitt und die Zähne zeigte.

Ich habe ihn erkannt, diesen Schutzengel, es war der Zwillingsbruder des Engels, der auf unseren Farbdosen steht (die Schutzmarke der *Loutrous Peintures*). Er hatte die Aufgabe übernommen, Eliane vor meinen Annäherungen zu beschützen, und jetzt flog er im Zimmer umher und machte mir gegenüber obszöne Gesten. Zwillingsbruder ist natürlich nur so dahingesagt, denn der Engel, der das Markenzeichen für unsere Farben darstellt, ist aus Stein, ein barocker Engel, der von einer Kirche in Rom genommen wurde, während Elianes Schutzengel ziemlich nordisch aussah, skandinavisch, mit rosiger Haut und strohblondem Haar.

Im Grunde war die Entscheidung der *Loutrous Peintures*, Herstellerfirma von Farben, sonderbar. Man hatte einen grauen Engel aus grauem Stein wie etwa Travertin (eher hell nußfarben als grau, um genau zu sein) einem farbigen Engel vorgezogen, wie es sie zu Tausenden in der Malerei aller Epochen gibt. Sie hätten sich für Beato Angelico, Botticelli, Raphael oder Signorelli entscheiden können. Aber nichts dergleichen, *Loutrous Peintures* entschied sich für den travertingrauen.

Elianes Schutzengel war eigentümlich, er hatte ein von weißem Fell bedecktes Hundegesicht, unglaublich scharlachrote Lefzen (vielleicht der Lippenstift?), spitze Zähne, ein Spiegel seiner zweideutigen Seele, und sah mich böse an. Um den blondhaarigen, ungekämmten Kopf war kein Heiligenschein, und er versuchte, die beiden großen Barockflügel, die er gefaltet an den Körperseiten hielt, zu verbergen. Er trug ein langes Hemd mit blauen und weißen Streifen, das auf der Brust aufgeknöpft war, und an den Füßen trug er rosafarbene Pantoffeln. Immerhin, eine Verwandtschaft zwischen den beiden Engeln bestand, eine genetische Ähnlichkeit, die sich hinter den ausdrucksvollen Gesichtsfalten zeigte. O ihr unglückseligen Armen, immerzu ernst und deprimiert (aus genau diesem Grund ist unter allen Engeln der lächelnde der Kathedrale von Reims berühmt geworden).

Es war deutlich zu sehen, daß dieses engelhafte Phantasma eifersüchtig war und Eliane für sich alleine haben wollte. Armer Schutzengel, er muß Probleme haben, sagte ich mir, er muß wegen seiner engelhaften sexuellen Frustration ganz niedergeschlagen sein. Vielleicht sollte ich großzügiger ihm gegenüber sein, ihn anlächeln und ein bißchen Verständnis für ihn zeigen, aber ich ertrug seine Ambiguität nicht, dieses aggressive Transsexuelle. Er hatte, leider, überhaupt keinen Grund, eifersüchtig zu sein. Ich hatte weder die Absicht, vor ihm niederzuknien, noch ihn zu bitten, mir eine Abkürzung zum Paradies zu zeigen. Schließlich weiß ich ja, daß ich einem anderen Ziel entgegengehe.

Eliane ließ sich berühren, ich glaube, sie empfand auch Lust bei der Berührung meiner Hände, die selbst an die sensibelsten und geheimsten Stellen gelangten. Doch alles war mit den feuchten psychosomatischen Ausbrüchen zu Ende. Natürlich hatte ich versucht, sie heimlich, still und leise auf mein Bett zu schleifen, doch sie verschloß sich wie eine Auster, und der Schutzengel nahm eine drohende Haltung ein und fletschte die Zähne. Eliane hatte eine unüberwindbare Barriere aufgerichtet, die mich in einem überaus traurigen neutralen Zwischenbereich zurückhielt. Weder Hölle noch Paradies, sondern eine wehmütige graue Vorhölle. Und das soll die Frau meines Lebens sein?

Ich weiß sehr wohl, daß Vorstellungen nicht beißen, doch: Vorsicht! Man kennt die Schäden nicht, die Engelsgestalten, die zwischen Himmel und Erde herumfliegen, in den Kreisläufen des Verstandes anrichten können, wenn sie hinterhältig in jedes Schlupfloch unseres Lebens eindringen. Still und schweigend bringen sie nicht vorhandene Schuld hervor, schlimmste Gedanken, vorgetäuschte Erinnerungen, Wehmut und kurze Herzfrequenzen. Wie man mir sagt, sollen Schutzengel oft eifersüchtig auf ihre Schützlinge sein, sie können bösartig und aufbrausend werden, sie können sowohl Personen als auch Gegenständen schweren Schaden zufügen.

Bei Eliane ist es mir lediglich gelungen, einen Kontakt herzustellen, der der Weisheit meiner Hände zu verdanken ist, einen Kontakt, der den gesamten Bogen der erotischen

Erregungen bis hin zum Orgasmus umspannt – und aus. Doch Elianes Verhalten ist nicht passiv, sie arbeitet an diesen amourösen Vorspielen mit (Vorspiele zu was?), sie schiebt ihre Zunge in mein Ohr, sie streichelt mein Haar, das vor elektrischer Spannung knistert, sie kitzelt mich im Nacken und winselt melodiös. Warum kommst du dann nicht mit aufs Bett? Sie sagt, wir hätten ja schon eine gute Beziehung, und es sei nicht nötig, sie zu optimieren (das ist ein abstruses Wort, das sie aus dem Fernsehen aufgeschnappt hat). Ich bin nicht zufrieden. Meine Liebe zu Eliane schließt inzwischen auch Enttäuschung und Wehmut mit ein.

Während dieser frustrierenden Spielereien gelang es mir, mich in den Besitz eines geheimen Härchens zu bringen, leicht gekräuselt und rabenschwarz, weshalb mir der Gedanke kam, daß Eliane, wenn sie an ihrem Venushügel so schwarz ist, ihre Haare wohl aufhellt, die von leuchtendem Kastanienbraun sind, fast schon blond. Das Härchen ist durchaus kein Fetisch, sondern eine symbolische Stütze des erotischen Gedächtnisses, um mit der Vorstellung eine unerfüllte Beziehung auszugleichen.

Ich habe das rabenschwarze Härchen in die Seiten des *Hoheliedes* gelegt, dorthin, wo es heißt »Ein verriegelter Garten, ein versiegelter Quell«. Dieses rabenschwarze Härchen, das eine Hoffnung darstellt oder vielleicht eine Täuschung (und eine schmerzende Erinnerung an die junge Frau mit schwarzem Haar am Flughafen Zürich), habe ich mit einem Tropfen Holzleim auf diese Verse des *Hoheliedes* geklebt, in Erinnerung an ein vertanes Begehren auf dem Sofa meiner Wohnung in der Rue du Temple. Der Klebstoff hilft meinem Gedächtnis, er stützt es zwischen den Seiten einer Dichtung von zartester Erotik, in der Erwartung, daß Eliane mich in ihren Garten eintreten und an ihrer Quelle Labung finden lasse. Doch die Begegnung ging zu Ende, einfach so, mit einer sinnlosen Verschwendung meiner Lebenskräfte. Ein verriegelter Garten, ein versiegelter Quell.

Ich habe sie noch andere Male gesehen, im unterirdisch gelegenen Zwischenstock des Cafés du Louvre, sie will mich immer nur dort sehen. Wir unterhalten uns bis zur Bewußtlosigkeit, monoton, platonisch, und jedes Wort, das wir aussprechen, wirkt, als fiele es in einen tiefen Brunnen. Da unten häufen sich alle unsere Worte auf die Millionen von Worten anderer Männer und Frauen, die glauben, mit Worten ihre Liebe lösen zu können und nicht begreifen, daß man die Beziehungen zwischen Mann und Frau weder mit Händen noch mit Worten verwirklicht, sondern in einem Bett, mit der Nacktheit und mit der Durchdringung der Körper. Das habe ich Eliane so viele Male begreiflich zu machen versucht. Und was ist ihre Vorstellung? Jede Frau, ohne Ausnahme, verwaltet ihren eigenen Garten, und sie ist es, die entscheidet, wem sie die Eintrittskarte gewährt und wem nicht. Für den Augenblick ist Elianes Garten für mich off limits.

Von meiner Begegnung mit Monsieur Ballou und meiner Unruhe nach diesem Gespräch habe ich ihr nichts erzählt. Auch ich habe einen Garten, allerdings keinen Blumengarten, sondern einen Nutzgarten, in dem ich meine Scheißgeheimnisse hüte.

Die Flucht des Engels

An einem Herbstmorgen des Jahres 1566 bemerkten die Gläubigen auf dem Weg zur Messe in der Kirche Sant'Andrea della Valle in Rom, daß einer der beiden großen Engel aus Travertinmarmor verschwunden war, die oben, zwischen den beiden Seiten der Fassade an Stelle der herkömmlichen barocken Verbindungsvoluten angebracht waren.

Statt in die Messe zu gehen, blieb die kleine Menge vor der Kirche stehen und unterhielt sich über dieses einzigartige Verschwinden. Der linke Engel war noch an seinem

Platz, mit seinem mächtigen erhobenen Flügel, so als wolle er sich im nächsten Augenblick zum Flug erheben, doch der rechte war während der Nacht davongeflogen. Ein vor der Kirche auf der Erde gefundenes Stück Travertin war mit Gewißheit das Bruchstück eines Flügels, das der Engel verloren hatte, als er sich von den kräftigen Metallhalterungen befreite. Kann man denn mit einem Flügel allein fliegen? Vögel nicht, aber Engel?

Befragt nach der mysteriösen Flucht des Engels, zeigten sich die Hierarchen der Kirche ganz und gar zurückhaltend und verlegen, und ebenso zurückhaltend über den verschwundenen Engel zeigen sich seitdem sämtliche Veröffentlichungen über die Kirche Sant'Andrea della Valle. Nach jener Nacht des Jahres 1566 ist der Engel nicht mehr an seinen Platz zurückgekehrt, er fliegt durch die blauen Himmelsräume, und es wird vermutet, er habe verschiedene irdische Tätigkeiten als Schutzengel wahrgenommen.

Nachdem er das harte Travertingewand abgelegt hatte, hat der Engel von Sant'Andrea della Valle statt des sperrigen Barockgewandes offensichtlich einen Hauskittel angezogen, der es ihm erlaubt, mit der für seine Schützlinge erforderlichen Beweglichkeit zu erscheinen und wieder zu verschwinden. Daß die Schutzengel dann am Ende jedesmal ihre Schützlinge liebgewinnen, ist eine andere Geschichte, über die sich weder die Theologen noch die gewöhnlichen Hierarchen der Katholischen und Apostolischen Römischen Kirche jemals geäußert haben. Und das um so mehr, als diese Zuneigungen gelegentlich in krankhafte Eifersuchtsgefühle und Eifersuchtshandlungen ausarten können. Daher verläßt man sich auf die Erfahrungen, die Visionen, die Empfehlungen und Beschreibungen derer, die auf die eine oder andere Weise mit einem dieser Engel in Verbindung gestanden haben, wie es beim Verfasser dieser Niederschrift der Fall war.

Daß Elianes Schutzengel von der Fassade der Kirche Sant'Andrea della Valle vor mehr als vier Jahrhunderten geflohen sein könnte, habe ich nicht nur aus seiner Ähnlichkeit mit dem dort verbliebenen Engel geschlossen, sondern auch aus der Steifheit seiner Bewegungen und aus der Unsicherheit, mit der er seinen linken Flügel bewegt, der offenkundig bei der Flucht aus dem oberen Teil der Kirche verletzt worden war.

Der jetzt noch zu sehende Engel an der Fassade von Sant'Andrea della Valle wurde vor vielen Jahren zum Markenzeichen für die Farbdosen der *Loutrous Peintures* erkoren, und ich erkenne die Ähnlichkeit mit dem im sechzehnten Jahrhundert entflohenen, der dann, wer weiß durch wie viele irdische Verwandlungen, schließlich zu Elianes Schutzengel wurde.

Ich möchte den Vorschlag machen, diesen Engel, grau und blaß wie der Travertin, aus dem er gehauen wurde, von unseren Farbdosen verschwinden zu lassen. Doch Vorsicht, ich meine verstanden zu haben, daß man ihn im FÜNFTEN STOCK der *Loutrous Peintures* als Glücksbringer betrachtet, wie ein auf einer asphaltierten Straße (wann nur?) gefundenes Hufeisen oder ein vierblättriges Kleebatt, das auf einer Wiese mit dreiblättrigem Klee gefunden wurde.

»Na, dann behaltet mal schön euer Markenzeichen, das so versteinert und grau ist wie eure Visagen.«

»Aber es ist doch ein Engel.«

»Ein seelenloser Engel, ohne Geschlecht, ohne Leben, ein alter Engel aus Travertin, der mehr als vierhundert Jahre Unwetter und Smog auf dem Buckel hat. Und der soll das ideale Markenzeichen für eure Farben sein?«

»Er beschützt uns aber, er ist unser Schutzengel.«

»Was beschützt er? Eure versteinerten Ärsche auf euren Sesseln im FÜNFTEN STOCK?«

Hin und wieder bin ich sarkastisch, aber hätte ich diese Worte vor dem Vorstand gesagt, wäre ich auf der Stelle gefeuert worden. Auch ich habe die vorsichtige Rhetorik des Stillseins erlernt, dem bleichen Travertinschutzengel zum

Trotz, der auf die Farbdosen der *Loutrous Peintures* gedruckt wird.

Konturen einer Schießscheibe

»Er ist reich, trägt einen Bart, ist ein Müßiggänger und ständig auf Achse. Ein Luxusvagabund oder ein Spion, ein Playboy oder ein Abenteurer. Äußerlich hat er Ähnlichkeit mit dir.«

Eliane erzählt mir, sie habe bei Freunden einen gewissen Ubus Arconti kennengelernt, sie weiß nicht mehr, bei welchen Freunden, was das gleiche bedeutet wie, daß sie mir nicht sagen will, wo und wann.

Eliane wußte über den anonymen Telefonanruf in Amsterdam Bescheid, auch über den Diebstahl meines Vortrags. Ich hatte ihr auch erzählt, daß dieser Vortrag gleichlautend ins Englische übersetzt von einer wissenschaftlichen Zeitschrift in Chicago veröffentlicht worden war.

»Und in den Staaten beschäftigen sich wissenschaftliche Zeitschriften mit Lackfarben?« hatte sie mich gefragt und die Sache mit dem Plagiat einfach ausgelassen.

»Das Problem ist nicht, ob wissenschaftliche Zeitschriften in Amerika Aufsätze über Lackfarben publizieren. Das Problem ist, daß dieser Aufsatz von mir geschrieben wurde, aber mit dem Namen eines anderen publiziert worden ist. Von eben diesem Ubus Arconti.«

Und eines schönen Tages kommt Eliane daher und erzählt mir, daß sie diesen Ubus kennengelernt habe, allerdings nicht wisse, ob er derselbe sei, dem ich den Diebstahl meines Vortrags zuschreibe. Offensichtlich war sie sich über die Schwere dieses Zwischenfalls nicht im klaren, oder vielleicht versuchte sie auch einfach nur, darüber hinwegzusehen.

»Ubus Arconti?«

»Ja, Arconti.«

Nach dem Treffen mit Monsieur Findus, der sonderbarerweise über alles im Bilde war, und nach seinen nicht sonderlich verhüllten Drohungen, hatte ich nichts dagegen, indirekt, über Eliane, mit Ubus Arconti in Verbindung zu stehen. Für den Fall, daß der Vorstand mich zwingen würde, mich zu verteidigen, würde ich eine Gegenüberstellung mit Ubus verlangen und ihn ohne Schwierigkeiten entlarven.

»Ubus ist nach China abgereist.«

»Na, dann gute Reise. Wozu erzählst du mir das?«

Auch ich war nach Peking und Hongkong gefahren, um mit den Finanzinvestoren des größten Handelszentrums in Asien zu sprechen, das in der chinesischen Hauptstadt auf einem Areal, größer als die Verbotene Stadt, gebaut wurde, an der Straße Wang Fu Jing, in der Nähe des berühmten Restaurants *Lackierte Ente*. Ich hatte das Versprechen erhalten, daß sie für die Metallstrukturen des Handelszentrums unsere Lacke verwenden würden, und die verbindliche Zusage, einen Bereich für den Verkauf von Produkten der *Loutrous Peintures* reserviert zu bekommen. Mit den besten Empfehlungen des gesamten Vorstands. Monsieur Findus hatte sich der Mehrheit angeschlossen, ohne Einwände zu erheben. Eigentlich wartete ich immer darauf, daß mir dieser nicht geheure Mensch ein Bein stellen würde. Denn immerhin hatte er vor mir und ohne überzeugende Ergebnisse vorzuweisen einige Jahre die Stelle des Auslandsdirektors innegehabt und war nun gezwungen, meine Erfolge mitzutragen.

Ubus Arconti also in China. Das war nun das dritte Mal, daß Ubus eine Reise von mir wiederholte, wie eine unbegreifliche Blaupause. Um einen Zufall konnte es sich nicht handeln. Er war mir nach Amsterdam gefolgt, und jetzt entdeckte ich, daß er nach seiner Rückkehr Eliane gegenüber Wort für Wort den Absatz über die bemalten und jetzt »nackten« griechischen Statuen wiederholt hatte. Er hatte die geheimnisvollen Farbtöne von Ludovico Dolce und noch andere in meinem Vortrag enthaltene Bemerkungen so zitiert, als stammten sie von ihm. Dann hatte er meinen Vortrag mit seinem Namen veröffentlicht. War er dabei, eine Zeugenaussage Elianes vorzubereiten, für den Fall einer Anzeige wegen Plagiats? Ebenso habe ich von Eliane erfahren, daß er in Chicago war, nachdem ich vorher dort war, und nach seiner Rückkehr hatte er den Wolkenkratzer der Carbide and Carbon Company einen »mittelalterlichen Turm« genannt, genau wie ich es Eliane beschrieben hatte. Nach einer Reise von mir nach Berlin ist auch er nach Berlin gefahren und erzählt jetzt, daß er eine Wohnung in Kreuzberg kaufen wolle, weil, so sagte er, die Preise in wenigen Jahren auf das Doppelte steigen würden (haargenau das gleiche hatte ich Eliane gesagt). Ein immerwährendes, obsessives Plagiieren.

»Die Kunst der Wiederholung«, sagte Eliane, »genau wie bei den chinesischen Malern, die die gleichen Formen, die gleichen Figuren immer und immer wiederholen, ohne jemals müde zu werden.«

»Dann ist deiner Meinung nach Ubus also ein Künstler.«

»Wieso nicht? Ein zufälliger Künstler, ganz unbeabsichtigt.«

In schwierigen Lagen dieser Art ist es besser, wenn ich nichts sage, sonst müßte ich ihr eine runterhauen. Meine Wut auf Ubus zertrümmert Steine und könnte sich letzten Endes auf Eliane übertragen.

»Elender Ubus, du hast dich dazu herabgewürdigt, als Parasit von mir zu leben, wie eine Blutlaus.«

»Ist doch nur ein Spiel.«

»Mag schon sein, aber das erste Mal, wenn ich dich treffe, mach' ich dich kalt.«

»Zunächst müßtest du mich finden und erkennen.«

Tja, ihn finden und erkennen, ein Problem, soviel habe ich begriffen, bei dem Eliane mir nicht hilft. Jedesmal ist es die gleiche Leier, und der Übermittler von Ubus' Doppelritualen ist immer wieder Eliane, die diese mimetische

Zwangshandlung offenbar abstreiten will. Zufällige Gleichzeitigkeiten, sagt sie, doch ich bin sicher, sie lügt. Ich weiß, daß sie sich oft sehen, sie gehen gemeinsam ins Restaurant im sechsten Stock der Galléries Lafayette, sie gehen ins Kino, sie sehen sich auch im Café der Tuilerien, doch immer bin ich es, der ihnen den Gesprächsstoff für Unterhaltungen liefert. Ich habe Eliane aus der Ferne beschattet, ich habe gesehen, wie sie in die Galléries Lafayette de l'Opéra gegangen ist, und bin ihr unbeobachtet bis zur Cafeteria im sechsten Stock gefolgt. Sie hat sich an einen Tisch unter der großen Jugendstilkuppel gesetzt, hat ein paar Minuten gewartet, hatte aber eine Verabredung mit einer Freundin, nicht mit Ubus, wie ich mir vorgestellt hatte. Ich bin weggegangen, ohne gesehen zu werden und mich für mich selber schämend. Was hätte wohl der geisteskühle, würdevolle Dichter T. S. Eliot über mich gesagt? Und Montaigne?

Am folgenden Abend träumte ich, Ubus' Gestalt sei eine dünne Schießscheibe mit konzentrischen Kreisen auf der Brust, und ging bei Nacht an dem einsamen Teil der Seine entlang, wo die Conciergerie liegt. Er hüpfte, und jedesmal zeigte er mir seine Brust mit den Kreisen der Schießscheibe und sein bärtiges Gesicht oder das dünne Sperrholzprofil, das seine Gestalt in dem spärlichen Nachtlicht der Seinepromenade nahezu unsichtbar machte. Ich versuchte, von dort wegzukommen, indem ich meinen Schritt beschleunigte (ich war unbewaffnet), doch Ubus' Konturen waren immer vor mir oder neben mir und kreisten um mich herum, bis ich schließlich anfing zu laufen und aufwachte.

Ich frage mich, was ich von einem solchen Traum halten soll. Sind wir wieder bei den *malae cogitationes* angelangt? Ich muß mich unter Kontrolle halten, weil böse Gedanken ein Zeichen von Schwäche sind, das sagt auch die Bibel, wenn es dort heißt, Gott lache, wenn die Menschen anfingen zu denken.

Ein anderes Mal stellte ich mich in eine Ecke des Zwischenstocks im Untergeschoß des Louvre und wartete darauf, daß Eliane sich mit Ubus in der Halle der Eintrittskartenschalter treffen würde, wie ich meinte verstanden zu haben. Statt dessen, und das war über alle Maßen sonderbar, kam Monsieur Findus, sie sind ins Café des Zwischenstocks hinaufgegangen, haben sich hingesetzt und vor einer Granita di Caffè mit Crème chantilly miteinander geredet. Ich lege keine besonderen Bedeutungen in die Schlagsahne, aber was lief hier ab? Monsieur Findus an der Stelle von Ubus Arconti. Wie viele Lügen tischt mir Eliane eigentlich auf? Wie viele Lügen tischst du mir eigentlich auf? Auf wie vielen Festen tanzt du gleichzeitig, Eliane?

Wie oft ich Ubus den Tod gewünscht habe?

Wie oft ich Ubus den Tod gewünscht habe? Das kann ich gar nicht mehr zählen, denn das ist ein immer wiederkehrender Gedanke im Verlauf des Tages und geradezu eine Pflicht, wenn ich zu Bett gehe und dabei bin einzuschlafen. Morpheus, der Gott des Traums, ist ein Sohn des Hypnos, des Schlafs, doch er erscheint ein bißchen eher, auf halbem Weg zwischen Wachen und Schlafen, im Augenblick der Wünsche und der Vorstellungen. Jeder weiß, Morpheus ist ein Gott, auf den man sich nicht so ohne weiteres verlassen kann, und ich ziehe meine eigenen Schweinereien den seinen vor.

Wen kann ich um Rat fragen? Zweifel schießen mir wie Raubvogelschwärme durch den Kopf. Ich werde weggehen, ich werde zu Fuß bis zu Ubus' Wohnung in der Rue Casanova gehen (endlich habe ich seine Adresse von der »Scientific Society« in Chicago erfahren), danach werde ich wieder nach Hause kommen und versuchen, den Haß auf dieses Stück menschlichen Mülls zu ersticken. Vielleicht sollte ich ja Mitleid mit ihm haben, weil nur ein kranker Mann die eigene Existenz einem idiotischen und zugleich perversen Projekt wie dem seinen widmen kann. Will er meinen Platz in der Welt einnehmen? Den Diebstahl meines Vortrags auf dem Kongreß in Amsterdam halte ich lediglich für die Präambel zu einem totalitären Projekt.

Wenn ich die Mosaiksteinchen verschiebe, bleibt das Ergebnis immer noch, daß Ubus Arconti sich in den Besitz meiner Ideen und meiner Gefühle bringen will, mich aussaugen und wie eine leere Muschel zurücklassen will. Eine Unterschlagung, eine Veruntreuung meines Lebens. Eines durchaus nicht glorreichen Lebens, um ehrlich zu sein, mit weitreichenden Folgen hinsichtlich mancher Frustrationen, die nicht einmal bei einem so obsessiven Ungeheuer wie Ubus Neid erregen dürften. Doch vielleicht ist sein Ziel wesentlich einfacher und entschiedener als das bloße Klonen. Ein Mensch, der einen anderen Menschen vernichten will, was eine der üblichsten Situationen der Welt ist, mit zahllosen Beispielen in den Lokalteilen der Zeitungen und in der Geschichte. Das einfachste Mittel wäre, wenn man ihn aus dem Weg schaffte, doch das bedingt eine Risikoabwägung, auch wenn man ehrlicherweise zugeben muß, daß die meisten Verbrechen nicht aufgeklärt werden. Wie viele perfekte Verbrechen werden täglich auf der Welt begangen? Ich glaube nicht, daß Ubus mich umbringen will, oder etwa doch? Ich muß ihn unbedingt treffen, auch wenn diese Aussicht mich anwidert. Aber Eliane steht diesem Treffen augenscheinlich nicht zustimmend gegenüber, daher habe ich beschlossen, mich ohne ihre Hilfe auf die Suche nach ihm zu begeben. Jedenfalls gehe ich zu diesem Treffen nicht mit einer kugelsicheren Weste und werde auch meine Beretta mit Schalldämpfer zu Hause lassen.

Ich bin in der Rue Casanova 33 gewesen. Ein Palais aus dem 18. Jahrhundert, völlig restauriert, glänzende Messingbeschläge, funkelnde Kristallüster im Entrée, helle Eichentüren, verhaltener, solider Luxus. Von der anderen Seite einer schmiedeeisernen Gittertür her hatte mir der Concierge, genauso glänzend und funkelnd wie die Messingbeschläge und Kristallüster des Palais, mit einem feinen Lächeln, das keine Antwort gestattete, gesagt, daß dort kein Ubus Arconti wohne.

»Nie gehört. Ich bin seit über fünfzehn Jahren Concierge in diesem Palais, und mir ist noch kein Arconti untergekommen, seit ich hier bin.«

Und damit war meine Nachforschung an der mitgeteilten Anschrift beendet. Ich hatte sie von der Redaktionssekretärin der »Scientific Society« in Chicago erhalten, die den Absender auf dem Umschlag herausfand, mit dem der Artikel bei ihnen eingegangen war. Es war offenkundig, daß Ubus eine falsche Anschrift benutzt hatte. Das war zu erwarten gewesen. Immer unsichtbarer.

Therapeutische Malerei

Eigentlich unvorstellbar, daß noch einer darauf gekommen ist. Die Idee kam ganz plötzlich, vor einem Aschenbecher in Form eines Tellers, den Orthensius mir aus Rom mitgebracht hatte. Es handelt sich dabei um einen Teller von ungefähr zwanzig Zentimetern Durchmesser mit vergoldetem Rand, signiert von Giovanni Comisso, einem italienischen Schriftsteller der dreißiger Jahre, der gewisse Ambitionen als Maler hatte. Der Teller stellt auf indigoblauem Grund einen Strauch dar, der sich in drei kleine schwarze Zweiglein mit braunen Blättern zerteilt, am Ende eines jeden Zweigleins eine gelbe Blume. Drei Blumen, die drei Schmetterlingen glichen. Am unteren Ende des Strauchs ein hingeklatschtes Rosa, das die Erde darstellen soll, auf welcher der blühende Strauch wächst. Und dann, auf einer Seite, auf einem weißen Rechteck, die schwarze Signatur des Schriftstellers, mit ein paar rosa Schattierungen und dem in Druckbuchstaben geschriebenen »Orphisches Mysterium«. Auf der Rückseite, unterhalb des Markenzeichens von Richard Ginori, eine ebenfalls in Druckbuchstaben geschriebene Erklärung auf hellem Grund: »Orphisches Mysterium, Beispiel einer therapeutischen Malerei für die Gesundheit der Augen. Giovanni Comisso malte es 1965, und 1985 vervielfältigte es Dino G.L. für zweihundert Freunde.« Mithin ein in numerierter Edition aufgelegter Teller, ein zerbrechliches Geschenk, das Orthensius in einem Antiquitätengeschäft in Rom gefunden hatte.

Die Vorstellung einer »therapeutischen Malerei« hatte mich getroffen wie ein Blitzschlag. Ich sagte Orthensius gegenüber kein Wort, und vor allem sprach ich nicht mit Eliane darüber, damit die Idee auf keinen Fall Ubus und Monsieur Findus zu Ohren kommen würde, mit dem sie sich trifft und redet. Kein einziges Wort. Ich habe den Teller mit nach Hause genommen, damit die Idee von einer therapeutischen Malerei in den Büros der *Loutrous Peintures* nicht in Umlauf kommt.

Das ist ein phantastisches Projekt, das ich zum geeigneten Zeitpunkt auf dem Tisch des Vorstands ausspiele, wenn Monsieur Findus seine Anschuldigungen wegen des gestohlenen und plagiierten Vortrags gegen mich erhebt, was, seiner Meinung nach, das Ansehen des Unternehmens beeinträchtigt hat. Doch diesmal kann ich nicht das Risiko eines Diebstahls oder einer Sabotage eingehen.

Viele Gedanken habe ich auf diesem Teller abgelegt, zusammen mit der Asche vieler Gitanes, die ihn jedesmal mit ihren Wölkchen aus bläulichem Qualm einhüllen.

Chromotherapie

Entsprechungen von Licht, Farben, Klängen und althergebrachte medizinische Anwendungen kehren mit Erfolg in das moderne Bewußtsein zurück, ungläubig und argwöhnisch beäugt von der Schulmedizin: Pflanzenheilkunde, Akupunktur, Homöopathie, Reflexlehre der Iris und der Fußsohlen, das alles im Rahmen des New Age. Und damit nicht genug, die Archäologen haben Beweise dafür gefunden, daß im alten Ägypten und im alten China Krankheiten auch mit Hilfe von Farben behandelt wurden. Eine noch rudimentäre Form der Chromotherapie. Nachdem man erkannt hatte, daß eine bestimmte Farbe günstige Auswirkungen auf eine bestimmte Krankheit hatte, setzte man die Heilbehandlung fort, indem man den Kranken lange Zeit in einem ganz mit dieser Farbe ausgemalten Raum beließ. Kurz gesagt: In diesen antiken Kulturen hatte man entdeckt, daß Farben nicht nur die körperlichen Funktionen anregten, sondern auch die geistigen, daher legte man besondere Aufmerksamkeit auf die Auswahl der Farben, bevor man zur Ausgestaltung der Wohnräume mit Fresken überging. Eine therapeutische Malerei, wie die, die der italienische Schriftsteller empfohlen hatte.

Auch im Mittelalter widmete man der Wahl der Farben für die Wohnbereiche große Aufmerksamkeit, und in den Hospizen verwendete man spontan eingefärbte Stoffe. In der alten burgundischen Stadt Beaune werden im Hôtel Dieu nicht nur die Betten des großen Schlafsaals aufbewahrt, sondern auch die den Kranken zugewiesenen roten Bettdecken. Das von den Ärzten dieser barmherzigen Stiftung ausgewählte Scharlachrot sollte den Rekonvaleszenten und alten Menschen wieder neue Kraft geben, und die roten Decken liegen noch heute für den Blick des Besuchers auf den Betten. Im allgemeinen wirkt Rot energetisch und anregend, Grün ist eine positive Farbe und ruft Empfindungen von Wohlgefühl hervor (das Land, das Meer, die grüne Ampel, der Smaragd, die Smaragdeidechse, grüne Augen, die Hoffnung). Schwarz ist die Farbe der Nacht, des Pechharzes, des Rußes, der Chinatusche, der Kohle, des Schießpulvers, des Raben, der Trauer und verleitet zu Unordnung, Rache oder Selbstmord. Die Blackfriars' Bridge in London, deren Eisenkonstruktion ganz in mattem Schwarz angemalt ist, war berühmt wegen der Vielzahl der Menschen, die sich von ihr in die Themse stürzten, doch scheinen die Selbstmorde um dreißig Prozent zurückgegangen zu sein, seit man sie grün angestrichen hat (der italienische Bankier Calvi wurde unter dieser Brücke erhängt aufgefunden, trotz des grünen Anstrichs, aber dann hatte man herausgefunden, daß es sich um einen Mord der Loge P2 handelte und nicht um einen Selbstmord). Hochglanz nimmt dem Schwarz das Negative, und der schwarze japanische Hochglanzlack hat mit allen Ehren seinen Einzug in die Sammlungen der europäischen Höfe gehalten.

Die »anregenden Schwingungen« der Farben scheinen Einfluß auf die Drüsen und ihre Flüssigkeitsabsonderung zu haben. Zinnoberrot wirkt auf die Leber und den Allgemeinzustand des Menschen, Orange auf die Schild- und die weiblichen Brustdrüsen, Zitronengelb auf die Bauchspeichel- und die Thymusdrüse, Grün auf die Hirnanhangdrüse, Blau auf die Zirbeldrüse, Violett auf die Milz, Anilinrot auf die Nebennierendrüsen, Scharlachrot belebt die Hoden und die Eierstöcke (irgendeine Hoffnung für die betagten Kranken des Hôtel Dieu?). Hier handelt es sich nicht um Vermutungen aus alter Zeit, sondern um moderne Experimente, wie sie etwa von dem indischen Arzt Dinshah P. Ghandiali durchgeführt worden sind. Ich habe viel Vertrauen in die Inder, trotz der von Irrsinn geleiteten blutigen Rivalitäten unter den verschiedenen Kasten und trotz der Atombombe, auf die sie sehr stolz zu sein scheinen. Auch ein anderer indischer Forscher, N. S. Hanoka, hat bestätigt, daß »die auf den menschlichen Körper angewandten Schwingungen des sichtbaren Spektrums hochwirksame therapeutische Instrumente sind«.

Der eine oder andere fortschrittliche Mediziner beschäftigt sich bereits mit der Anwendung von Farben, vor allem aber mit farbigen Lichtquellen bei der Behandlung zahlreicher Beschwerden, doch noch niemand hat daran gedacht, die Auswahl bestimmter Farben für das tägliche Leben bei Menschen mit gesundheitlichen Problemen zu empfehlen.

Wer sich mit Anstrichfarben beschäftigt, sollte sich selbstverständlich auch mit Farben und ihren Auswirkungen auf die Menschen beschäftigen. Die *Loutrous Peintures* sollte die vegetativen Schwachpunkte oder gar Krankheiten ihrer Kunden berücksichtigen und die für die Behandlung oder wenigstens doch Linderung ihrer Beschwerden, jedenfalls aber dem Allgemeinbefinden auch der Nichtkranken zuträglichen Farben empfehlen (sofern es überhaupt jemand völlig Gesunden gibt). Darin besteht mein Projekt. Keine Farbenfabrik hat jemals die Chromotherapie in Erwägung gezogen. Zu diesem Zweck habe ich mich entschlossen, in Zusammenarbeit mit einem Mediziner, möglichst einem indischen, ein kleines therapeutisch ausgerichtetes Handbuch für den vorzubereiten, der unsere Farbanstriche kauft. Dies ist meine absolut geheime Trumpfkarte, die mich in die Lage versetzt, die bevorstehenden Schwierigkeiten mit dem Vorstand der *Loutrous Peintures* aus dem Weg zu räumen.

Ich sammle Unterlagen über die Ergebnisse von Medizinern, die die Chromotherapie anwenden, um mit einem dokumentierten Anhang mein Handbuch zu bereichern. Der Mediziner Dr. Oscar Brunler hat experimentell herausgefunden, daß es möglich ist, die für Diabetiker verordnete Insulinmenge von 145 Einheiten auf 25 zu verringern, wenn die Bauchspeicheldrüse mit orangegelbem Licht bestrahlt wird. Es ist klar, daß ein Farbanstrich einen geringeren Strahlungswert hat als gefärbte Lichtquellen, die in der Chromotherapie zur Anwendung kommen, doch auch die Auswirkung von Farbanstrichen ist keineswegs zu vernachlässigen, wenn sie innerhalb der Wohnungen oder Büroräume angewandt werden, wo man viele Stunden des Tages verbringt. Orangegelb ist auch bei der Entgiftung von Alkoholikern und bei der Behandlung von Stimmbändern wirkungsvoll. Brunler empfahl eines Tages einem kleinen Mädchen, das an einem Asthmaanfall zu ersticken drohte, ein Band aus anilinroter Seide um das Handgelenk zu binden, und nach zwei Stunden war die Atmung des Mädchens wieder völlig normal.

Ein schrecklicher Maler wie Matisse übt mit seinen schreienden Farben, vor allem Blau und Grün, einen magnetischen Fluß auf den Betrachter seiner Bilder aus. Auch das erklärt seinen Erfolg, wie auch den anderer Maler, die einen ungeheuren Gebrauch von Farben machen. In Fabriken werden Farben verwandt, um die Produktionsfreude der Arbeiter anzuregen, und Orangegelb wird eingesetzt, um die Aufmerksamkeit auf wichtige oder gefährliche Verbindungsglieder von Maschinen zu lenken, doch Farben oder besser gesagt farbige Lichtquellen werden nur von wenigen fortschrittlichen Medizinern therapeutisch eingesetzt. Niemand hat an Farbanstriche gedacht, ausgenommen die alten Ägypter und die alten Chinesen. Geniale Menschen.

Mein kleines Handbuch über die Chromotherapie von Anstrichen werde ich dem Vorstand erst vorlegen, wenn ich es inhaltlich und formal vervollständigt und ausgearbeitet und es vorsichtshalber bei der Autorenvereinigung per Einschreibebrief mit Rückantwort hinterlegt habe. Der Diebstahl meines Vortrags hat mich zu Heimlichtuerei und täglicher Umsicht veranlaßt. Neulich war ich im Begriff, den neuen Sitz der Nationalbibliothek zu betreten, und während ich noch die Stufen, die zur Ebene der Eingänge führen, hinaufging, war es mir vorgekommen, als würde ich von unten nach oben Monsieur Findus sehen, der die letzten Stufen mit gesenktem Kopf hinaufging und eintrat, indem er seine Schultern gegen die außerordentlich schwere Glastüre stemmte.

Drinnen, in der Bibliothek, habe ich ihn dann nicht mehr gesehen, aber weil ich befürchten mußte, bespitzelt zu werden, habe ich, statt Athanasius Kirchers Buch über das Licht, eine Abhandlung über Motivforschung genommen. Sollte Monsieur Findus hierhergekommen sein, um mir nachzuspionieren, wird er erfahren, daß ich Bücher über Werbestrategien lese, und dann denken, daß ich mich mit Absatzförderungsproblemen der *Loutrous Peintures* beschäftige. Daß er plötzlich in diesen langen, menschenleeren, ins Halbdunkel getauchten Fluren auftauchen würde, war nicht auszuschließen. Aber ich hätte ihm nicht die Gurgel zugepreßt. Ich hätte ihn mit Worten niedergestreckt.

»Weißt du, was Motivforschung ist?«

»Ganz sicher Blödsinn.«

»Ein Blödsinn, der erklärt, warum Leute matte oder hochglänzende Anstriche kaufen, warum sie Schwarz oder Gelb aussuchen, statt Grün oder Blau.«

»Die Strategien, die unsere Verhaltensweisen leiten, sind unauslotbar.«

»Damit beschäftigt sich eben die Motivforschung.«

»Die Weisheit der Kultur angewandt auf Anstriche und Farben. Darüber können wir reden.«

Schlich er nur um den heißen Brei herum, oder bluffte er? Nicht einmal, wenn er mir direkte, herrische Fragen im Namen des Vorstands gestellt hätte, würde ich Monsieur Findus mein Geheimnis verraten haben. Kein einziges Wort zu niemandem über die Chromotherapie der Farbanstriche. Kein Computer, nicht einmal für Notizen. Nur Geschriebenes von diebstahlgesicherter Hand.

Im Jahr 1696 gelang es Isaac Newton, einen Sonnenstrahl in seine sieben Grundfarben zu zerlegen: Rot, Orange, Gelb, Blau, Grün, Indigoblau und Violett. Im 19. Jahrhundert wurde das Grün herausgenommen, weil es eine Verbindung aus Blau und Gelb ist (unglaublich, daß Newton das nicht gemerkt hat). Da wir vom Sonnenlicht viele Wohltaten und unsere Lebenskraft empfangen, und zwar nicht nur die Menschen, sondern auch die Pflanzen, wird sofort klar, wie die zerlegten Farben einzeln auf unterschiedliche Weise und mit jeweils eigenen Wirkungen reagieren. Kurz gesagt: Im Licht und in den Farben verbirgt sich nach Meinung zahlreicher Wissenschaftler ein Energiepotential von entsprechend großer Auswirkung, was auch in den neuesten Theorien über die Sinneswahrnehmung von Farben anerkannt wird.

Das alles betrifft mich als Manager von farbigen Oberflächen unmittelbar. Lieber Newton, die Welt, so wie sie unserer Erkenntnis zugänglich ist, stellt sich unserem Blick als ein Ganzes von farbigen, mitunter zusammengesetzten, aber als Einheit wahrgenommenen Oberflächen dar, einschließlich der Menschen, deren äußere Erscheinung wir mit Liebe, mit Haß oder mit Gleichgültigkeit betrachten oder auch mit allen Unlauterkeiten und möglichen Dünkeln. Auch bei Eliane habe ich die Oberfläche und ihre einfachen und zusammengesetzten Farben bewundert und geliebt. Eine Bewunderung, die sich ganz allmählich in Schmerz verwandelte, ja, in Schmerz, wie eine Krankheit, und jetzt gleitet sie in Verdruß ab und vom Verdruß in die Gleichgültigkeit. Gleichgültigkeit ist die schlimmste Form von Beziehung, die man zu einer Frau haben kann, weil sie die Liebe ausschließt, aber auch den Haß. Ich habe sogar angefangen, farbliche Mißtöne an ihrer Kleidung zu bemerken, an ihrem Lippenstift und ihrem Nagellack. Meine Enttäuschung umfaßt längst schon das Äußere und das mir leider unzugängliche Innere Elianes.

Eine entlarvte Lüge

»Nein«, sagt Eliane, »ich kenne ihn nicht und weiß auch nichts über ihn, weder, was er arbeitet, noch, wo er wohnt.«

Ich habe so getan, als würde ich ihr glauben, aber dann bin ich in die Concergerie des Hauses von Monsieur Findus in der Rue Solférino 28B gegangen und habe beim Concierge einen versiegelten gelben Briefumschlag mit Elianes Namen hinterlassen, und darin steckte ein weißes Blatt Papier. Ich bat den Concierge, ihn der schönen Dame (Kurzbeschreibung) auszuhändigen, wenn sie dort vorbeikäme, um in Monsieur Ballous Wohnung hinaufzugehen. Er sah mich argwöhnisch an.

»Sie können ihn in den Briefkasten stecken.«

Eine nicht sehr praktische Empfehlung, denn Eliane wohnte ja nicht dort und hatte deshalb dort auch keinen Briefkasten, und ich konnte ihn auch nicht in den Briefkasten von Monsieur Ballou stecken.

»Nein, nein, Madame wohnt nicht hier. Sie müßten ihn ihr daher aushändigen.«

Hundert Francs Trinkgeld. Der Concierge nahm den Briefumschlag schweigend an und legte ihn auf seinen Tisch.

Zwei Tage später bin ich wieder dort vorbeigegangen, und der Concierge sagte mir, daß er den Umschlag der schönen Dame ausgehändigt habe.

»Und was hat die schöne Dame gesagt?«

»Sie hat gefragt, wer den Umschlag abgegeben habe. Ein Unbekannter, hab' ich ihr geantwortet.«

Der Concierge sah mich neugierig an. Vielleicht wartete er auf eine Erklärung oder eine Vertraulichkeit.

»Hat sie ihn nicht aufgemacht?«

»Nein. Sie hat ihn in ihre Handtasche gesteckt und dann den Aufzug genommen.«

Damit hatte ich den dokumentierten Beweis dafür, daß Eliane die Wohnung von Monsieur Findus besuchte. »Ich weiß ja nicht einmal, wo er wohnt«, hatte sie gesagt.

Eliane ist also eine schamlose Lügnerin. Sie besucht die Wohnung und sicher auch das Bett von Monsieur Findus, vielleicht verbringt sie gelegentlich ja auch die Nacht bei ihm, diese Sau. Selbstverständlich hat sie kein Wort über den Umschlag verloren, den sie, glaube ich, in der Conciergerie vorgefunden hatte. Und auch ich verstelle mich weiter.

In manchen Augenblicken ist Eliane ausgesprochen langweilig, aber wirklich langweilig, sie wiederholt wie in einer Fotokopie alles, was sie gehört hat, niemals ein selbständiges Wort, niemals eine eigene Idee. Sie ist zwar keine Diebin von Ideen und Worten wie Ubus, aber die Wiederholung ist ihre Stütze. Das Ergebnis ist eine erbarmungslose Langeweile, fest und gehärtet wie Bronze. Ansonsten nichts, in Augenblicken der Einsamkeit habe ich das Befürfnis, mit jemandem zu sprechen, und ich bin sogar bereit, Elianes Langeweile zu ertragen, ohne gleich den Wunsch zu verspüren, sie zu erwürgen, wie sie es verdient hätte. Leider ist Marguerite nur stumm anwesend, sozusagen, aber wenigstens haben ihre Titten und ihr Hintern etwas Beredtes.

Bei Eliane habe ich nicht einmal die Genugtuung, von ihr betrogen zu werden. Die Entdeckung, daß sie die Wohnung von Monsieur Findus besucht, hat mich lediglich mutlos gemacht. Sie selbst war es, die in mir den Verdacht erregt hatte, daß sie ein Verhältnis mit Ubus haben könnte, ein ausgeklügeltes Ablenkungsmanöver, um ihre Verbindung mit Monsieur Findus geheimzuhalten. Mit einem Satz: Wegen der Enttäuschung stürze ich mich ganz sicher nicht aus dem vierten Stock, daran ist gar nicht zu denken, das vorherrschende Gefühl ist vielmehr mein völlig leerer und schweigsamer Kopf, nicht einmal ein leichtes Summen, das den

Wind der Verzweiflung begleitet. Einen Augenblick, ich habe Verzweiflung gesagt, aber ich korrigiere mich sofort. Enttäuscht, das ja, aber nicht verzweifelt, bitte sehr.

Nach dieser Entdeckung, doch vor allem nach der zeitgenauen Verabredung am Café de la Paix entwerfe ich manchmal im Verlauf des Tages fürchterliche Auseinandersetzungen mit Monsieur Findus, dann behandele ich ihn wie Dreck, und am Ende überschütte ich ihn mit Beleidigungen und Verwünschungen.

»Verfluchter Inquisitor, du Scheißkrücke, dein Unglück soll dir die Eingeweide zerfressen!«

Ein türkisfarbener Heftumschlag

Ich habe keine Worte mehr übrig für Eliane, die Sprache schweigt, und so habe ich sie gebeten, mit mir zu den Galléries Lafayette zu kommen. Ich schenkte ihr ein karminrotes Plaid, das im Angebot war, und für mich kaufte ich ein liniertes Heft mit türkisfarbenem Umschlag. Geschenke sind erotische oder sentimentale Investmentfonds mit kurzer oder langer Laufzeit, und vor allem ersetzen sie die Worte, wenn Worte schwierig geworden sind.

»Danke, vielen Dank für das Geschenk. Ich habe bemerkt, daß du Farben mit Umsicht auswählst. Kann man sagen: Mit umsichtigem Auge?«

»Man kann alles sagen«, habe ich geantwortet.

»Schön, dieses Rot des Plaids, schön auch das Türkis deines Heftumschlags.«

»Rot und Türkis sind zwei ziemlich banale Farben.«

»Türkis ist keine banale Farbe.«

»Banal und zufällig ist die Wahl. Gedankenlos.«

Mit Eliane will ich nicht über Farben reden, nicht einmal ein Wort über den Umschlag meines Heftes. Nichts. Ich muß die Sprache in eine andere Richtung lenken und die weichen Zonen des Verstandes unter Kontrolle halten. Vor allem jetzt, wo ich hinter ihre intime Beziehung mit Monsieur Findus gekommen bin. Auch über meine Arbeit bei der *Loutrous Peintures* will ich mit Eliane nicht reden, über die Anstriche, die Farben. Meine fixe Idee besteht darin: Wieso zieht die Frau meiner Träume dieses Tiefgefrierprodukt von Monsieur Findus mir vor? Ein fürchterlicher Gedanke oder eher eine geistige Störung, die gelegentlich im Grau meiner Tage vorüberweht.

Wir haben uns ins Café de la Paix gesetzt, genau da, wo ich Monsieur Findus getroffen habe. Ich bestellte eine Granita di Caffè ohne Sahne und fragte Eliane, ob auch sie eine solche Granita haben wollte wie ich, vielleicht mit Sahne. Ich beobachtete sie aufmerksam, um zu sehen, ob sie die Anspielung auf ihre Begegnungen mit Monsieur Findus verstanden hatte. Eliane bestellte einen Tee mit Zitrone, ohne in Verwirrung zu geraten. Immer auf der Hut, dieses Mädchen, sie verrät sich nie.

Türkis kühlt das Nervensystem. Es ist eine Farbe, das die Vorzüge des Blaus und des Grüns miteinander verbindet und so die Gesamtheit des psychosomatischen Apparats belebt und reinigt. Wirksam auch bei Allergien und Hautkrankheiten. Ich weiß nicht, was ich in dieses Heft schreibe, vielleicht meine geheimen Notizen über die Chromotherapie der Farbanstriche, vielleicht aber auch nichts.

»Was wirst du in dieses Heft schreiben?« fragte mich Eliane, als hätte sie meine Gedanken gelesen.

Dann sah sie mir in die Augen.

»Eine hinreißend schöne Farbe, das Türkis des Umschlags.«

»Deshalb hab' ich's ja gekauft. Ich habe nichts, was ich da hineinschreiben könnte, aber die Farbe seiner Oberfläche hat mir gefallen.«

Ich muß ganz einfach zugeben, daß Frauen mehr als Männer die Bedeutung der Oberfläche begriffen haben:

Hautbräunung, rote Lippen, Nagellack, Haartönungen. Und immer sehr bedacht auf ihre Haut, auf Schönheitsflecken, Falten, Härchen, Sommersprossen, Pfirsichhaut oder Orangenhaut. Auf Kleider und auf die Farben der Kleider, aber auch auf die Nacktheit, auf den Glanz des Körpers mit Blick auf rosige, braune oder bronzene Färbung. Männer beschäftigen sich weniger mit ihrer Oberfläche, sie neigen zu Grau, zu gedämpften Farben, zum groben biologischen Standard.

»Also hast du dieses Heft nur wegen der Farbe seines Umschlags gekauft.«

»Ganz sicher.«

»Und du wärst in der Lage, dich in eine Frau zu verlieben nur wegen der Farbe ihres Kleides oder ihres Lippenstifts?«

»Schon vorgekommen.«

Wieso besteht Eliane nur so beharrlich auf Farben? Ich wechselte auf der Stelle das Thema und redete über Physik, wie zu der Zeit, als ich sie in den Cafés in der Nähe der Opéra umwarb. Ich stürzte mich auf ein wirkungsvolles Thema, um sie von diesem Heft abzulenken. Diesmal die Neutrinos, gerade frisch angelesen.

»Ich habe gelesen, daß Neutrinos als Teilchen definiert worden sind, die dem Nichts am nächsten kommen und so klein sind, daß sie eine Betonmauer von einer Milliarde Kilometer durchdringen könnten.«

Ihr Mund bleibt offenstehen, und ich bin sicher, daß auch ihr Schutzengel Augen und Ohren macht. Es wird klar, daß er sich für Fragen der Teilchenphysik interessiert, was heißen will: für Fragen des Universums. Schutzengel schweben durch den leeren Raum des Äthers, bevor sie eine Beschäftigung bei einem Christenmenschen finden. Eliane versteht gar nichts von Physik, und gerade deshalb ist sie so verwirrt, als ich ihr vom Schicksal der Elementarteilchen erzähle, die das Universum ausmachen. Milliarden von Atomen auf einem Quadratmillimeter jeder beliebigen Materie, einschließlich der Luft oder des Rauchs einer Zigarette und Abermilliarden von Teilchen, Protonen, Neutronen und Elektronen.

»Ehrlich?« fragt Eliane.

»So wenigstens sagt es das Buch über die Atome. Milliarden von Atomen und Abermilliarden von Teilchen.«

»Dein Buch sagt Abermilliarden?«

»Abermilliarden sage ich.«

»Du machst mir Angst, wenn du über derartige Dinge redest.«

»Das ist die Teilchenphysik, die dir Angst macht, das bin nicht ich. Die Teilchenphysik ist für mich in erster Linie ein weites Feld der Vorstellungen, ein literarischer Kunstkniff.«

Jetzt sieht sie mich verwundert an, und ihre Verwunderung besitzt noch immer die Fähigkeit, mir zu gefallen.

»Über einen literarischen Kunstkniff hast du geredet, als wir uns das erste Mal auf der Party des ›Nouvel Observateur‹ im Café du Louvre gesehen haben, erinnerst du dich?«

»Willst du damit sagen, daß ich mich wiederhole? Vielleicht handelt es sich ja um einen Redetick, um einen Refrain.«

»Einen Refrain? Aber das ist doch kein Lied.«

Ihr verlorener Blick ruft mir die Begegnung am Flughafen in Zürich in Erinnerung, denn dort und nicht im Café du Louvre bin ich ihr zum ersten Mal begegnet. Aber nein, ich will nicht auch noch diese Erinnerung zerbröseln. Jetzt ist der Zauber vorbei, und ich weiß bereits, daß Eliane, dieses Hasenherz, mir in den nächsten Tagen erzählen wird, daß Neutrinos eine Betonmauer von einer Milliarde Kilometer durchdringen können, darauf gebe ich Ubus' Wort.

Auch ich weiß, daß das kein Lied ist.

Noch einmal Monsieur Findus

Der Gipfel der Merkwürdigkeit: Ich habe Monsieur Findus auf einem Flur des vierten Stocks getroffen. Normalerweise ist Monsieur Findus unsichtbar, verborgen hinter dem eingeschalteten roten Licht über seiner Bürotüre im FÜNFTEN STOCK. Er blieb stehen, um mich zu begrüßen, leckte sich die Lippen, sah mich mit starrem Blick an, der Interesse ausdrücken wollte, und fragte mich dann, ob ich etwas Neues vorbereiten würde.

»Neu inwiefern?« fragte ich.

»Ganz einfach neu. In einem so großen Unternehmen wie dem unsrigen braucht man immer etwas Neues, und Sie sind doch ein Mensch voller Fähigkeiten. Sie reisen zwar mit Fluglinien, aber auch mit Ihrer Vorstellungskraft. Lektüren, Gedanken, Pläne und Perspektiven für unser Unternehmen. Ideen für die Zukunft.«

Warum schmeichelt Monsieur Findus mir? Ja, genau, er hat etwas über meine Forschungen in Erfahrung gebracht, sagte ich mir, und will mich dazu bringen, etwas darüber zu erzählen. Ich dachte kurz nach, dann bin ich mit einer beiläufigen Bemerkung davongeschossen, wobei ich so tat, als würde ich die Intention seiner Frage nicht verstehen.

»Es ist uns gelungen, eine große Lieferung Rostschutzfarbe an die Italienische Militärmarine zu verkaufen. Wir haben die italienischen Konkurrenten geschlagen, im eigenen Vaterland geschlagen.«

Monsieur Findus sah mich giftend an.

»Offensichtlich gibt es niemanden, der bereit wäre, mehr darüber zu erfahren.«

Ich war wie gelähmt. Diese Worte habe ich mir im Geist wiederholt, Worte, die den Anschein, allerdings nur den Anschein eines verständlichen Satzes erweckten: Offensichtlich gibt es niemanden, der bereit wäre, mehr darüber zu erfahren. Was wollte Monsieur Findus mir mit diesen rätselhaften Worten sagen? Aber etwas Rätselhaftes hat eine verborgene Bedeutung, wohingegen dieser Satz, wie ich ihn auch drehte und wendete, völlig bedeutungsleer erschien. Hatte Monsieur Findus mich also nur verwirren wollen? Mich bedrohen? Mich in Alarm versetzen? Mich am Arsch packen wollen? Er mußte irgendwie gespürt haben, daß ich über Zukunftsprojekte nachdachte, und hat den Versuch unternommen, mich zu überraschen, um mir ein paar Hinweise zu entreißen. Aber dann muß er sich daran erinnert haben, daß ich mich auf keine Vertraulichkeiten einlasse, und er hat diese idiotische Botschaft auf mich losgelassen.

»Jetzt wirst du wohl begriffen haben, Monsieur Findus, daß ich mir lieber die Zunge heraus- und die Eier abschneiden lasse, als dir etwas über meine Projekte zu erzählen.«

Ja, bevor ich ihm etwas über meine Projekte hinsichtlich der Chromotherapie erzähle, lasse ich mir lieber die Zunge heraus- und die Eier abschneiden. Aber ganz sicher gibt es jemanden innerhalb des Unternehmens, der mich in seinem Auftrag bespitzelt, und ich glaube sogar, ich weiß ganz genau, wer diese miese Aufgabe auf sich genommen hat. Das Geschenk dieses Tellers von Giovanni Comiso über die therapeutische Malerei kann kein Zufall gewesen sein. Das war vermutlich ein Versuchsballon. Jedenfalls habe ich mit keiner Wimper gezuckt, als Orthensius ihn mir gab.

Armer Monsieur Findus, armer Mann, wie es ihm doch immer wieder gelingt, bei jeder Gelegenheit unangenehm zu sein. So aus dem Bauch heraus und so vulgär. Aber ich bin es nicht allein, der ihn fürchtet und verachtet. Eines Tages hatte jemand an seine Bürotüre ein Schild mit der Aufschrift »Gefährdet die Gesundheit« gehängt, das den ganzen Vormittag über dort unter dem eingeschalteten roten Licht hängen geblieben war. Ein clownesker Einfall, den ich verurteilt habe, weil er letztlich dazu führte, daß die Bösartigkeit von Monsieur Findus nur um so stärker hervorbrach, und wer wieder dafür büßen muß, bin ich.

Ich habe gesagt »armer Mann«, aber das ist nicht der richtige Ausdruck. Monsieur Findus hat mich erschreckt, ich habe wirklich Angst vor diesem tiefgefrorenen Stück Scheiße.

Die Politik der Verpackung

Wir haben die Verwendung von Leinöl einstellen müssen. Leinöl garantiert eine außergewöhnliche Dauerhaftigkeit und Festigkeit der Ölfarben, erfordert aber eine lange Zeit für das Trocknen. Ein Nachteil, der im Lauf der Zeit viele Kunden von uns abgezogen hat, weil sie zu anderen Marken gegriffen haben. Die Konkurrenz zwingt uns, um es kurz zu sagen, Farben von geringerer Qualität herzustellen, unsere Produkte zu verschlechtern, während doch das genaue Gegenteil der Fall sein sollte.

Wir haben also beschlossen, die Herstellung von Ölfarben drastisch zu verringern, zugunsten der synthetischen Farben, die aus chemischem Harz, Zellulosesubstanzen und plastifizierenden Zugaben bestehen. Diese weisen zwar eine gute Widerstandskraft gegen Hitze und Witterungsbedingungen auf, sind aber von geringerer Substanz und Dauerhaftigkeit. Die Leistungsfähigkeit und Dauerhaftigkeit synthetischer Farben können mithin nachlassen, wenn es zu einer Berührung mit chemisch aggressiven Mitteln kommt. Auch wenn man synthetische Farben mit der Hand berührt, zeigen sie nicht die einmalige Weichheit von Ölfarben und machen Unregelmäßigkeiten der bemalten Oberfläche deutlich, wenn diese nicht einwandfrei und gründlich vorbehandelt worden ist.

Ich habe kurzerhand den Leiter der Warenabteilung übergangen, der sich ganz fraglos das Verdienst selbst zugeschrieben hätte, und habe dem Vorstand (der wirklich eigentümlich ist, weil er sich nicht nur um den Organisationsplan kümmert, sondern auch auf die Herstellung Einfluß nimmt) unmittelbar den Vorschlag unterbreitet, die Preise für einige zufällig ausgewählte Produkte unserer Palette zu erhöhen und nur die Verpackung zu verändern, ohne auf die Qualität einzugehen. Die Politik der Verpackung. Was heißt: Der Preis als Vortäuschung von Qualität, angewandt auf die Verpackung, nicht aber auf den Inhalt.

Diesen Kniff kann man selbstverständlich nur auf einen bestimmten Ausschnitt der Produktpalette eines Unternehmens anwenden, nicht auf alles. Außerdem habe ich darauf hingewiesen, daß es im allgemeinen sinnvoll wäre, die Preise für die gesamte Produktion ein wenig höher zu halten als die der Konkurrenzunternehmen, weil das von den Kunden als Zeichen einer höheren Qualität empfunden wird.

Diese beiden warenkundlichen Vorgehensweisen und die Empfehlung, eine Palette unserer Mattlacke mit dem Hinweis »Seidenglanz« zu versehen, haben unverzüglich hervorragende Handelsergebnisse zur Folge gehabt, und ich habe, ich glaube als Prämie, das Angebot erhalten, mich um die Gründung eines neuen Produktionspools in Italien zu kümmern.

In einer der folgenden Vorstandssitzungen hat dagegen mein Vorschlag, auf den für den Einzelhandel bestimmten Dosen einen Farbton von Zinnoberrot als »Blutrot« (das »Sanguis ruber« der alten Römer) zu bezeichnen, Verlegenheit ausgelöst. Es sollte anderen Rottönen eingegliedert werden: »Kardinalrot«, »Feuerrot«, »Scharlachrot«, »Sonnenuntergangsrot«, »Amarantrot«, »Antikrot«, »Olymprot« und »Bordeauxrot«.

Mit Nachdruck verkündete ich: »Blutrot«. Schockwirkung. Sonst nichts weiter, es scheint nur, daß die ganze Welt sich vor Blut entsetzt und die bloße Nennung von Blut auf unseren Farbdosen ein Riesenfehler ist, der negative Auswirkungen auch auf die gesamte übrige Produktpalette haben könnte. Mit einem Wort: eine katastrophale Aussicht. Für viele Menschen ist Blut ein Tabu, aber andere sind davon auf geradezu morbide Weise angezogen, und das Geheimnis der Werbung, habe ich mit Nachdruck gesagt, liegt gerade darin, Aufmerksamkeit zu erregen, und zwar mit jedem nur erdenklichen Mittel.

Hier nun hat Monsieur Findus mir einen Tiefschlag versetzt, indem er auf meinen Vorschlag des *Sanguis ruber* einen vermeintlichen *Horror sanguinis* ins Spiel brachte, der die Zustimmung der Anwesenden fand. Sein Latein hat größeren Eindruck gemacht als meines. Jeder einzelne hat mich mitleidig angesehen, und für eine Weile sind sie alle verstummt, zum Zeichen ihrer völligen Mißbilligung. Statt mir schuldbewußt an die Brust zu klopfen, habe ich meinen Blick mit provozierender Arroganz herumwandern lassen und mich bis zum Ende der Sitzung in ein marmorkaltes Schweigen gehüllt.

Der Leiter der Warenabteilung, ein schwabbeliges Buttermännchen, dem das Schlußwort zustand, hat die Sitzung mit seiner Neinstimme geschlossen. Er ist ein Männchen mit kurzsichtigem Blick und schwachem Denkvermögen, der sich immer nach dem Wind richtet. Hinter vorgehaltener Hand tuschelt man, er sei farbenblind, was wunderbar mit meiner heimlichen Allergie gegenüber Lackfarben zusammenpaßt und seine unübertroffene Faulheit erklärt.

Mein Vorschlag, einen »Blutrot«-Lack zum Verkauf anzubieten, wurde endgültig begraben. Monsieur Findus leckte sich die Lippen und strahlte über meine Niederlage.

Bunte Rostschutzfarben

Nach dem Reinfall mit dem »Blutrot« habe ich wenigstens teilweise mein Prestige wiederaufpoliert, und zwar durch einen Neuerungsvorschlag. Bis gestern wurde Rostschutz in lediglich zwei Farben hergestellt, in Orangegelb (wegen der

Bleimennige) und in Grau (die synthetische Rostschutzfarbe). Auf der monatlichen Sitzung der Warenabteilung in Anwesenheit von Monsieur Findus als dem Vertreter des Vorstands habe ich den Vorteil erläutert, Rostschutzfarben in unterschiedlichen Farbtönen herzustellen, weil mit diesen oxydationsbekämpfenden Produkten die anzustreichenden Flächen vorbehandelt würden. Daraus ergibt sich, habe ich gesagt, daß für eine grün anzumalende Oberfläche eine grüne Rostschutzfarbe als Untergrund von Vorteil wäre, für eine rot anzumalende Oberfläche eine rote oder orangegelbe Rostschutzfarbe und so weiter. Ich habe eine Reihe von Farben für die verschiedenen Rostschutzmittel vorgeschlagen: die mit Bleimennige, die mit Zinkphosphat, die mit Ölphenol und die mit nitroresistenten Synthetiksubstanzen. Für jeden Typus dieser Rostschutzfarben eine ganze Palette von matten Farben: Rot, Grau, Orange, Grün. Es ist völlig klar, daß die Auswahl an Farbtönen für Rostschutzfarben aus kaufmännischen Erwägungen in jedem Fall begrenzt sein würde, doch schon die Farben, die ich vorgeschlagen habe, würden beachtliche Anwendungsvorteile und mit Sicherheit eine Steigerung der Verkaufszahlen mit sich bringen.

Die Philosophie der Anstrichfarben identifiziert man, so erläuterte ich am Ende der Sitzung, mit der Ästhetik der Farben. Wir stellen zwar Farben für die Kunstmalerei her, aber auch in Fällen, in denen Farben zum Zweck des Schutzes Anwendung finden, wird der Farbton nach ästhetischen oder symbolischen Kriterien ausgewählt. Die rote, grüne und orangene Farbe der Ampeln, beispielsweise, hat einen offenkundig symbolischen Wert: Das Rot des Feuers ruft den Gedanken an Gefahr hervor, das Grün der Wiesen den Gedanken an freies Gehen, das Orange ist die Farbe des Sonnenuntergangs als Vorbote der Nacht und mahnt uns zur Vorsicht.

Gleich hat Monsieur Findus dazwischengeredet, um zu

sagen, daß ich hier nun gerade das falsche Beispiel angeführt hätte, weil die Ampelfarben nicht das Ergebnis von Farbanstrichen seien, sondern das von gefärbtem Glas, und die *Loutrous Peintures* bankrott gehen würde, wenn man ihr den Auftrag zur Einfärbung der Gläser sämtlicher Ampeln in Europa erteilte.

»Vielleicht, Monsieur Ballou«, habe ich erwidert, »sind Sie nicht darüber informiert, daß unser Unternehmen die Grundstoffe für die Einfärbung der Gläser an einige große Glasfabriken liefert, wie etwa die Firma Bormioli in Parma, ganz abgesehen von einigen bedeutenden Porzellan- und Steinzeugmanufakturen wie Villeroy & Boch und Richard Ginori.«

Es war mir gelungen, mich vor einem Fauxpas zu schützen, indem ich zum Angriff überging, wenn auch mit ziemlich schwachen Argumenten (der Umsatz dieser Lieferungen an die Glasfabriken ist absolut unerheblich), doch dafür wußte ich, daß ich meine qualifizierte Zuhörerschaft gewonnen hatte, indem ich über Ästhetik geredet und vor allem das magische Wort »Philosophie« ausgesprochen hatte. Wenn Farbenmanager hören, daß man über Philosophie redet, werden sie gleich stolz, sie fühlen sich geadelt und in den Rang von Intellektuellen erhoben. Ich gestehe, daß auch ich versuche, die Anstrichfarben durch Kultur zu adeln, und das gelingt mir mit einer gewissen Eleganz.

Während Monsieur Findus in Schweigen verharrte und seine Fingernägel malträtierte, wurde mein Vorschlag für bunte Rostschutzfarben von dem Buttermännlein der Warenabteilung enthusiastisch aufgenommen. Ich hatte meine tief befriedigende diagonale Revanche gegen den unsäglichen Monsieur Findus gewonnen.

Festgenagelt in Rom

Jahrelang habe ich mir gewünscht, ein Pied-à-terre in Rom zu haben. Ich besuche die Stadt alle zwei bis drei Monate, um Geschäftsverhandlungen für die *Loutrous Peintures* zu führen. Das Projekt, eine neue Fabrik in Italien zu bauen, um unsere Produkte im gesamten mediterranen Raum zu vertreiben, hat meinen Wunsch noch verstärkt. Dieser neuen Handelsperspektive ist vom Vorstand sofort zugestimmt worden, zu meiner Überraschung auch von Monsieur Findus, der ganz offensichtlich den Wunsch hatte, mich von Paris zu entfernen. Von der Crédit Lyonnais werde ich einen Kredit für den Kauf einer Wohnung bekommen. Mit ihr unterhält die *Loutrous Peintures* über die Finanzierungsgesellschaft HH »bevorzugte Beziehungen«. Für die Restsumme habe ich beschlossen, meine Ersparnisse einzusetzen. Die *Loutrous Peintures* wird mir jeden Monat einen Betrag zahlen, der mehr oder weniger der Miete einer kleinen Wohnung im historischen Zentrum von Rom entspricht. Auf diese Weise vermiete ich an mich, mittels eines tautologischen Kniffs, meine eigene Wohnung, vorausgesetzt, daß ich im historischen Zentrum eine bequeme, geräumige, ruhige, sonnige Wohnung mit Terrasse, Bad und Toilette zu einem annehmbaren Preis finde.

Wieso ausgerechnet Rom? Wir werden weiterhin Farben in unserer Fabrik in Nanterre am Rand von Paris herstellen, doch die Lohnkosten sind in Italien niedriger. Dort können unter anderem per Schiff aus unseren Lagern in Bahrain auch die aus Erdöl gewonnenen Nebenprodukte anlangen, die aus unseren geheimen Quellen im Kaukasus stammen (wenn ich Kaukasus sage, verrate ich kein Geheimnis, denn die Region ist dreimal größer als Frankreich).

In der Umgebung von Rom suche ich nach einem geeigneten Ort für den Bau einer neuen Fabrikanlage mit vollständigem Verarbeitungszyklus, von dem aus wir unsere Produkte in den Mittleren Osten und nach Nordafrika verschicken können, natürlich auch innerhalb von Italien, wo die *Loutrous Peintures* ja bereits einen respektablen Kundenstamm hat. Die Gegend um Latina wäre ideal, man kann die Genehmigungen und zinsgünstigen Subventionen ohne Schwierigkeiten bekommen, solange nur die Fabrik als Gesellschaft mit Sitz in Italien rubriziert wird (wie das in der Amtssprache heißt).

Sobald diese Möglichkeit mehr und mehr Gestalt angenommen hatte, beschloß ich, mich sofort auf die Suche nach einer kleinen Wohnung im historischen Zentrum von Rom zu machen, die ich für mehrere Monate im Jahr nutzen könnte, vor allem in den Wintermonaten, um dem grauen Himmel, dem Regen und der Unter-null-Grad-Kälte von Paris zu entfliehen.

»Ja, da habe ich erfahren, daß du nach Italien übersiedelst und von jetzt an festgenagelt in Rom leben wirst«, sagt Eliane.

»Wer hat dir gesagt, daß ich nach Rom übersiedle?«

»Ubus.«

»Das ist ein Arbeitsprojekt, keine Übersiedlung.«

»Er hat mir gesagt, daß du nach Rom gehst, um eine neue Anlage für die *Loutrous Peintures* zu bauen.«

»Woher hast du nur alle diese Nachrichten?«

»Hab' ich dir doch schon gesagt, von Ubus Arconti.«

»Und woher bekommt er sie?«

»Von einem gewissen Ballou, den ich nicht kenne. Ist das einer von der *Loutrous Peintures*?«

»Das kannst du wohl sagen. Einer aus dem Vorstand.«

Ubus und Monsieur Findus-Ballou kannten sich also und tauschten Nachrichten über meine römischen Projekte aus. Das war die schlimmste Nachricht, die mir aufs Haupt fallen konnte. Und Eliane tat mir gegenüber weiterhin so, als würde sie Monsieur Findus nicht kennen, eine unablässige, eine hartnäckige Lüge, deren Absicht ich nicht begreifen konnte. Hatte Monsieur Findus selbst sie ihr aufgezwungen? Oder hatte Eliane die Befürchtung, ich könnte hinter ihre heimlichen Treffen in der Rue Solférino kommen? Nutte. Ich habe sie doch schon längst entdeckt, diese Treffen sind es doch, die so schwer auf unserer eingebildeten Liebe lasten.

Selbstverständlich habe ich Eliane gegenüber den Hauptgrund für meine Übersiedlung verschwiegen oder besser noch: für meine geplante euklidische Flucht in die schönen Himmelsräume des Athanasius Kircher.

»In Rom wird es mir mit einem Schlag gelingen, mich von dir und diesem Phantom Ubus zu befreien. Und für viele Monate im Jahr werde ich eintausendsechshundert Kilometer auch von deinen armseligen heimlichen Treffen mit Monsieur Findus entfernt sein. Ziehst du es vor, weiterhin so zu tun, als würdest du ihn nicht kennen? Dann mach weiter so!«

Wie viele Einsamkeiten werden nach diesen mediterranen Wünschen da auf mich warten? Die reizende Marguerite, die die guten Regeln der Diskretion auch dann kennt, wenn sie sich vor den Spiegeln meiner Wohnung in hundert Fotokopien vervielfältigt, wird eine ausgesprochen gute Versicherungspolice für meine amourösen Zwischenfälle sein.

Ein peinliches Geheimnis

Die Fabrikanlage der *Loutrous Peintures* in Nanterre ist ein grandioser, langgestreckter Komplex, der in den fünfziger Jahren noch im Stil der dreißiger Jahre gebaut worden war. Am Eingang, gleich nach der Umfassungsmauer, befindet sich in einem kleinen Backsteingebäude die Direktion dieser Fabrik und eine Art Zollstelle, in der die Ankunft von Rohstoffen, die Lagerung der Endprodukte und die Verpackung der Auslieferungsprodukte registriert werden. Den Büros ist das Chemielabor angegliedert, in dem die Rohstoffe und Musterproben der Endprodukte untersucht werden, bevor sie in die Verpackung wandern. Ein wenig weiter liegt ein langgezogener, niedriger Bau, gewissermaßen ein langer, in Stein gebauter Schuppen. Das ist die eigentliche Fabrikhalle, dort finden, ähnlich wie an einem Fließband, die einzelnen Phasen der Rohstoffverarbeitung statt, bis man am Ende die fertigen Farben der jeweiligen Typen und Farbtöne erhält. Die Mischabteilung, die Siederei mit ihren riesigen elektrischen Heizkesseln aus Kupfer, ähnlich denen, die man bei der Biergärung verwendet, Knetmaschinen und Mischmaschinen für weiche Farbmassen, Filtermaschinen, das Schleudern und Abpumpen des fertigen Produkts.

Im hinteren Teil des Schuppens befindet sich die Abteilung für die mechanische Verpackung, und am Ende kommen dann die Lagerhallen, von denen die in Dosen mit dem steinernen Engel und die in Aluminiumbehältern für die großen Warenlieferungen abgefüllten Farben abtransportiert werden.

Der für die Programmierung zuständige Direktor der *Loutrous Peintures* hatte mich während eines Besuchs in der Anlage von Nanterre begleiten wollen, weil ein Teil der Maschinen, vor allem die großen elektrischen Heizkessel aus Kupfer und die Filteranlage, abgebaut und im italienischen Unternehmen wieder Verwendung finden sollten.

»Diese Anlage ist längst völlig unzureichend, seit ein paar Jahren müssen wir Extraschichten fahren, auch nachts, und das kostet doppeltes Geld«, sagte mir der Programmierungsdirektor, »und daher haben wir uns gedacht, hier in Nanterre größere Heizkessel aufzustellen und diese da in die italienische Fabrik zu verlagern, auch um die technischen Zeiträume ihrer Inbetriebnahme zu verkürzen.«

Alles gelogen. Ich weiß ganz genau, daß die Nachtschichten, auch wenn mit geringerem Personalbestand, eingeführt wurden, um zu verhindern, daß die Heizkessel ausgeschaltet wurden. Müßte man sie jeden Morgen wieder neu in Gang setzen, würde das unproduktive Zeit mit sich bringen, ganz abgesehen von erheblichen zusätzlichen Kosten. In Wahrheit will man mir eine gebrauchte Anlage andrehen. Ich habe den Programmierungsdirektor darauf hingewiesen, daß man von der italienischen Fabrik keine sonderlich hohen Produktionsindexe erwarten könne. Ich sagte ihm, daß ich darüber mit dem Vorstand reden werde.

»Hier in der Direktion ist Monsieur Ballou, der in wenigen Minuten zu uns stoßen wird und uns bittet, in der Lösungsmittelabteilung auf ihn zu warten.«

Mich schauerte es. Die Ankündigung seiner Anwesenheit verdarb mir gleich die Laune, ich versuchte aber, mir dem Programmierungsdirektor gegenüber nichts anmerken zu lassen.

Nach langem Warten, mehr als eine halbe Stunde, stieß Monsieur Findus-Ballou zu uns, während wir noch die halb unterirdischen Tanks für die brennbaren Lösungsmittel besuchten, für Terpentin und andere Erdöl- und Bitumenderivate. Monsieur Findus hatte einen gelben Arbeitsanzug angezogen und atmete durch eine Nasenschutzmaske. Er grüßte kurz, schloß sich dem Rundgang schweigsam an und hörte den Erläuterungen des Programmierungsdirektors zu. Vorsichtig hatte ich versucht, dem Besuch der Lösungsmittelabteilung auszuweichen, weil ich meine unvorhersehbaren allergischen Reaktionen kenne, doch ich mußte mich sogar auf eine ziemlich lange Pause einlassen, um auf Monsieur Findus zu warten. Und hier kam es zu dem, was ich befürchtet hatte, leider vor seinen Augen und denen des Programmierungsdirektors.

Alles fing mit einem fürchterlichen Brennen der Augen an, weshalb ich wie ein Verzweifelter anfing zu weinen. Ich versuchte, mir die Augen mit dem Handrücken abzuwischen, um nur ja nicht das Taschentuch herauszuziehen, was gleich die Aufmerksamkeit von Monsieur Findus und dem für die Programmierung zuständigen Direktor auf sich gezogen hätte. Nach den Tränen kam der Husten und das Niesen, zehn-, zwanzigmaliges Niesen an einem Stück. Am Ende wurde meine Zunge dick, weshalb ich nur unter großen Schwierigkeiten reden konnte. Monsieur Findus und der Programmierungsdirektor sahen mich überrascht und besorgt an. Schließlich nahm mich der Direktor unter den Arm und führte mich an die frische Luft.

»Das ist Heuschnupfen«, stammelte ich, »der Pollenflug von den Feldern hier ringsum.«

Ganz offenkundig eine Lüge, denn im Herbst gibt es keine Pollen in der Luft.

»Ich glaube dagegen, daß Sie auf die Farbsubstanzen allergisch reagieren«, sagte Monsieur Findus und leckte sich die Lippen.

Ich lächelte verlegen, was eine eindeutige Widerlegung seiner Behauptung darstellen sollte. Ich hätte ihm gerne gesagt, daß ich ganz allein auf ihn allergisch reagieren würde, nicht auf die Farben, aber meine Zunge war geschwollen und ich sprach nur mit Mühe.

»Unser Besuch ist zu Ende«, sagte der Programmierungsdirektor, um mir aus der Verlegenheit zu helfen, »gehen wir in den medizinischen Behandlungsraum unserer Fabrik und sehen nach, ob man dort das eine oder andere Antihistaminpräparat hat.«

»Nein, nein, das ist nur eine kleine Krise. Sie ist schon vorbei«, log ich.

Die Worte, die sich auf meiner Zunge mischten, waren der eklatante Widerspruch zu meiner Behauptung.

Der für die Programmierung zuständige Direktor wollte mich unbedingt in die Krankenabteilung begleiten, wo eine freundliche blonde Ärztin in weißem Kittel mich auf ein Untersuchungsbett legte und mir eine Kortisonspritze verpaßte, um, wie sie sagte, der Gefahr eines anaphylaktischen Schocks als Folge der Allergiekrise vorzubeugen.

»Das war äußerst unvorsichtig, ohne Atemschutz in die Lösungsmittelabteilung zu gehen«, sagte die Ärztin. »Die flüchtigen Gase der Kohlenwasserstoffe wirken auf die Schleimhäute ein und können bei Menschen, die zu diesen Allergien neigen, schwere Reaktionen hervorrufen, und sie sind in jedem Fall für jeden Menschen schwer toxisch.«

Hier hatte ich mich daran erinnert, daß Monsieur Findus mit einem Mund- und Nasenschutz zu uns gestoßen war.

Die Ärztin, die mich gezwungen hatte, eine intramuskuläre Bentelanspritze über mich ergehen zu lassen, machte das gleiche auch beim Programmierungsdirektor, weil wir ihrer Ansicht nach beide gewisse Vergiftungssymptome aufwiesen, die Blässe im Gesicht, ein leichtes Zittern der Hände, Übelkeit und Kopfschmerzen.

Als ich die Fabrik von Nanterre tränenaufgelöst verließ, glaubte ich einen Augenblick lang, über die Stadt hätte sich Nebel gesenkt. Die Porte de Maillot, der Arc de Triomphe, die Champs-Élysées, die lange Fahrstrecke von Saint-Honoré bis zum Palais Royal, die Halles, der Beaubourg, die Rue Rambuteau und schließlich die Rue du Temple – ich habe ein in Nebel gehülltes Paris durchquert. Als ich, mich langsam durch den Verkehr wühlend, zu Hause ankam, waren meine Augen noch immer tränenvernebelt. Ich bitte dich, glaub mir, Montaigne, mein Freund: keine Tränen der Rührung, sondern eine unvorhersehbare Allergie auf Farblösungsmittel.

Auch Marguerite war voller Sorge, als sie mich so, mit geröteten Augen, in die Wohnung kommen sah, und es kostete mich viele Worte, um sie davon zu überzeugen, daß es sich hierbei lediglich um eine Allergie handelte. Ich habe ihr nichts von all den Mißgeschicken und Kümmernissen gesagt, die zwar nicht die Ursache dafür waren, aber doch die Konsequenzen aus diesen allergischen Tränen werden konnten. Dann habe ich mir eine kurze erotische Ausschweifung gegönnt, die Marguerite bei jeder Gelegenheit als Abhilfe für alle Leiden dringend empfiehlt.

Offen gestanden, ich habe mir nicht vorstellen können, daß der Besuch der Anlagen von Nanterre in einem so tränenreichen Drama enden würde. Meine völlig unkontrollierbare allergische Reaktion auf die flüchtigen Gase der Farblösungsmittel, wie sie im Beisein von Monsieur Findus aufgetreten war, war eine Katastrophe von unbeschreiblichen Ausmaßen. Es handelt sich dabei natürlich um eine ziemlich peinliche Allergie für den Leiter einer Farbenfabrik, und Monsieur Findus hat die Gelegenheit nicht ausgelassen, mich das spüren zu lassen.

Als ich das vor einigen Jahren zum ersten Mal beobachtet habe (zu diesem Zeitpunkt hatte ich bereits eine beachtliche Stellung in der *Loutrous Peintures*), mußte ich sehr schnell meine Begeisterung für die Welt der Anstrichfarben dämpfen und den utopischen Traum aufgeben, alles zu bemalen, was mir in die Hände kam. Ich war von einem ungeheuerlichen, zyklopischen, erotischen Maleifer gepeitscht: Türen und Fenster von Häusern, Gittertore, Pfähle von Straßenlaternen, Schaufensterpuppen, Baumstümpfe, Gemüsewagen auf den Märkten, Metrowaggons, Straßenbagger, Bürgersteige, hohe Baukräne, Rundtanks für Heizöl, der Eiffelturm. Die ganze Welt mit hochglänzenden, witterungsbeständigen Lackfarben angemalt, gelb, rot, blau, violett, weiß, grün in allen Schattierungen, in allen Sattheitsgraden, die Stadt Zentimeter für Zentimeter wieder angestrichen mit den Farben des Regenbogens und mit Farbmischungen. Auch das Hochglanzschwarz, eine meiner Lieblingsfarben neben dem Blutrot. Ich träumte davon, auch Männer und Frauen mit besonderen atmungsaktiven Farben anzupinseln, damit sie nicht das gleiche Ende nähmen wie das golden angemalte Mädchen im Film *Goldfinger*.

Als erstes hätten diese karnevalesken Farben die Wirkung gehabt, daß sich die Stimmung der Bürger euphorisch, optimistisch, bis zum Glücksgefühl gesteigert hätte. Sowohl Gegenstände als auch Menschen gleichen den Farben ihrer Oberflächen und werden davon entscheidend beeinflußt. Und die künftigen Archäologen würden die Welt nicht »nackt« vorfinden wie die griechischen Statuen, sondern vollkommen angemalt mit hundert glänzenden Farben. Eine Welt in Kostüm und Maske, ein dauernder Karneval.

Jetzt habe ich keine derartig totalitären Phantasien mehr, meine Vorstellungen haben sich eingegrenzt, und in der Erwartung, daß ich die neue Fabrik in Italien gründen und leiten kann (sofern Monsieur Findus in der Zwischenzeit nichts gegen mich vorbringt), begnüge ich mich damit, Farbposten an Großhändler, an Bauunternehmer und Reedereien zu liefern, die regelmäßig das Hochglanzschwarz, das ich ihnen Mal um Mal empfehle, ablehnen. Auch die Chromotherapie berücksichtigt das Schwarz nicht, weder das Mattschwarz noch das Hochglanzschwarz. Mit meinem Sinn für Realität beuge ich mich dem, wenn auch schweren Herzens.

Wieso nur war Monsieur Findus bei dem Besuch der Anlagen von Nanterre verspätet zu uns gestoßen und hatte sich mit einem Atem- und Mundschutz versehen? Und wieso hatte er uns in der Lösungsmittelabteilung warten lassen, deren Substanzen die blondhaarige Ärztin als schwer toxisch bezeichnet hatte? Später habe ich erfahren, daß auch der für die Programmierung zuständige Direktor keine gute Beziehung zu Monsieur Findus hatte, und dies erhärtet meinen Verdacht zusätzlich.

Ich bin, um es kurz zu sagen, in eine wohltemperierte Falle getappt. Monsieur Findus war über meine allergischen Reaktionen auf Farblösungsmittel durch einen Spitzel (Orthensius?) informiert worden und hat einen gemeinen Beweis dafür erbringen wollen. Das war ein ziemlich schweres Handicap, allerdings war das italienische Projekt vom Vorstand gebilligt worden, auch von Monsieur Findus.

Via delle Carrozze, vierter Stock

In der Via delle Carrozze, fast an der Ecke mit der Via del Corso, habe ich mit einem Stoß eine Haustüre mit zwei eigentümlichen Türklopfern in Form von Schlangen geöffnet, bin in einen nahezu dunklen Hausflur gehuscht und in den kleinen Aufzug gestiegen. Ich suchte nach einer Wohnung, die ich kaufen konnte, und meine Vorliebe galt einem Penthaus mit Terrasse. Deshalb legte ich meinen Finger an den Klingelknopf des vierten, des obersten Stocks. Rom war an diesem Tag so still, eine unbekannte, bedrohliche Stille, als lägen Blitze in der Luft.

Im vierten Stock fand ich eine offenstehende Türe vor, und ich betrat eine, nach dem überall herrschenden Schimmelgeruch und den Spinnweben an den Balken und in den Ecken zu urteilen, seit langem unbewohnte Wohnung. Vom Eingangsflur aus gelangte man durch eine Rundbogenöffnung in ein leeres Zimmer mit Mansardendecke und von dort aus auf eine Terrasse, die an zwei Mauern der Wohnung entlanglief. Von der Terrasse bin ich in ein kleineres Zimmer gekommen, das ein Fenster zur Straße hatte. Auch dieses Zimmer war leer, wie die gesamte übrige Wohnung. Eine bündig mit der Wand abschließende Türe führte in ein heruntergekommenes, mit violetten Kacheln verkleidetes Bad, das ich hier nicht weiter beschreiben will.

Noch einmal ging ich auf die Terrasse hinaus, zu der Seite, wo der Corso liegt, an der Ecke des Hauses: Ich blickte auf die Dächer niedriger liegender Häuser, sah eine geteerte Terrasse mit Wassertanks, einen Wald von Fernsehantennen und, durch die Fenster, das Innere vieler Wohnungen. Wenn ich mich vorbeugte, konnte ich von diesem Teil des Corso bis zur Piazza del Popolo mit dem Obelisken sehen und auf der anderen Seite den Corso hinauf bis zur Piazza Venezia, die ganz am Ende von dem Weiß des Ehrenmals für König Vittorio abgeschlossen wurde. Trotz des Verkehrs, der unten über den Asphalt strömte, konnte man auf der Terrasse kein Geräusch hören, und diese unwirkliche Stille ließ für einen Augenblick die deutliche Empfindung in mir aufdämmern, daß ich mich in einem Traum befand.

Wieder bin ich in das kleinere Zimmer zurückgegangen, das wahrscheinlich das Schlafzimmer werden würde. Auf der Japantapete bemerkte ich, ein wenig heller, so als wäre er über lange Zeit vor Licht geschützt gewesen, den Umriß eines Menschen, eines Mannes. Wer nur sollte an diesem Ort so lange Zeit unbeweglich an der Wand geklebt haben, daß er seinen Schatten darauf abbildete? Ein Mann im Profil, mit dem Kopf leicht nach vorne geneigt. Ein Erhängter? Kein Hinweis auf einen Galgen, auf ein Seil, doch das war zweifelsfrei der Schatten eines Erhängten, denn die Füße befanden sich zwanzig Zentimeter über dem Fußboden. Dieses Bild löste Verwirrung in mir aus, und ich wachte schweißgebadet und schwer atmend auf, ich zitterte eigentümlich am ganzen Körper, so als würde ich Fieber haben.

Aber ja, gewiß, in meiner Erinnerung glich dieser Traumschatten Ubus. Einem immer noch imaginären Ubus, denn nach dem bewußten Mal in Amsterdam und dann (mit einem Fragezeichen) nachts im Autobus von Brüssel nach Paris habe ich ihn nicht mehr gesehen. Und ich weiß nicht, ob ich nicht auch den Alp an meinem Schlafzimmerfenster in die Rechnung aufnehmen soll. Es ging also um den Vergleich einer Ähnlichkeit zwischen einem ungewissen Ubus aus der Wirklichkeit und einem im Traum gesehenen Schatten, der auf eine Japantapete gedruckt war. Aber hatte Eliane nicht gesagt, daß auch ich Ubus ähnlich sähe? Nein, natürlich nicht, allenfalls sah Ubus mir ähnlich, darüber wollen wir doch gefälligst keine Witze machen.

Mailand oder Rom?

Seit sie entdeckt hat, daß ich möglicherweise nach Rom übersiedle, sagt mir Eliane, daß sie unzufrieden mit ihrer Arbeit als Redakteurin der Frauenbeilage des »Figaro« sei und beschlossen habe, auch nach Italien überzusiedeln, vielleicht nach Mailand, wo sie, wie sie behauptet, Freunde habe. Offensichtlich hat sie Geld nicht nötig, sonst würde sie eine sichere Arbeit nicht aufgeben, um nach Italien zu gehen, wo sie nur schwer etwas bei einer Zeitung finden wird. Vor allem aber ist Eliane, abgesehen von Pullovern, Schuhen und Halstüchern der Damenmode, ignorant und zerstreut und zickig.

Als sie mir dann noch gestanden hatte, daß Ubus zahlreiche Geschäfte mit einer Werbeagentur in Mailand laufen habe, bin ich in eine Krise gestürzt. Das also war der Grund, weshalb Eliane mir über Mailand als dem möglichen Ziel ihrer Übersiedlung nach Italien erzählt hatte. Ubus war dabei, mir Eliane wegzuschnappen, so wie er mir den Vortrag auf dem Amsterdamer Kongreß weggeschnappt und wie er meine Ideen und meine Reisen kopiert hatte. Selbstverständlich hatte ich nicht die Absicht, mich auf einen empirischen Wettkampf um Eliane einzulassen. Soll er sie doch nehmen, die Frau meines Lebens. Aber hat Monsieur Findus sie sich nicht bereits genommen?

Ich werde nicht den geringsten Versuch unternehmen, sie Mailand und Ubus zu entreißen. Was kümmert mich Stolz, was kümmert mich Würde? Und noch viel weniger, als ich überhaupt nicht den Wunsch verspüre, sie in Italien zwischen den Beinen zu haben. Geh doch mit Ubus nach Mailand, schöne Grüße auch. Eifersüchtig? Kein bißchen, die Zeiten der Eifersucht sind vorüber. Auch nicht ein Wort, um sie Mailand zu entreißen.

»Mach dir klar, in Mailand herrscht kontinentales Klima, viel schlimmer als in Paris, im Winter ist es da neblig

und kalt, im Sommer tropisch schwül. Die Luft ist so ver-
schmutzt, daß man überhaupt nicht atmen kann, und die
Mailänder sind blaß im Gesicht wegen der Giftstoffe, die in
ihre Lungen dringen. Mailand ist eine schmutzige Stadt,
laut und grau, gelegentlich fallen den Passanten auch
Brocken von Mauersimsen auf den Kopf. In Mailand begeht
man zehn Verbrechen pro Tag, Morde, Gewalttaten an
Frauen und Kindern, Raubüberfälle. Dazu noch die Selbstmorde. Liest du eigentlich Zeitung?«

Ich weiß, was Eliane antworten würde, das wären doch
nur wissenschaftliche Argumente. Eliane hat einen impulsi-
ven Kopf, man weiß nie genau, was ihr gerade durch den
Sinn geht, sie drückt sich nie deutlich aus, sie ist die am we-
nigsten wissenschaftliche Frau, die mir im Leben begegnet
ist. Wenn du dich entschließt, nach Mailand zu gehen, in
die Lombardei, dann adieu Eliane, geh nur.

»Aber wieso bleibst du nicht in Paris, du Schwachsin-
nige?«

Der Vertrag

Endlich bestieg ich das Flugzeug nach Rom, Alitalia, und
zwar mit der sinnlich-begierigen Vorstellung, eine kleine,
aber geräumige Wohnung im historischen Zentrum von Rom
zu kaufen, zumal der allmächtige Vorstand der *Loutrous Peintures* das Projekt für den Bau einer neuen Anlage in der Nähe
von Latina auf der Grundlage meines technischen Berichts
und meiner Kostenvoranschläge gebilligt hatte.

Gewissermaßen wie zum Spiel bin ich in die Via delle
Carrozze gegangen, auf der Suche nach der Wohnung, die
ich im Traum besucht hatte. Sofort habe ich das Haus und
die große grüne Eingangstüre und die Türklopfer mit dem
Schlangenkopf wiedererkannt, erstaunt darüber, daß ich in
der Realität das wiederfand, wovon ich geträumt hatte. Ich

habe versucht, das herunterzuspielen: Wahrscheinlich war ich dort einige Zeit vorher vorbeigekommen und hatte unbewußt diese grüne Eingangstüre aus dem Traum meinem Gedächtnis eingeprägt, diese Türe mit den ungewöhnlichen Türklopfern. Das Grün des Farbanstrichs war in Wirklichkeit heller als im Traum (ich habe ein exaktes, beruflich geprägtes Gedächtnis für Farben), aber auch so war es noch eine beruhigende, Glück verheißende Farbe.

Ich bin hineingegangen und habe den Aufzug zum vierten Stock genommen. Ich wollte nicht darauf verzichten, meine Inspektion fortzusetzen. Ich habe auch die Wohnungstüre wiedergefunden, die einzige Türe in diesem Stockwerk, doch sie war geschlossen, und niemand meldete sich auf das Klingeln, das ich mehrfach wiederholte. Ich bin wieder ins Erdgeschoß hinuntergefahren. Weil das Haus keinen Pförtner hatte, bin ich in die Cafébar gegangen, die sich an der Ecke mit dem Corso befindet, und habe die Kassiererin gefragt, ob sie etwas von einer Wohnung wisse, die in diesem Haus verkauft werde.

»Aber ja doch, ich glaube, im vierten Stock soll etwas zu verkaufen sein.«

Die Haut entlang meiner Wirbelsäule hatte sich zusammengezogen, mit Schauern und elektrischen Schlägen, aber ich habe mir nichts von meiner Verwirrung anmerken lassen.

»Gibt es jemanden, der mit dieser Sache beschäftigt ist?«

»Das kann ich nicht sagen.«

Am Ende erfuhr ich von einem Kellner derselben Cafébar, daß eine Immobilienagentur mit dem Verkauf beauftragt sei.

Ich habe die Wohnung in Begleitung eines hochgewachsenen, von der Agentur geschickten Mannes besucht, der so groß wie der böse Langmann in den Filmen von Charlie Chaplin war. Der Mann hat mich in den vierten Stock der Via delle Carrozze begleitet. Die Wohnung sah genauso aus wie die, die ich im Traum besucht hatte. Die gleiche Anlage der Zimmer, der Terrasse, der Küche, des Bads, die gleichen Spinnweben, der gleiche Schimmelgeruch. Das größere Zimmer hatte einen Fußboden aus lockeren Ziegelsteinen und eine Mansardendecke, alles déjà-vu und dem Gedächtnis eingeprägt. Ich war aufgewühlt, sagte das dem Mann, der mich begleitete, aber nicht. Bei Leuten von Immobilienagenturen konnte jedes Wort, das ich sagte, zu einem Vorwand für eine Preiserhöhung werden, das wußte ich. Meine Besorgnis über diese merkwürdige Koinzidenz, über dieses fast schon an Magie Grenzende, lenkte mich aber nicht von meinem empirischen Interesse ab, das darin bestand, die Wohnung zu kaufen.

Innerhalb weniger Tage unterschrieb ich den Vorvertrag und überwies die Vorauszahlung, die mich berechtigte, die Schlüssel zu bekommen, um einen Plan für die Restaurierungsarbeiten zu entwickeln. Die Wohnung, die mir schon im Traum so gefallen hatte, gefiel mir in der Wirklichkeit noch mehr. Nein, ich träumte keinen zweiten Traum, und ich befand mich auch nicht in einem Märchen von der Angst. Ich sah mir noch einmal die Schlafzimmerwand an, habe aber keinen menschlichen Schatten bemerkt. Die Japantapete war zwar vergilbt, wies aber keine besonderen Spuren auf.

Ich erkundigte mich ein bißchen nach dem Wohnungseigentümer.

»Eigentümerin ist eine Dame aus Zürich, die ein- bis zweimal im Jahr nach Rom kam«, sagte der Mann von der Agentur. »Seit ihr Freund bei einem Flugzeugabsturz ums Leben gekommen ist, war sie nicht mehr hier. Erinnern Sie sich an die ATR, die in einem Wald in der Nähe von Zürich abgestürzt ist? Seitdem hat sie nie wieder ein Flugzeug bestiegen. Sie ist im Zug nach Rom gekommen, um uns mit dem Verkauf der Wohnung zu beauftragen, und hat etwas sehr Merkwürdiges erzählt. Stellen Sie sich vor, sie hat diese Wohnung vor etwa zehn Jahren gekauft und sich dabei von einem Traum leiten lassen.«

»Von einem Traum?«

»Ja, genau, sie ist in die Agentur gekommen und sagte, sie wolle eine Wohnung in der Via delle Carrozze kaufen, weil sie sie im Traum gesehen habe.«

»Wirklich?«

»Das hat sie erzählt. Aber die Wohnung gab es wirklich, die hier. Mit einem Wort: eine gigantische Phantasie. Ihre Mutter war wohl Dichterin, und ich glaube, auch sie schreibt Gedichte. Eine Familie von Dichtern, das heißt von Visionären.«

»Aber nicht alle Dichter sind Visionäre.«

Der Argwohn und manchmal auch Haß gegenüber den Dichtern waren nichts Neues für mich, aber konnte ich mich mit diesem Mann da etwa auf eine Diskussion einlassen?

»Dichter sind eigentümliche Menschen, so etwas wie Freimaurer. Stimmt's?«

»Dichter schreiben Gedichte«, sagte ich, »doch ansonsten sind sie ziemlich genau wie wir.«

»Wie wir? Dichter sind Visionäre, überschwengliche, nächtliche, drogensüchtige Wesen.«

»Jedem kann es passieren, von einer Wohnung zu träumen.«

»Sind Sie etwa zufällig auch ein Dichter?«

Der Mann blickte mich argwöhnisch an.

»Nein, ich schreibe keine Gedichte.«

»Gott sei Dank, ich traue den Dichtern nämlich nicht richtig. Wozu sind die schon gut? Sagen Sie mir, wozu Dichter gut sind!«

Nach der Vertragsunterschrift bei einem Notar an der Piazza di Lucina habe ich gleich mit den Arbeiten begonnen, ohne aber die horizontale Struktur der Wohnung zu modifizieren. Ich habe die Fußböden mit rustikalen Ziegelsteinen aus Castel Viscardo erneuert, habe die Deckenbalken reinigen und mit einem flüssigen Mittel gegen Holzwürmer behandeln und dann einwachsen lassen. Ich ließ die Tapeten von den Wänden abziehen, die Unebenheiten des Verputzes ausbessern und die gesamte Wohnung mit einer Weißschicht anstreichen, als Grundierung für den abwaschbaren Anstrich, ich ließ die Eichentüren polieren und die Aluminiumtürgriffe mit nachgedunkelten Bronzegriffen im ländlichen Stil auswechseln, wie sie zu einer Dachwohnung paßten. Kurz gesagt, die üblichen Arbeiten, die man machen läßt, wenn man eine Wohnung erneuert.

Ich versuchte, mich durch Arbeit abzulenken, der ich gemeinsam mit einem jungen italienischen Vermessungsingenieur folgte, um jenen magischen Nimbus zu vergessen, der meine an sich schon überladene Beziehung zu dieser Wohnung erheblich gestört hatte. Jeden Tag wanderte mein Blick über die Schlafzimmerwand, doch glücklicherweise keinerlei Spur von dem Erhängten.

Der Bart von Ubus

Nun habe ich also von Eliane erfahren, Ubus habe sich einen Bart wachsen lassen, seit er unglückseligerweise an meinem immer noch nicht durch die Ereignisse zerbröselten Horizont aufgetaucht ist. Sicher war Ubus vor meinem Blick am Hotel Rembrandt in Amsterdam mit einem Bart aufgetaucht, ebenfalls mit Bart auch sein Double im Autobus von Brüssel nach Paris, und schließlich dieser nächtliche Alp am Fenster. Nach vielen Ungewißheiten hatte ich Eliane von diesem bärtigen Alp erzählt, und Eliane hatte es Ubus weitererzählt, doch der Vergleich, den ich zwischen dem realen Bart und dem nächtlichen Erscheinungsbild angestellt hatte, war ohne jeden Zusammenhang, eine ausgesprochen blödsinnige Analogie.

Alles, was mein Mund ausspricht, wird von Eliane im Gedächtnis gespeichert und Ubus Arconti gleichlautend überbracht, und das beunruhigt mich und behindert mein an sich schon schwieriges Gespräch mit ihr. Ich kann doch nicht jedesmal, wenn ich den Mund aufmache, meine Worte genau abmessen. Und sie dröhnt mir die Ohren voll mit Nachrichten, die von Ubus stammen sollen, in Wirklichkeit aber meine Worte, Ideen, Lektüren, Projekte und Reisen wie in einem Spiegel reflektieren. Meine Gedanken, befreit von der Einsamkeit dieser Tage in Paris, werden von Eliane gefangengenommen und Ubus zu Füßen gelegt, der sich ihrer bemächtigt wie meines Vortrags in Amsterdam. Welche Absicht steckt dahinter? Wie lautet die Botschaft? Ist das nur eine Posse? Eine homerische Ähnlichkeit? Ich fühle mich bespitzelt, kontrolliert und betrogen von Ubus, mit Eliane als seinem Werkzeug, und ich will nur weg, eintausendsechshundert Kilometer weit weg von beiden.

»Normalerweise ahmt man ein Erfolgsmodell nach, aber welchen Erfolg könnte ich deiner Meinung nach in Anspruch nehmen? Verstehst du, ich bin lediglich der Auslandschef einer renommierten Farbenfabrik, vielleicht auch etwas mehr, aber dieses Etwas kannst du von außen nicht erkennen. Reichen dir denn der Diebstahl und das Plagiat meines Vortrags in Amsterdam nicht?«

Ich bin in die Gärten der Tuilerien gegangen und habe angefangen, mit den Kindern in dem großen runden Brunnen Segelschiffchen zu spielen. Ich habe mir ein Schiffchen mit einem bordeauxroten Segel ausgesucht, als Hommage an die Unbekannte im Autobus von Brüssel nach Paris. Die Sonne war sanft, und von der Seine wehte ein flatterndes Lüftchen herüber, blies in die leuchtenden Segel der Schiffchen und in meine grauen, verworrenen Gedanken. Die kleinen Segel spiegelten sich im Wasser, vervielfachten sich und trieben in alle Richtungen auseinander. Eine kurze Pause des Lichts und der Farben in den Gärten der Tuilerien, bevor man wieder in die Spirale der Nebensächlichkeiten zurückfällt.

»Frag ihn doch bitte mal, ob er jemals in Amsterdam gewesen ist.«

Natürlich hat Ubus ihr mit Ja geantwortet. Wo war der eigentlich noch nicht? Er ist in allen Städten gewesen, in denen ich gewesen bin, einschließlich Peking, vierzehn Stunden Flugzeit. Er hat Eliane erzählt, man habe ihm in Amsterdam einen historischen Aufsatz über Farbanstriche gestohlen, und er hat ihr mehr oder weniger die Worte und die Verdächtigungen mir gegenüber wiederholt, die Monsieur Findus bei dem unheilvollen Treffen im Café de la Paix geäußert hatte. Er habe auf seine Kosten diesen Aufsatz übersetzen und dann in einer amerikanischen Zeitschrift veröffentlichen lassen, hat er ihr erzählt, um die Urheberrechte klarzustellen, bevor der Dieb sie beanspruchen könne. Schamlos, dieser Ubus.

Wie die Worte fließen. Ich weiß nicht, wieviel Bösartigkeit oder Einfalt in Eliane steckt, ich weiß nur, daß dieses Dreiecksspiel mich nicht im geringsten amüsiert. Dann habe ich mich endlich über diese Herumflatterei von geschriebenen und gesprochenen Plagiaten beschwert.

»Du solltest dich geschmeichelt fühlen, wenn jemand dich kopiert«, hat Eliane mir mit einem schiefen Lächeln geantwortet.

»Im Gegenteil, die Sache widert mich an, ich fühle mich bestohlen, so als würde Ubus meine Taschen und meine Anzüge durchwühlen. Das ist irgendwie obszön.«

Eliane schweigt und sieht mich an, als hätte ich gerade etwas Absonderliches gesagt. Sie weiß, daß sie eine schuldhafte Komplizin ist und sich mit Schweigen und vorgetäuschter Verwunderung verteidigt.

Ich habe Eliane im Café du Louvre wiedergesehen, aber ich habe keine Worte mehr für sie übrig. Wir haben uns vor eine Granita di Caffè mit Sahne gesetzt. Ich mag das Weiß der Sahne auf dem Dunkelbraun der Granita, aber ich habe auf die epikureische Sahne verzichtet, um noch einmal auf ihr geheimes Treffen mit Monsieur Findus anzuspielen. Auch sie hat eine Granita ohne Sahne genommen.

»Ich dachte, du magst Sahne auf deiner Granita.«

Eliane zuckte mit den Schultern, ohne zu antworten. Ich blieb hartnäckig.

»Magst du keine Sahne?«

»Kommt auf den Tag und die Gelegenheit an.«

»Du meinst, auf die Gesellschaft?«

Eliane verfinsterte sich, voller Argwohn, und ich ließ das Thema lieber in den bewußten Schacht der verlorenen Wörter fallen.

Sie wollte, daß ich ihr noch etwas über die Teilchenphysik erzähle, aber ich habe nicht angebissen. Ich habe sie über Ubus ausgefragt, weil sie über Ubus nicht reden wollte. Langsam habe ich sie zu dem Eingeständnis gebracht, daß Ubus, ganz aus sich heraus, an einem Projekt über Farben arbeitet. Nicht zu glauben.

»Was für ein Projekt?«

»Ich würde sagen über Farben in der Malerei, Matisse, Cézanne, van Gogh. In diesen Tagen durchstreift er die Museen. Aber warum deine Sorge?«

»Ubus macht mir keine Sorge, ich finde ihn lästig, er langweilt mich.«

Eliane hatte begriffen, daß ich die Alarmglocken schlagen hörte, und ich habe einfach das Thema gewechselt. Wer weiß, welche Idee Ubus verfolgte. Über die Chromotherapie der Farbanstriche hatte ich mit niemandem geredet, nicht ein Wort. Oder hatte zufällig jemand den Zugang zu meinem Computer im Büro gefunden, wo ich mir manchmal Notizen machte? Nein, unmöglich, daß Ubus in mein Büro gekommen ist, in das nicht einmal meine Mitarbeiter kommen, wenn ich nicht da bin. Oder bin ich während meiner Aufenthalte in der Nationalbibliothek bespitzelt worden? Monsieur Findus? Ubus? Auch gestern, als ich im großen Lesesaal unterhalb des Niveaus der Seine saß und gelegentlich auf die künstliche Landschaft in der Mitte des Gebäudes blickte, die jenseits der versiegelten Glastüren unzugänglich ist (künstliche Hügel mit unpassenden kanadischen Föhren), habe ich den Blick schweifen lassen, und es war mir vorgekommen, daß ich für einen Augenblick gesehen habe, wie sich ein bärtiger Mann am Eingang des Saales zeigte, möglicherweise derselbe, den ich an dem bewußten Morgen vor dem Hotel Rembrandt in Amsterdam gesehen hatte, oder derselbe, der neben mir in jener Nacht von Brüssel nach Paris gefahren war. Ubus? Muß ich jedesmal diesen Namen mit einem Fragezeichen versehen, der für den Augenblick (ein Augenblick, der nun schon Monate dauert) nur einem Phantom entspricht, einem Phantom mit einem Vornamen, einem Familiennamen, einem Bart und was sonst noch?

Ich muß mich vorsehen, ich muß unbedingt verhindern, daß diese Idee über die Farben mir weggeschnappt wird wie der Vortrag von Amsterdam. Mit diesem kleinen Traktat über die Chromotherapie der Farbanstriche steht meine Leitung der Auslandsabteilung der *Loutrous Peintures* auf dem Spiel und meine Übersiedlung nach Rom, um einen zweiten Herstellungspool aufzubauen, was durch das Niesen und die Tränen in Nanterre in Gefahr gebracht worden ist.

Tödliches Gift

Wütend las ich noch einmal die Übersetzung meines Vortrags über die Farbanstriche, wie er von der »Chicago Scientific Society« mit der Unterschrift von Ubus Arconti veröffentlicht worden war, diesem Betrüger, der durch Diebstahl die Früchte meiner wertvollen Forschungsarbeit eingeheimst hatte. Eine meinem Text getreue Übertragung, angefangen bei den historischen Verweisen auf die alten Ägypter und Chinesen bis hin zu dem Abschnitt über die glänzenden Farben, die durch Verbindung von Wachs und griechischem

Pech und der Beimischung von Farbpulvern gewonnen werden, wie sie nach Mitteilung von Plinius dem Älteren der große griechische Maler Apelles verwandt hatte, um so die Marmorstatuen zu verschönern und zu schützen. Anhand dieser Übersetzung durchlief ich noch einmal den Gang der Geschichte von den cremigen Farben, wie sie, beginnend mit dem 8. Jahrhundert, von den Malern des Mittelalters für leuchtende Goldhintergründe der religiösen Malerei verwandt wurde, bis der Mönch Theophilus im 11. Jahrhundert in seiner *Schedula diversarum artium* zum ersten Mal von der *Sandracca* spricht, einem Harz, das in Marokko durch Einritzen des Stammes der *Callistris quadrivalvis* gewonnen wird. Dann erläuterte ich ausführlich die im Mittelalter von Johannes Alcherius empfohlene Grammatik und Syntax für die Zubereitung von Farben und, im 15. Jahrhundert, von Jakobus de Tholeto, der zum ersten Mal von der Mennige spricht, die während des Siedens der Farbe zuzufügen sei, und außerdem noch empfiehlt, das Leinöl an der Oberfläche zu entzünden und es für die Länge von drei Vaterunsern brennen zu lassen (bei den drei Vaterunsern habe ich in Amsterdam Applaus auf offener Bühne bekommen). Das Ergebnis dieser alten Techniken war die Herstellung fetter Farben, die nur unter Schwierigkeit verwendet werden konnten und nur mit Schwierigkeit auf den Oberflächen haften blieben, bis der Gebrauch von Lösungsmitteln eingeführt wurde wie das Terpentin, wodurch Farben im modernen Sinn des Wortes entstanden, weniger dickflüssig und leichter mit dem Pinsel verstreichbar. Selten zu findende Mitteilungen, Geschichte und Philosophie der Farben mit der Unterschrift von Ubus Arconti. Ich weiß nicht, was für ein masochistischer Drang mich zum Wiederlesen dieser Arbeit getrieben hat.

In einem nachfolgenden Abschnitt bin ich auf die industriell hergestellten Farben zu sprechen gekommen, die durch Sieden und Verflüssigung der nicht flüchtigen Öle und der Anwendung von Bleimennige zur Verhinderung der Oxydation bemalter Metalle hergestellt werden, und schließlich über die Einführung von brennbaren chemischen Lösungsmitteln, die aus Erdöl gewonnen werden wie Terpentin, Trichloräthylen, Äthyl- und Buthylalkohol, Benzol und Aceton, die eine Sprühfarbe für Spritzpistolen möglich machen.

Ich fragte mich während dieses traumatischen Wiederlesens meines ins Englische übersetzten Textes, was meine Kollegen wohl gesagt hätten, wenn diese mit Ubus Arconti gezeichnete Veröffentlichung ihnen vor die Augen gekommen wäre, sie, meine Kollegen, die bei meinem Vortrag anwesend waren und mir emphatisch Beifall geklatscht hatten. Eine Krise aus Wut und Scham, denn sie hätten ja zu Recht glauben können, daß ich mich in den Besitz der wissenschaftlichen Arbeit eines anderen gebracht und mich seiner bedient hätte, um mich vor dem Kongreß hervorzuheben. Gestohlener Beifall. Mechanisch, aber auch mit einigen sprachlichen Unsicherheiten überflog ich meinen übersetzten Text, während mir noch der Beifall und die Glückwünsche am Ende des Vortrags in diesem Glutofen des Hotels Barbizon Centre, fünf Sterne, im Ohr klangen.

»Die Verwendung flüchtiger und brennbarer Lösungsmittel«, stand in der Übersetzung, »ruft Gesundheitsprobleme bei den für die Herstellung der Farben zuständigen Arbeitern hervor, weil die Ausdünstungen des Terpentins, Trichloräthylens und Benzols Schäden an den Atemwegen, ja sogar Vergiftungen zur Folge haben können. Bei allergieanfälligen Menschen können diese Ausdünstungen einen anaphylaktischen Schock auslösen.« An dieser Stelle der Lektüre habe ich abrupt innegehalten. In meinem Text stand: »Wenn man sie einatmet, kann das Gesundheitsschädigungen zur Folge haben«, und damit endete der Satz. In meinem Text sprach ich weder von einer Vergiftungsgefahr und noch viel weniger von einem anaphylaktischen Schock bei allergieanfälligen Menschen. Der anaphylaktische Schock ist eine Allergiekrise mit tödlichem Ausgang, wenn man nicht unverzüglich mit starken Kortisondosen und Sauerstoffbeatmung gegenwirkt. Obwohl ich einige Informationen über die Vergiftungsgefahr besaß, war es mir nicht notwendig erschienen, in einem kulturellen Vortrag von tödlichen Gefahren zu sprechen. Es handelte sich also um eine apokryphe Interpolation durch Ubus Arconti, die mir beim ersten Lesen entgangen war. Literarisch zwar apokryph, realistisch aber zutreffend, rückte diese Interpolation die Aufforderung, während des Besuchs der Anlage in Nanterre in der Abteilung der chemischen Lösungsmittel zu warten, ohne daß irgend jemand die Verwendung von Atemschutzmasken für mich und den mich begleitenden Programmierungsdirektor empfohlen hätte, in ein unheimliches Licht.

Daß dieser Besuch auf Anregung von Monsieur Findus stattgefunden hatte, war durchaus wahrscheinlich, zumal er ausgerechnet in der Abteilung für Lösungsmittel zu uns gestoßen war, doch sehr darauf achtend, daß er von einer Atemmaske geschützt atmen konnte. Persönlich habe ich das Risiko, zusammen mit dem Programmierungsdirektor, nicht eingeschätzt, und auf die Luftumwälzanlage vertraut, die wahrscheinlich nicht ausreichte oder sogar abgestellt war.

Mithin war Ubus Arconti über die Gefahren informiert, denen man sich aussetzte, wenn man sich in der Abteilung für Lösungsmittel aufhält, das bewiesen die beiden Zeilen, die meinem Text hinzugefügt worden waren. Es handelte sich also um ein ausgesprochenes Attentat auf meine Gesundheit, das wahrscheinlich von Ubus und Monsieur Findus gemeinsam ausgeklügelt worden war. Weil ich nun einmal auf die Bestandteile chemischer Farben allergisch reagiere und die Belüftungsanlage jenseits aller vernünftigen Vorhersehbarkeit unzureichend arbeitete, war nicht einmal die tödliche Gefahr eines anaphylaktischen Schocks ausgeschlossen. Mithin ging es nicht nur um ein Attentat auf meine berufliche Karriere, wie ich zunächst angenommen hatte, sondern um ein Attentat auf mein Leben. Mörder.

Am Rand des Abgrunds

Ich bin noch immer hier, unbeweglich vor meinem grünen (grünlichen), am Kleiderhaken hängenden Burberry, ohne jede Kraft, eine Entscheidung zu treffen. Ich habe die zehnte, in Maispapier gedrehte Gitane angesteckt. Ich bin nicht der einzige, der die Zigaretten befragt, wenn er nicht in der Lage ist, eine Entscheidung zu treffen. Leider haben die Zigaretten mir keine Anregung geliefert, lediglich viel bläulichen Qualm, der sich in der reglosen Luft des kleinen Wohnzimmers übereinander schichtet. Mein Mund ist bitter vom Qualm, ein Ring engt meinen Kopf ein und vernebelt meine Gedanken. Ich öffne das Fenster, um die subtile Metaphysik des Kohlenmonoxyds hereinzulassen, das in der Atmosphäre von Paris liegt. Gift plus Gift hebt sich nicht auf wie eine doppelte Verneinung, sondern summiert sich.

Gleichwohl schien mir, daß die Analyse des Problems, um es vom moralischen Standpunkt aus zu lösen, bereits zu Ende geführt worden war. Seine Kasuistik war rasierklingenscharf geworden, und ich selbst fand in mir keine bewußten Einwände mehr. Aber ich mochte nicht glauben, daß es keine mehr gab, und starrsinnig servil begann ich, überall nach Einwänden zu suchen, tastend, so, als würde jemand mich zwingen und mitreißen, es zu tun. Der letzte Tag schließlich, der so unversehens da war und alles auf einen Schlag entschieden hatte, wirkte fast schon mechanisch auf mich ein, so, als hätte mich jemand an die Hand genommen und mich unausweichlich, blind, mit übernatürlicher Kraft, ohne jeden möglichen Einwand mit sich fortgerissen. Als hätte ich mich mit einem Fetzen meines Anzugs im Rad eines Autos verfangen und dies mich nun immer mehr in sich hineingezogen.

Anfangs – schon vor langer Zeit – hatte mich unter anderem eine Frage interessiert: Wieso entdeckt man nahezu alle Verbrechen und bringt sie an den Tag, und wieso hinterlassen nahezu alle Verbrecher so deutliche Spuren? Nach und nach bin ich auf vielfältige und sonderbare Schlußfolgerungen gestoßen, doch lag meiner Ansicht nach der Hauptgrund nicht so sehr in der konkreten Unmöglichkeit, das Verbrechen zu verheimlichen, als vielmehr im Verbrecher selbst. Nahezu jeder Verbrecher unterliegt im Augenblick des Verbrechens einem gewissen Erschöpfungszustand des Willens oder der Vernunft, an deren Stelle statt dessen eine kindliche, einzigartige Leichtfertigkeit tritt, und das gerade in dem Augenblick, in dem klarer Verstand und höchste Vorsicht unbedingt geboten wären. Meiner Überzeugung nach befallen diese Verdunkelung des Verstandes und diese Lähmung des Willens den Menschen ähnlich wie eine Krankheit, sie entwickeln sich stufenweise und kommen zum Höhepunkt kurz vor der Ausführung des Verbrechens. In dieser Form verweilen sie während der Ausführung und auch noch einige Zeit danach, je nach Person, dann gehen sie vorüber, wie jede Krankheit vorübergeht. Zum Problem: Ist es die Krankheit, die das Verbrechen zeugt, oder geht das Verbrechen selbst, aufgrund seiner besonderen Natur, mit einer Art Krankheit einher? Dieses Problem zu lösen, sah ich mich noch nicht in der Lage.

Zu diesen Schlußfolgerungen war ich gelangt, und ich kam, in meinem ganz persönlichen Fall, zu der Einsicht, daß es bei mir derartige morbide Umbrüche der Psyche nicht geben könne, daß Verstand und Wille mich während der gesamten Ausführung meines Plans unerschütterlich stützen würden, und zwar aus dem einzigen Grund, weil das, was ich beschlossen hatte, »kein Verbrechen war« ... Übergehen wir den Prozeß, an dessen Ende ich zu meiner Einsicht gelangt war, ich habe sowieso schon viel zuviel gesagt... Ich will nur noch hinzufügen, daß die faktischen, rein materiellen Schwierigkeiten der Ausführung in meinen Überlegungen voll und ganz zweitrangig waren. Ich mußte sie nur durch Willen und Verstand unter Kontrolle halten, dann würden sie zu geeigneter Zeit überwunden sein, wenn es darum ginge, mit jeder besonderen Minute bei der Ausführung aufs engste vertraut zu werden.

Alle Verbrechen werden leicht entdeckt? Ja, wann denn? Ich habe versucht, mich in die Lage Raskolnikows zu versetzen, ganz mit den Worten Dostojewskis, die giftiger waren als Kohlenmonoxyd. Ich habe es mit verstandesklarer Entschlossenheit getan, wie der Raucher, der, um das Laster des Rauchens loszuwerden, sich mit vier Päckchen Zigaretten pro Tag bis zur völligen Vergiftung und zum Ekel diesem Gift aussetzt. Dostojewski, ein anderer schlechter Meister.

Ich flüchte mich ins Buch der Farben, wenn es da heißt: Atmet das weiße, reine, kristalline Licht ein. Oder: Atmet ganz einfach die sieben Farben des Regenbogens aus, um euer System wieder ins Gleichgewicht zu bringen. Dann soll ich also deren Ansicht entsprechend nach Tibet fahren und dort leben? Im Buch der Farben heißt es auch, daß das Einatmen des purpurfarbenen Lichts zur Entgiftung sämtlicher Funktionssysteme des Körpers beiträgt, es ermöglicht, anhaltende Obsessionen und negative Empfindungen zu überwinden. Genau das, was ich in diesem Augenblick brauche. Der erste also, der die chromotherapeutische Anwendung braucht, bin ich selbst. Aber wo ist das weiße, reine, kristalline Licht? Ich sehe ja nicht einmal das purpurfarbene Licht hier in der Rue du Temple. Purpur in Verbindung mit Gold erreicht den höchsten Wirkungsgrad, heißt es im Buch der Farben. In Byzanz war Purpur in Verbindung mit Goldstickereien ausschließlich den Gewändern der Kaiser vorbehalten, und Stoffe von dieser Farbe durften weder verwendet noch exportiert werden. Kannten die byzantinischen Kaiser die Eigenschaften des Purpurs?

Auf dieses historische Fragezeichen hin schloß ich wieder das Fenster.

Eliane ist also Italienerin

Unter Mühen brachte ich Ordnung in meine italienischen Notizen, um dem Vorstand die zusätzlichen, im einzelnen aufgelisteten Kostenvoranschläge für die Anlage in Latina zu unterbreiten. Ich gönnte mir eine Pause, um zum Zahnarzt zu gehen, bevor ich einen zweiten Analysebericht über die Amortisierung und die Handelsperspektiven des Unternehmens vervollständigte. Es gibt nichts Wirksameres als physischen Schmerz, um die Auswirkungen von Streß zu verjagen. Blässe und Zittern, Verwirrung, Schlaflosigkeit, Schwermut, Schielen, Weinen, Zorn, Erstickungsanfälle werden schlagartig vom Bohrer des Zahnarztes weggefegt. Der Zahnarzt als Beruhigungsmittel.

Ich habe Ubus (Ubus?) im Wartezimmer meines Zahnarztes am Carrefour de l'Odéon getroffen. Durch die Wartezimmer der Zahnärzte schlängelt und windet sich mit leichtem Zittern die resignierte Trostlosigkeit der Verurteilten, die auf der Flucht vor dem Streß der Hauptstadt sind. Wir haben uns schweigend angeblickt. Ich hatte keinerlei Absicht, mit diesem blassen, bärtigen Mann zu reden, der sich erdreistete, sogar noch meine Träume zu stören. Ich war davon überzeugt, daß er Eliane tags zuvor gesehen hatte, als sie sich weigerte, unter dem Vorwand des Regens mit zu mir zu kommen. Ich wußte, daß sie ihn gebeten hatte, sie zum Italienischen Konsulat zu begleiten, um ihren Paß erneuern zu lassen. Ein hilfsbereiter Freund, hatte Eliane noch gesagt.

Wenn ich im Wartezimmer des Zahnarztes das Wort an Ubus gerichtet hätte, hätte ich ihn gefragt:

»Wozu der Paß? Muß Eliane denn ins Ausland?«

»Aber woher, alle in Frankreich lebenden Italiener müssen ihren Paß erneuern.«

»Hat denn Eliane nicht die französische Nationalität?«

»Aber woher, sie ist Italienerin.«

»Und wieso heißt sie dann Eliane?«

»Ein Italiener kann doch auch einen französischen Namen haben. Kann ja sein, daß in ihrem Paß Eliana steht, doch für uns ist sie längst Eliane.«

»Für uns«, hatte Ubus in diesem Phantasiegespräch gesagt. Das hieß, er vereinnahmte mich für sich in unserem Verhältnis zu Eliane, eine Frau in gemeinschaftlichem Eigentum, sozusagen. Oder nicht eher in gemeinschaftlichem Eigentum mit Monsieur Findus?

Und der Diebstahl meines Vortrags? Ich hätte ihm entgegentreten und Erklärungen für eine derart spartakistische Schurkerei verlangen sollen, die mich durch Monsieur Findus in Schwierigkeiten mit dem Vorstand gebracht hat und mich viele Unannehmlichkeiten kostet, wenn nicht gar die Entlassung.

Ich wußte gar nicht, wohin ich blicken sollte, ich wollte den Blick dieses Mannes nicht kreuzen, der geistesabwesend in einer Illustrierten blätterte und gar nicht wahrgenommen zu haben schien, daß ich überhaupt da war. Eine fabelhaft anästhesierende Haltung, sich so gleichgültig zu geben, als wäre ich ein völlig Unbekannter, dem er zum ersten Mal in diesem Wartezimmer des Zahnarztes am Odéon begegnet. Ich habe versucht, seine Aufmerksamkeit zu erregen, indem ich ein paarmal hustete, ich habe sogar eine Illustrierte zu Boden fallen lassen. Doch nichts, er hat nicht einmal aufgeblickt. Kompliment, Ubus Arconti, tüchtig, ausgesprochen tüchtig.

Schließlich war die Reihe an ihm, er stand auf und ging der Sprechstundenhilfe mit gesenktem Kopf hinterher. Im stillen habe ich ihm das »Zähneknirschen« der Danteschen Hölle gewünscht.

Eliane hat mir eine Vertraulichkeit von Ubus berichtet. Ich begreife nie, wieviel Bösartigkeit oder Naivität in dieser zeitlich begrenzten melodramatischen Fernsehsoap steckt.

»Er sagt, manchmal träume er davon, seine Rivalen zu erwürgen.«

»Was für Rivalen? Wen meint Ubus?«

»Das kann ich dir nicht sagen, ich habe um keine Erklärungen gebeten, es kam mir vor, als wäre es nur so dahergesagt.«

Dahergesagt, meinte Eliane. Von wegen dahergesagt, mir kommt es vor wie die Ankündigung eines mit Vorbedacht geplanten Verbrechens. Natürlich, ich kann nicht einfach zur Polizei laufen und eine Vermutung zur Anzeige bringen, aber ich fange an, mir über die wahren Absichten von Ubus Arconti klar zu werden: mich beseitigen, um meinen Platz in dieser versauten Welt einzunehmen. Beseitigen, Synonym des Verbs umbringen.

»Hat er dir gegenüber keine Andeutungen über mich gemacht?«

»Nein.«

»Warum hat er denn dann ausgerechnet dich für diese Vertraulichkeit ausgewählt?«

»Ich weiß nicht, was ich dir darauf antworten soll. Wir sind Freunde, Vertraulichkeiten vertraut man Freunden an.«

»Eine Vertraulichkeit, die mir Sorge macht. Er weiß doch genau, daß du mir jedes eurer Gespräche mitteilst. Will er mich also über seine düsteren Absichten mir gegenüber auf dem laufenden halten? Kurz gesagt, Ubus Vorstellungen beunruhigen mich.«

»Du machst einen Witz. Ubus' ist kein Mörder.«

»Ich auch nicht.«

Eliane schien wegen meiner Verdächtigungen eingeschnappt zu sein, eingeschnappt mit der Vollmacht von

Ubus. Ich war erstaunt und besorgt, daß Ubus Mordphantasien hatte, die parallel und symmetrisch zu den meinen verliefen. Und doch hatte ich sie niemandem anvertraut. Welche unbewußte Kommunikation hatte sich zwischen mir und Ubus Arconti über die Verbindung Eliane etabliert?

Diese blöde Gans hatte ihm sogar einen Traum von mir mitgeteilt, den ich ihr ganz im Vertrauen erzählt hatte. Ich hatte geträumt, ich würde eines Nachts am Seine-Ufer bei der Conciergerie Ubus treffen, der dünn wie eine Schießscheibe war, mit dem konzentrischen Ziel auf die Brust gemalt. Eliane hatte mir erzählt, Ubus sei äußerst beeindruckt gewesen von meinem Traum.

»Das glaube ich gern. Aber wozu hast du ihm davon erzählt?«

»Das finde ich ja lustig. Hätte ich dich erst um Erlaubnis bitten sollen?«

Sinnlos, mit Eliane zu diskutieren. Von Tag zu Tag wird es schlimmer mit ihr, der Frau meiner Träume, auch ihre Vorstellungskraft ist dabei, ihre glänzenden Farben zu verlieren, ganz allmählich werden sie von einem diffusen Mattgrau ersetzt, wie die Rostschutzfarbe der Militärschiffe. Und doch gelingt es ihr auf magische Weise, Ubus verborgen zu halten, diesen Ubus Arconti. Ich habe mich verschiedentlich an ihre Fersen geheftet, aber nie ist es mir gelungen, sie gemeinsam mit ihm zu sehen, diesem Gespenstermann.

Ich habe in der Rue du Louvre auf sie gewartet, in der Nähe der Redaktion des »Figaro«, wo sie gelegentlich vorbeikommt, um ihre Artikel über italienische Mode abzugeben. Es ist schwieriger, in der Nähe ihrer Wohnung am Montmartre, Rue Cortot, auf sie zu warten, eine kleine, immer menschenleere Straße, wo ich sofort auffallen würde. Also, keine sichtbare Spur von Ubus bei Elianes Gängen durch die Stadt.

Immer näher am Abgrund

Eines Tages hatte mir ein junger Polizist anvertraut, daß er jedesmal, wenn er eine Pistole in die Hand nehme, sich nicht mehr erinnern könne, auf welcher Seite sich das Herz des Menschen befindet, er verwechsle rechts und links. Dies passiere zwar nur während der Übungen am Schießstand, wenn plötzlich fünfzig, zwanzig, zehn Meter entfernt die Pappkameraden auftauchen, aber es könne ja auch vorkommen, auf einen Mann schießen zu müssen, der nicht aus Pappe war, bei einem echten Notfall. Es war ihm nie gelungen, diese Verwirrung zu beseitigen. Ich dagegen vertue mich nicht, ich weiß genau, auf welcher Seite und in welcher Höhe das Herz eines Menschen sitzt. Ich kenne sämtliche kartesianischen Koordinaten des menschlichen Herzens.

Was würde wohl Tertullian sagen, der gestrenge Kirchenvater aus Karthago, wenn er meine Gedanken kennte? Ich bin sicher, daß Origenes davon nicht durcheinandergebracht würde, aber Tertullian?

Ich habe gerade noch Zeit für eine weitere Gitane, um mich zu entspannen, bevor ich weggehe. Ich werde sie bis zum allerletzten Zentimeter rauchen, aber ich schwöre, es wird die letzte sein. Ich zünde also die letzte Zigarette mit den Streichhölzern des Hotels Barbizon von Amsterdam an, die dritte, und werde nicht dem widerlichen Brauch folgen, eine Zigarette mit dem Stummel der vorhergehenden anzuzünden. Das wäre doch, als würde ich mir selbst eingestehen, daß ich nervös bin, während ich mich doch eigentlich verhalte wie ein buddhistischer Mönch oder ein indischer Fakir. Kompliment. Mein grüner Burberry hängt dort, vor meinen Augen. Ich muß ihn nur noch überstreifen und weggehen, mit einem regensicheren Hut in der Tasche, den ich draußen herausziehen werde, wenn es noch regnet. Keine Krawatte, ich habe noch nie gehört, daß Mörder sich eine

Krawatte umbinden. Mord ist keine Zeremonie und auch kein mondänes Ereignis.

Ich habe sein bärtiges Gesicht vor Augen, ich habe den Hall zweier Schüsse im Ohr. Ein dumpfes Aufschlagen, und ich sehe ihn bereits auf dem Boden seiner Wohnung liegen, die gläsernen Augen ins Leere geöffnet, und empfinde für ihn sinnloses Erbarmen. Ist das ein gesundes Empfinden oder eine kleinliche Ablenkung des Geistes, Erbarmen für sein Opfer zu empfinden? Wieder kann ich nicht antworten, aber diese Schwächen, diese Spannungsabfälle muß ich loswerden, sie bremsen jede Unternehmung.

Ich habe meine Pläne als Hommage an die Pariser Topographie, an die Transportmittel, an die Zeit und den Zweifel, an den Haß und das Erbarmen entwickelt. Aber es gibt da auch noch die praktische Vernunft, die dazwischentritt und mich fragt, ob ich ein Alibi habe und was Eliane sagt, wenn sie befragt wird, und was ich sage, wenn ich befragt werde. Lassen wir also den Plan eintauchen in den Traum der zureichenden Vernunft und reden nicht mehr darüber. Im Grund hat mich der Traum fast befriedigt, mir kann die Vorstellung genügen, ihn auf dem Boden seiner Wohnung liegen zu sehen, mit stillstehendem Herzen und gläsernen Augen. Außerdem kenne ich ja nicht einmal seine Adresse, da rede einer noch von einer Hommage an die Pariser Topographie.

Die Madame von der Place des Victoires

Eliane habe ich so lange bearbeitet, bis ich endlich von ihr die Adresse einer gewissen Christine bekam, die, wie sie sagt, Ubus Arcontis Geliebte sei.

»Ich weiß nicht, ob sie noch da wohnt, ich bin ja nie bei ihr zu Hause gewesen.«

»Ach, wieder dasselbe«, dachte ich, »die wird genauso

falsch sein wie die Adresse in der Rue Casanova, die ich von der Zeitschrift in Chicago bekommen hatte.«

Ich weiß nicht, was Eliane verbirgt, aber es hatte meiner unnachgiebigen Hartnäckigkeit bedurft, um die Adresse von dieser Christine zu bekommen. Über sie werde ich versuchen, an Ubus Arconti heranzukommen, ihm ins Gesicht zu sehen, ihm die Hände um den Hals zu legen, um herauszufinden, warum er meinen Vortrag gestohlen und veröffentlicht hat. Ich muß mich vor Monsieur Findus und dem Vorstand schützen können, wenn ich offiziell einbestellt werde, um Rechenschaft über den Vorfall in Amsterdam abzulegen. Ich werde eine Gegenüberstellung mit Ubus Arconti verlangen, dann werden wir schon sehen, wie er sich da herauswindet.

Die Welt verdoppelt sich zusehends. Ich bin zur Place des Victoires gegangen, wo ich hoffte, von einer phantomatischen Christine die eine oder andere Mitteilung über den geheimnisvollen Ubus erhalten zu können. Ich habe die Schachtel Marrons Glacés mitgebracht, die ich für die Unbekannte im roten Mantel gekauft hatte, in der Absicht, sie Christine anzubieten. Möglicherweise sind sie ein bißchen dröge geworden, habe ich mir gesagt, aber dann gebe ich dem Geschäft die Schuld, das sie mir verkauft hat.

Unter dieser Adresse habe ich eine freundliche Dame angetroffen, eine Italienerin, die mir im Morgenmantel öffnete und ein Hündchen hatte, das zwischen ihren Beinen herumlief und fürchterlich kläffte. Ich habe ihr meine Fragen gleich an der Türe gestellt.

»Tut mir leid, keinerlei Mitteilung über Christine«, hat sie geantwortet, »und noch viel weniger über Ubus Arconti. Ich habe den Namen nie gehört.«

Die Frau sah mir meine Enttäuschung an und ließ mich ins Wohnzimmer treten und Platz nehmen. Endlich war auch das Hündchen still und hat mich als Gast akzeptiert. Ich erzählte ihr, daß es mir nicht so unbedingt darum ging,

Christine zu treffen, wie sie wohl angenommen habe, sondern diesen Monsieur Arconti. Ich beschrieb ihn, eine von seinem ungewissen oder darüber hinaus nur mutmaßlichen Erscheinen abgeleitete Beschreibung vor dem Hotel Rembrandt, im Autobus von Brüssel nach Paris, im Wartezimmer des Zahnarztes und schließlich als Nachtalp in jener bewußten Regennacht. Madame hörte mir zu, und irgendwann fing sie an, mir Fragen zu stellen, beinahe so, als wolle sie mich in der Hoffnung wiegen, daß durch ständiges Miteinanderreden meine Antworten eine Bresche in ihre Erinnerung schlagen könnten.

Die junge Frau wurde nach jeder meiner Antworten nachdenklicher, goß unterdessen mit einem wehmütigem Lächeln, das mich neugierig gemacht hatte, eine Tasse Jasmintee ein. Ich öffnete die Schachtel mit den Marrons Glacés, ohne ein Wort zu sagen. Noch immer weich und frisch in der versiegelten Schachtel. Sie nahm eine davon und dankte diskret, denn sie hatte meine Verlegenheit bemerkt. In derartigen Fällen muß man vor allem Stille vermeiden, daher hatte auch ich wieder begonnen, ihr Fragen zu stellen.

»Sie wohnen alleine?«

»Ja, sehr alleine.«

Was sollte diese Unterstreichung des Alleinseins bedeuten? Das konnte nicht zufällig sein. Ich habe mir gesagt, daß alleinstehende Frauen auf graziöse Weise verwundbar sind, und fing daher an, diskret zu flirten, um zu sehen, wie sie reagierte. Ich tastete mich mit stendhalscher Umsicht vorwärts. Mit einem intensiven Blick, einem wehmütigen Ausdruck, der bedeutete, daß auch ich »sehr« alleine war, dann machte ich ihr ein Kompliment wegen ihrer klassizistischen Schönheit, das gleich mit deutlicher Befriedigung aufgenommen wurde. Schließlich erhob ich mich aus dem Sessel und trat an ein Fenster.

»Ein schönes Fenster zu einem schönen Platz.«

Als auch sie aufgestanden und ans Fenster gekommen war, habe ich ihr Haar gestreichelt.

»Darf ich dich umarmen?« fragte ich sie unversehens, und, ohne ihre Antwort abzuwarten, habe ich sie in meine Arme geschlossen und fest gedrückt. Natürlich habe ich sie an dieser Stelle geküßt.

Innerhalb kürzester Zeit haben wir uns nackt auf einem chinesischen Bett mit stahlharter Matratze wiedergefunden, das für diese Gelegenheit wie geschaffen war. Ihr Garten war bereits betaut, und daher trat ich triumphierend dort ein, nachdem ich sie vorher ein paar lange Augenblicke hatte warten lassen – wohlüberlegte Strategie der Lust. Sofort fing sie an zu stöhnen und dann lauthals zu heulen wie der Wind. Das erklärt den Grund, weshalb sie nach dem Kuß das Fenster geschlossen hatte. Noch nie habe ich ein derartiges Heulen gehört. Das Alleinsein hatte sie mit Energien aufgeladen, die jetzt mit unbeschreiblicher Wucht hervorbrachen. Ich gestehe, daß ich auf einen derartigen Orkan nicht vorbereitet war, und ich mußte meine gesamten Reserven mobilisieren, um hier nicht den kürzeren zu ziehen.

Die junge Italienerin, die mir in ihrem Wohnzimmer graziös und bürgerlich maniert Tee angeboten hatte, zeigte jetzt eine absolut wilde erotische Macht und öffnete mir ihren von Begierde getriebenen Körper. Mit Worten und Gesten lud sie mich ein, ihn wie ein Lustobjekt zu gebrauchen. Ihre nackten Beine strampelten wild in der Luft, mit unerwarteten Schwüngen, schlossen sich scherenartig um meine Hüften und stießen dann wieder, mit konvulsivischen Bewegungen, unter schrillem Gestöhn und unwiederholbaren Sauereien, in die Luft. Unser erotisches Herumknäueln hatte das Hündchen erregt, das im Wohnzimmer wieder zu bellen angefangen hatte.

Nach dem Liebesakt sind wir ineinander verschlungen noch lange in den zerwühlten Bettüchern liegengeblieben, wie es nur bei Verliebten vorkommt. Es schien mir, aber da bin ich mir nicht sicher, daß ihre Augen vor lauter innerem Aufruhr glänzten.

»Wir haben miteinander geschlafen, ohne unsere Namen zu kennen«, sagte sie schließlich, setzte sich im Bett auf und hielt die Hände schamvoll vor ihre Brüste.

»Ja, richtig, aber so ist es nun mal.«

»Dann können wir jetzt auch weiter inkognito bleiben. Ich bin verheiratet.«

Sehr alleine, hatte sie zu mir gesagt. Und dann erfahre ich, daß sie verheiratet ist. Na, wie schön.

»Einverstanden«, sagte ich nicht sonderlich begeistert.

Wir sind noch lange auf dem Bett liegengeblieben und tauschten auf jedem Zentimeter unserer Nacktheit Zärtlichkeiten aus, dann setzten wir uns wieder ins Wohnzimmer, wo ein paar Kekse vom Tee übriggeblieben waren und die Schachtel mit den Marrons Glacés.

»Auf welchem Stock, hast du gesagt, wohnt diese Christine?«

»Ich habe nur ihre Adresse gehabt und klingelte dann an deiner Türe, geleitet von der Göttin Fortuna. Ich werde nicht mehr nach dieser Christine suchen. Ich habe dich gefunden und bin zufrieden so.«

»Sag mir die Wahrheit, war Christine eine Geliebte von dir?«

»Ach, was. Sie war die Geliebte eines gewissen Ubus Arconti. Ich hab's dir doch schon gesagt, er ist es, der mich interessiert, nicht diese Christine. Die habe ich noch nie gesehen.«

»Jedenfalls habe ich diesen Ubus nie kennengelernt, nie seinen Namen gehört, ich weiß nichts über ihn. Schuldet er dir Geld?«

»Er ist zwar ein Dieb, aber kein Gelddieb.«

Ein weiches Lächeln, verführerisch und fragend zugleich.

»Werden wir uns wiedersehen?«

»Ich bin ein Mann mit vielen Problemen, aber ich will dich nicht mit meinen Lamenti belasten, die bis zum Himmel hochsteigen. Ich bin jemand, dem die Umstände schwer zugesetzt haben, aber das brauchst du nicht zu wissen, das ist ein Geheimnis. Sicher sehen wir uns wieder. Sobald ich aus Italien zurück bin, rufe ich dich an. Wenn du mir deine Nummer gibst.«

Meine junge italienische Venus sah mich liebevoll an, verführt vom Eingeständnis meiner Schwachheit.

»Ich will meine Probleme nicht auch noch deinen hinzufügen, das Beste ist, wir erfinden uns völlig neu, ohne Hemmungen. Zum Beispiel können wir uns auch in Italien sehen, ich habe Freunde in Rom. Ich bin Italienerin, das wirst du schon gemerkt haben.«

»Das ist eine gute Nachricht«, sagte ich, »aber jetzt weiß ich nicht, als wen ich dich in mein Adreßbuch eintragen soll. Ich weiß nicht, wie du heißt.«

»Wähl du einen Namen.«

Ich brauchte keinen Augenblick zu zögern, manchmal ist die Zunge schneller als der Gedanke.

»Eliane. Einverstanden mit Eliane?«

»Perfekt. Eliane gefällt mir, ein Name, der zu mir paßt. Weißt du, daß Eliane mit dir noch ganz oft schlafen will? Sagt man nicht so?« Sie sah mich an mit einem feinen Lächeln.

»Sagt man, ich mag's gerne, wenn man mir das sagt.«

»Du hast wahrscheinlich begriffen, daß ich es wild mag. Frauen reden nie über solche Dinge, aber das ist Heuchelei. Ich will dich mit aller nur denkbaren Gewalt in mir spüren. In solchen Augenblicken stelle ich mir vor, daß wir zwei Wilde sind, die sich im Dschungel paaren, auf einem Bett aus Laub oder auf der nackten Erde. Hat mir gefallen, wie du mich vorhin so gewalttätig genommen hast, du bist sehr stark und aggressiv. So mag ich's.«

Ich habe ihr sagen wollen, daß alle Frauen dieser Welt

die wilde, gewalttätige Liebe begehren, wenigstens so weit es meine Erfahrungen betrifft, und daß ich ihr chinesisches Bett der nackten Erde oder einem Bett aus Blättern im Dschungel vorzog. Aber wozu sollte ich sie demütigen?

Ich küßte sie, damit sie schwieg, und dann notierte ich in mein Adreßbuch die Handynummer dieser Frau. So kam es, daß ich die eine Eliane tötete und durch eine andere ersetzte. Symbolisch tötete, versteht sich.

»Auch ich weiß nicht, wie du heißt.«

»Wieso findest du nicht einen Namen auch für mich?«

Eliane dachte ein paar Augenblicke lang nach.

»Wie ist es mit Marcello? Ein italienischer Name. Du hast mir gesagt, du liebst Italien.«

»Perfekt. Ich bin Marcello.«

Ich mußte lachen über dieses kindliche Spiel. Aber nein, woher, ich war ausweglos überwältigt von Wehmut. Trotz der Allergien und der krimiartigen Beziehungen zu Monsieur Findus hat die Ideologie über Farben und Farbanstriche einen Großteil meiner Kräfte und Gedanken beherrscht. Ich bin ein feiges, liebestolles Flatterherz, das jedesmal zwischen einer Liebesgeschichte und dem Drang zur Leere hin und her gerissen ist. Erotische Begegnungen, auch spontaner Sex während meiner Dienstreisen in die verschiedenen Gegenden der Welt. Dazu die entzückende Marguerite, um die Tage der Einsamkeit und die schlaflosen Nächte aufzuheitern. Darin bestand bisher meine stille Wahl. So erlauben es mir meine geistigen Kräfte nicht, die Gelegenheiten, die der Zufall mir bietet, mit allen Gefühlen und Empfindungen wahrzunehmen, und jedesmal verliebe ich mich in Gespenster auf der Flucht oder in unerreichbare Idole. Und so häufen sich in meinem Gedächtnis die negativen Erinnerungen an, die längst schon einen schwarzen Berg bilden. Hin und wieder lamentiere ich: ein Sicherheitsventil und zugleich ein Exorzismus.

Jetzt habe ich eine andere Eliane gefunden, eine offenere und warmherzigere als die erste, die auf meine Werbungen antwortet wie eine Stradivari in den Händen eines erfahrenen Geigers. Ach, lassen wir das mit der Stradivari, sagen wir lieber wie eine ungestüme Elektrogitarre.

Die Wiederholungen der Welt sind unendlich, aber nicht immer negativ, was auch immer mein sexuelles und sentimentales Engagement mit der zweiten Eliane von der Place des Victoires sein wird, die mir eine Niederlage (die Suche nach Ubus) zugedacht hat, allerdings auch eine triumphale Eroberung auf dem chinesischen Bett.

Vom Herzen verraten

Ich wußte nicht, daß Ubus Arconti herzkrank war. Das hat mir Eliane Nummer eins gesagt, als sie mir mitteilte, daß er auf der Straße gestorben sei, niedergestreckt von einem plötzlichen Infarkt, nachmittags um fünf. Also, das war nun wirklich eine Nachricht.

»Man muß damit aufhören«, sagte ich zu ihr, »über das Herz als dem Sitz der Liebe zu reden. Das Herz ist der Sitz des Todes.«

Eliane schien nicht so sehr über den Tod von Ubus überrascht zu sein, als vielmehr über die Art, wie er starb.

»Wie es aussieht, hat man ihn einfach da auf dem Bürgersteig liegengelassen, vor den entsetzten Blicken der Passanten, die eilig weitergingen, bis der Besitzer eines Kachelgeschäfts in dieser Straße das Krankenhaus anrief. Dann ist gleich darauf ein Krankenwagen gekommen, der ihn weggefahren hat. Die Leute sind entsetzt, wenn sie einen Menschen am Boden liegen sehen, der kein Lebenszeichen mehr von sich gibt. Die Leute haben Angst vor dem Tod und vor dem Blut.«

Ich hatte begriffen, daß Eliane irgend etwas verbarg. Als wir den Gesprächsfaden über Erbarmen und Entsetzen wieder aufgenommen hatten, habe ich sie mühevoll zu dem Eingeständnis bewegen können, daß man ihn auf einem Bürgersteig der Rue du Temple gefunden habe, ungefähr hundert Meter von meiner Wohnung entfernt. Oft gehe ich morgens aus dem Haus und komme abends wieder zurück, deshalb hatte ich nichts gesehen, niemand hat mir etwas über diesen Toten auf der Straße erzählt.

»Paris ist so groß, aber Ubus Arconti kommt zum Sterben ausgerechnet in die Rue du Temple, in die Nähe meiner Wohnung. Ist das nicht eigentümlich?«

»Die Eigentümlichkeiten der Welt hören nie auf.«

»Du warst doch Ubus' Freundin, er hat dir doch alles erzählt.«

»Was willst du noch wissen? Schließlich ist er jetzt tot, du hast nichts mehr zu befürchten.«

»Willst du damit sagen, daß ich ihn, als er noch lebte, fürchten mußte? Willst du damit sagen, daß er, abgesehen vom Diebstahl meines Vortrags, noch andere Schweinereien im Schilde führte, die mir schaden sollten? Oder daß er mich gar für den Höllenkreis des Todes bestimmt hatte?«

Elianes Zurückhaltung war nicht unschuldsvoll. Ihre Komplizenschaft mit Ubus ging auch noch über den Tod hinaus. Es war klar, daß sie, nachdem sie zugegeben hatte, daß Ubus auf der Straße gestorben war, ganz in der Nähe meiner Wohnung, in der Lage war, mir auch andere Dinge zu erzählen. Ihre Zurückhaltung kam mir aufgesetzt vor, wer weiß von welchen Gedanken bestimmt. Und doch hatte auch sie nichts mehr zu befürchten. Der Schutzengel hinter Eliane lächelte mir zu, so als wolle er mich aufmuntern, ihr noch mehr Fragen zu stellen.

»Hat Ubus mich bespitzelt?«

»Er tat so geheimnisvoll, ich habe nie etwas davon verstanden.«

»Aber du hast ihn oft gesehen und mit ihm gesprochen.«

»Ich stellte viele Fragen, ich war neugierig wie ein Affe.

Und ich habe ihm auch von dir erzählt, war das schlimm? Aber kann ja sein, daß er aus Gründen, die nur er kennt, durch die Rue du Temple ging.«

»Die Gründe, die nur er kennt, betrafen vielleicht mich. Du hast ja selbst zugegeben, daß er ein großes Interesse an mir hatte.«

»Ich habe dir schon gesagt, er war neugierig.«

Hier nun kam die zweite Wahrheit heraus, die Eliane sich bisher gezwungen hatte, nicht zu offenbaren. Sie sagte, ich würde es ja sowieso aus den Zeitungen erfahren, daher sei es besser, wenn sie es mir sagte. Man habe in seiner Tasche einen Revolver mit einer Kugel im Lauf gefunden.

»Diese Kugel im Lauf war wahrscheinlich dem hier neben dir Sitzenden zugedacht.«

»Das ist doch Spinnerei. Erst heute habe ich in Erfahrung gebracht, daß er immer bewaffnet herumlief. Ein Spleen von ihm.«

»Nenn das Spleen! Meines Erachtens handelt es sich um etwas anderes, denn das Ziel war mit Sicherheit ich, ich war das von ihm auserwählte Opfer.«

»Ich meine, auch du gehst bewaffnet durch die Gegend.«

»Nicht in Paris, wie dein Freund Ubus.«

»Weißt du denn nicht, daß er dich bewunderte und dich nachahmen wollte?«

»Wie konnte er mich denn bewundern, wenn er mich gar nicht kannte? Und er wollte mich auch nicht nachahmen, sondern sich in den Besitz meiner Ideen, meiner Schriften, vielleicht sogar meiner Person bringen.«

»Reine Neugier. Ich habe dir schon gesagt, er stellte mir viele Fragen über dich, ganz naive Fragen.«

»Naiv auch der Diebstahl meines Vortrags? Und das Endergebnis seiner Bewunderung war, daß er unten vor meiner Wohnung herumlief, mit einem Revolver in der Tasche.«

Ich versuchte, Eliane begreiflich zu machen, daß Ubus

Arconti ein potentieller Mörder war, von seinem Herzen verraten, zu meinem Glück.

Und jetzt würde ich gerne wissen, wie Seneca sich verhalten hätte, mit all seinen seelenvollen Reden über den Tod, wenn er an meiner Stelle gewesen wäre. Luftsprünge vor lauter Freude darüber, daß er der Gefahr entronnen war, oder rückschauende Panik über das tödliche Risiko? Revolver oder Dolch, das macht keinen Unterschied. Und der weise Schloßbesitzer Monsieur de Montaigne? Sagen Sie mir, Monsieur de Montaigne, ob Sie in einer Situation wie der meinen in der Lage gewesen wären, Ihre nachdenkliche Heiterkeit zu bewahren. Die Vorstellung, den Tod gestreift zu haben, hätte das nicht eine gewisse Verwirrung in Ihnen ausgelöst? Sprechen Sie!

Was mich angeht, hat der Tod von Ubus Arconti keine großen Empfindungen in mir ausgelöst, allenfalls habe ich, warum sollte ich das leugnen, die Nachricht mit heiterem, gelassenen Gemüt aufgenommen, was heißt: mit einer gewissen Erleichterung.

Es gelang mir nicht, Elianes Gleichgültigkeit zu verstehen, Eliane, Ziegenherz.

»Weinst du denn nicht um deinen Freund Ubus?«

»Es ist unschicklich, in einem Café vor einem Glas Orangensaft zu weinen.«

»Hatte Ubus Verwandte? Wer kümmert sich um seinen Tod? Sterben ist nicht einfach, ich meine vom bürokratischen Standpunkt aus. Bist du seine Testamentsvollstreckerin? Seine geistige Erbin?«

»Ich? Was hab' ich denn damit zu tun? Ubus erzählte manchmal von einem Bruder, der in Hongkong mit einer Chinesin verheiratet ist. Ich habe diesen Bruder nie gesehen, und ich weiß nicht einmal, ob es ihn wirklich gibt oder ob es eine der vielen Erfindungen von Incubus war. Ich sagte dir ja schon, er spielte gern den Geheimnisvollen, er spielte gern mit Worten.«

»Auch mit Revolvern, wie es scheint.«

Eliane hatte Incubus gesagt statt Ubus. Das konnte kein Fehler sein, allerdings schien es mir angesichts dieses Todesumstands als geistreiche Bemerkung unpassend.

»Incubus?«

»Ich nannte ihn Incubus zum Spaß.«

Ich versuchte einen Sprung über den Graben.

»Was sagt denn Monsieur Ballou zu Ubus' Tod?«

»Was weiß ich, wer dieser Monsieur Ballou ist? Ubus nannte ihn gelegentlich, aber ich habe ihn nie gesehen. Irgendwann habe ich sogar gedacht, daß er eine Erfindung von ihm wäre, ein Phantasiegebilde.«

Hätte ich an dieser Stelle meine Karten aufdecken sollen? Nie im Leben.

»Ein Phantasiegebilde, mit dem du in der Rue Solférino Nummer 28B, zweiter Stock, herumgevögelt hast, Sirene. Was für eine planetarische Heuchelei.«

Statt dessen habe ich ihr ganz ruhig geantwortet, ohne jeden Anflug von Eifersucht.

»Monsieur Ballou existiert, und wie er existiert. Das hab' ich dir ja schon gesagt.«

»Tatsache ist, daß Incubus den Geheimnisvollen bei allem spielte. Manchmal verschwand er für eine Woche, manchmal für zwei, und wenn er sich dann wieder meldete, sagte er, er sei geschäftlich in China gewesen, einmal in Vancouver, ein anderes Mal in Chicago. Einmal hat er mir gesagt, er sei in Helsinki gewesen.«

»Und was hat er dir über Helsinki erzählt?«

»Nichts.«

»Er hat dir immer Eindrücke über Städte geschildert, in denen ich vor ihm war. In Helsinki bin ich noch nie gewesen.«

»Mir hat er lediglich gesagt, er sei geschäftlich da oben gewesen.«

»Geschäftlich? Was für Geschäfte?«

»Ich habe keine Ahnung, weder von seinen Geschäften noch von seinen Reisen. Und weil er immer den Geheimnisvollen spielte, kam es am Ende dazu, daß ich nicht mal mehr an seine Reisen geglaubt habe. Wer weiß schon, ob er wirklich weggefahren war oder eingeschlossen in seiner Wohnung saß. Oder nimm einfach an, er ist nach Lyon gefahren oder nach Marseille, nachher erzählte er aber, er sei in Vancouver oder in Peking gewesen.«

»Warum hätte er so tun sollen als ob? Was für einen Grund hätte er dafür?«

»Romantisches Wunschdenken.«

»Ubus Arconti romantisch? Ich weiß nicht, ob wir von derselben Person reden.«

Eliane zog jetzt sogar schon die Reisen Ubus' in Zweifel oder erklärte sie ganz allgemein und literarisch, was in Wahrheit nichts erklärt.

»Das einzig Sichere war sein Bart«, sagte Eliane boshaft.

»Sein Bart und der Revolver, den man mit einer Kugel im Lauf in seiner Tasche gefunden hat.«

Ubus hatte in der Ambiguität gelebt, und jetzt hinterließ auch sein Tod noch eine Kielspur aus Argwohn und Zurückhaltung. Eliane wirkte, als wäre ein Alptraum von ihr gewichen, aufgerichtet von einer Anwesenheit, die sie unterjocht und vernichtet hatte. Alptraum, ja, Incubus, wie Eliane gesagt hatte. Aber wieso hatte sie vorher von Blut geredet, das die Passanten entsetzt habe? Wieso Blut, wenn er an einem Infarkt gestorben war? Ein Fehler?

Nach dem Tod von Ubus habe ich Eliane nur zweimal im Café de la Paix an der Place de l'Opéra gesehen, um über diese Untat zu reden, sinnlose, sich ständig wiederholende Worte, doch die Erinnerung an Ubus, den potentiellen Mörder, hatte einen düsteren Schatten auf unsere Beziehung geworfen. Und als Eliane mir zu verstehen gegeben hatte, daß sie mich nun endlich in ihrem Garten empfangen wolle, habe ich getan, als würde ich nicht verstehen. Ich wollte nicht die unangenehme Entdeckung machen, daß Eliane nicht nur die Geliebte von Monsieur Findus war, sondern auch die von Ubus. Ich hatte mich entschlossen, sie nicht mehr zu sehen, ein zu Ende gebrachtes Spiel. Leck mich doch, Eliane! Lieber baute ich meine Erinnerungen auf, im Nebel der Begierden und Frustrationen, als der Brutalität ihrer Nebensächlichkeiten unterworfen zu werden.

Ich habe begonnen, in dem Heft mit dem türkisfarbenen Umschlag unsere Geschichte aufzuschreiben, angefangen beim Flughafen in Zürich, um mich von ihr freizumachen. Wenn ich zum Wort »Ende« gelange, werde ich alles verbrennen. Ein Exorzismus mit richtigen Flammen, mit Rauch und Asche. Auch nicht ein Wort wird sich vor diesem Scheiterhaufen retten.

Wer weiß, ob nicht eine freundliche Hand meine Seiten vor dem Feuer rettet, wie es Vergil mit der *Aeneis* ergangen ist, Verzeihung für den Vergleich.

Die Konkurrenz

Ich war verblüfft, als ich »Le Monde« aufschlug: Eine ganze Werbeseite für ein Beleuchtungsunternehmen. »Glauben Sie, sensibler oder weniger sensibel als ein Kürbis zu sein?« lautete die Überschrift. Dann hieß es weiter: »An der Universität Freiburg wurde ein physiologisches Experiment durchgeführt. Man nahm fünf Blumentöpfe, jeder von ihnen enthielt drei Pflanzen: Hafer, Kürbis und Senf. Diese wurden vierzehn Tage lang verschiedenartigen Lichtbedingungen ausgesetzt: weißem Licht, völligem Dunkel, rotem Licht, rosafarbenem Licht und blauem Licht. Die Unterschiedlichkeit im Wachstum und der Ausrichtung der Pflanzen können Sie in der Abbildung sehen.« Der Werbetext forderte die Leser dann auf, über die Verschmutzung des Lichts nachzudenken, auch in den Innenräumen. »Angefangen bei den Lichtbedingungen, denen Sie ausgesetzt sind: Sind Sie sicher, daß diese ideal sind zum Lesen, zum Schreiben, zum Arbeiten, zum Ausruhen, zum Essen und für den Beischlaf?«

Abgesehen von den vierzehn Tagen (wieso eigentlich nicht dreizehn oder fünfzehn oder zwanzig Tage?) und der Einfügung des »völligen Dunkels« unter die farbigen Lichtbedingungen und des Kupplertricks vom Beischlaf bei entsprechendem Licht, war diese Werbeseite in Wahrheit die Bestätigung dafür, daß man anfing, dem Einfluß von Farben auf die Menschen Bedeutung beizumessen, in diesem besonderen Fall von gefärbtem Licht, wie es das Unternehmen produziert. Chromotherapie, dargestellt an Pflanzen als belehrende Versuchsobjekte. Monsieur Findus hat recht, wenn er (wie Einstein) sagt, daß die Parallelen sich an einem bestimmten Punkt begegnen: die Therapie mit farbigen Lichtquellen bei den Pflanzen und, parallel dazu, die Farben der Anstriche und ihre therapeutischen Auswirkungen auf den Menschen.

Ich bin dabei, mit Eliane von der Place des Victoires die Erforschung über die erotischen Auswirkungen von Farben auszuweiten, wie sie indirekt von dieser Werbeseite angeregt wurde. Wir haben eine Anzahl farbiger Bettücher machen lassen, rote, grüne, blaue, gelbe, violette und schwarze. Wir probieren sie aus, und ich mache jedesmal Notizen über die Dauer und die Intensität unseres Beischlafs, über die Zahl der Orgasmen und ihre Heftigkeit (auch eine wild erotische Elektrogitarre wie Eliane schwankt zwischen Vollrausch und entspannteren Rhythmen hin und her). Es ist nicht leicht, eine erotische Taxonomie der Farben festzulegen, doch für den Augenblick kommt es uns so vor, als würden das »Blutrot« und das Indigo die Farben mit den besten energetischen Ergebnissen sein. In meinem Heft mit dem türkisfarbenen Umschlag habe ich alle obszönen Schreie notiert, die Eliane vor, während und nach dem Orgasmus ausstößt, und es ihr zu lesen gegeben. Sie wollte es nicht glauben, sie war davon überzeugt, daß es sich um einen Witz handele.

Die Werbeseite in »Le Monde« hat mich alarmiert. Ich will nicht, daß sich die Idee von der Chromotherapie verbreitet und es jemandem einfällt, sie auf Farbanstriche anzuwenden, aber dann habe ich gedacht, daß diese Werbung eine Ermutigung für meine Initiative und für die Abfassung meines kleinen Handbuchs darstellt. Ich habe diese Seite aufgehoben und werde sie meinem Text beifügen, wenn ich ihn dem Vorstand der *Loutrous Peintures* vorlege. Ich will doch mal sehen, ob Monsieur Findus es wagt, Einwände zu erheben. Aber ja, natürlich wird er einen Weg finden, ein Problem zu machen, er ist rachsüchtig und durchtrieben, manchmal aber greift das Schicksal ein, um die Niederträchtigkeiten der Menschen abzublocken. So war es ja auch bei Ubus Arconti, dem das Herz auf dem Bürgersteig vor meinem Haus Einhalt geboten hatte.

Ich weiß auch schon, daß Monsieur Findus ein schlimmes Ende nehmen wird. Eines Abends, wenn er im Regen nach Hause in die Rue Solférino 28B zurückkehrt, wird er von einem aus nächster Nähe abgegebenen Revolverschuß niedergestreckt. Gegen acht Uhr abends ist die Straße menschenleer: ein Schuß aus einem Revolver mit Schalldämpfer wird vom Geräusch des Regens übertönt, und der Mörder kann unbemerkt verschwinden. Eine lustvolle Vorstellung unter dem bleiernen Himmel von Paris.

»Das ist das Ende, das du verdienst.«

»Das ist lediglich dein mörderischer Wunsch.«

»Meine Wünsche finden schon jemanden, der sie umsetzt, und du wirst niedergestreckt liegenbleiben, auf dem Bürgersteig, in der Rue Solférino, mit glasigen Augen, im Dunkeln, unter dem Regen.«

Trotz meines Hasses empfinde ich Mitleid für ihn, für sein trübes, unglückliches Leben. Auch angesichts des Todes eines Feindes empfinde ich Mitleid. Trotzdem raufe ich mir wegen seines Todes nicht die Haare. Armer, bedauernswerter Monsieur Findus, ich habe ihn schon im voraus bemitleidet, er ist bereits Teil meiner Erinnerungen an Trauer. Aber verdienen würde er es, wie ein Hund auf der Straße zu krepieren, an einem regnerischen Abend, in der Rue Solférino, während er nach Hause zurückkehrt.

Leider hat Aristoteles recht, wenn er sagt, daß das Wort Hund nicht beißt. Die Vorstellung tötet nicht.

Wie Kennedy

Ich hab's ja gewußt. Eliane hatte das Wort Blut gebraucht, als sie von Ubus' Tod durch Herzinfarkt sprach, und dieser Lapsus hatte Verdacht in mir erregt. Nun kommt bei der Ermittlung der Kriminalpolizei heraus (und wieder ist es Eliane, die mich über alles auf dem laufenden hält), daß Ubus nicht an einem Herzinfarkt gestorben ist, vielmehr hat man aus einem der hundert Fenster auf ihn geschossen, die dort zur Rue du Temple hin liegen. Der Tod von John Fitzgerald Kennedy hat Schule gemacht.

Noch ist das Tatmotiv unbekannt, aber sicher ist der Mörder schlau vorgegangen, und ich behaupte sogar, man wird ihn nie finden. Außer den Wohnungsfenstern wie dem meinen liegen an dieser Stelle auch die Fenster der Treppen in einigen Häusern, die ein Fremder unbeobachtet hinaufsteigen kann, um von dort einen Gewehrschuß abzufeuern (aber einige Zeitungen sprechen von einer Beretta Kaliber 9), und zwar in dem Augenblick, in dem, zum Beispiel, ein lautes Motorrad oder einer der alten Lieferwagen mit kaputtem Auspuff vorbeikommt. Niemand hat den Schuß inmitten des Verkehrslärms gehört. Das Gewehr eines, wie es aussieht, gebrauchten Cosmi Kaliber 22, mit dem Ubus umgebracht wurde, ist eine Leichtfeuerwaffe, aber mehr als ausreichend, um einen Mann aus einer Entfernung von hundert Metern zu töten, wenn er an einer lebenswichtigen Stelle getroffen wird. Das Herz ist ganz sicher die lebenswichtige Stelle Nummer eins. Ubus ging herum wie die konturierte Figur an einem Schießstand und wurde von einem hervorragenden Schützen mitten ins Herz getroffen. Kompliment.

Eliane ist zur Polizei gegangen, um Informationen zu erhalten. Dort hat man sie einem Verhör unterzogen, das überhaupt nicht mehr enden wollte. Daumenschrauben angesetzt, wie man so sagt. Ich weiß, Eliane, mit ihren Vermutungen und Verdächtigungen, kann die Ermittlungen der Polizei auf eine andere Fährte lenken.

Ich habe sie gefragt, ob man eine Idee habe, wer es gewesen sein könnte.

»Die Polizei begreift überhaupt nichts, sie tappt im dunkeln. Sie ermitteln noch im Schwulenmilieu. Manchmal versteifen sie sich auf die Schwulen, das ist eine ständige Manie bei denen. Aber meiner Ansicht nach hat Ubus mit diesem Milieu nichts zu tun.«

»Und was sagst du zu seinem Tod?«

»Ich habe meinen Verdacht.«

»Hast du ihn der Polizei gesagt?«

»Nein, noch nicht.«

Ich wollte nichts weiter wissen, sollte sie ihren Verdacht ruhig für sich behalten. Eliane ist nicht vertrauenswürdig. Schon mehr als einmal hat sie über Ubus' Tod gelogen, sie ist imstande, jedweden Unsinn zu erfinden. Die Polizei ermittelt weiter, hat sie gesagt, und am Ende findet sie den Mörder schon, das weiß ich. Ich dagegen sage, wenn man schon den Mörder von Kennedy nicht gefunden hat, wie will man dann den Mörder von Ubus Arconti finden?

Ich müßte mich vor mir selbst schämen, wenn ich behauptete, daß ich über den Tod von Ubus Incubus zufrieden wäre. Ich kann lediglich sagen, daß seine unsinnige Doppelverfolgung meiner Person ein Ende hat, und das bedeutet für mich eine Erleichterung und eine Befreiung. Und ich will aufrichtig sein: Was mich angeht, tut es mir um J. F. Kennedy mehr leid als um Ubus Arconti. Ich stelle sie in meinen Gedanken nur deshalb nebeneinander, weil sie auf die gleiche diagonale Weise gestorben sind.

Alles falsch

Ein Artikel im Regionalteil des »Figaro« hat meine sämtlichen Koordinaten und Perspektiven verändert. Ubus Arconti war kein reicher Müßiggänger, wie Eliane mich hatte glauben machen wollen, sondern ein Vorbestrafter, ein Stadtstreicher ohne festen Wohnsitz, von der Polizei gesucht. Das war der Grund, weshalb er von einer Pension zur anderen wechselte, von Clichy nach Porte de la Villette, von Pigalle nach Barbès, von La Courneuve nach Saint-Denis, zwielichtige Pensionen und Stundenzimmer, eine Art Wahnsinnskiller, ein Namensgeber für mittelmäßige Verbrechergeschäfte, auch in den Drogenhandel verwickelt, mit einem Wort, ein mieses Subjekt und völlig anders, als Eliane ihn beschrieben hatte. In Anbetracht dieses Persönlichkeitstyps ist es wahrscheinlich, daß ich nie mit ihm zusammengekommen bin. Falsch also sämtliche Geschichten, die sie mir über ihn erzählt hatte, falsch allerdings nicht der geladene Revolver, den man im Augenblick des Todes in seiner Tasche gefunden hatte.

Der Diebstahl des Vortrags war also eine Tat auf Bestellung, ebenso die Unterschrift Ubus Arconti unter meinem historischen Vortrag über die Farben, der ins Englische übersetzt und von der »Chicago Scientific Society« veröffentlicht worden war. Was für ein Interesse konnte ein krimineller Halbanalphabet wie Ubus Arconti daran haben, die Urheberschaft an meinem Vortrag für sich zu beanspruchen?

Ein derartiger Typ, sagte ich mir, konnte doch unmöglich ein Freund von Eliane sein, und daher war alles, was sie mir über ihn erzählt hatte, völlig frei erfunden. Damit mußte ich auch mein Urteil über Eliane revidieren, die mir ganz und gar phantasielos und als Frau von matter Substanz vorgekommen war. Ihre Faszination, wie auch meine Liebe zu ihr, war meine Erfindung, genauso wie die Farben ihrer Kleider, ihrer Lippen, ihrer durchsichtig schillernden »seidigen« Haut. Eine Frau, die in der Lage ist, eine Figur wie Ubus zu erfinden, ihn als Incubus zu bezeichnen, mit diesem etwas verlorenen, flüchtigen Wesen, das jeden meiner Versuche, in ihren geheimen Garten einzudringen, in Nichts aufgelöst hatte, war eine andere Person als die Eliane, die ich in die unbeständigen, unglücklichen Koordinaten unserer Beziehung eingepaßt hatte. Der geheimnisumwitterte Ubus, dieser reiche Playboy, der mit meiner Identität umging und sie kopierte, der meinen Vortrag an sich gebracht hatte, war in Wirklichkeit nichts anderes als ein täppischer Krimineller, einer, der mit Waffen hantiert, einer, der seine ständig wechselnde Identität ausleiht, ein von der Polizei gesuchter Vorbestrafter auf der Flucht in die Pariser Vororte. Kurz, ich war in die Falle romanhafter Phantasien getappt, die von einer erfahrenen, unvorhersehbar erfindungsreichen Eliane aufgestellt worden war. Wirklich von Eliane? Und zu welchem Zweck?

Da endlich dämmerte mir der Verdacht, daß Eliane ihrerseits von jemandem gelenkt wurde und lediglich eine Schaupielerin war, die eine Rolle spielte. Aber was für eine tüchtige Schauspielerin, mit ihren Unsicherheiten und Hilflosigkeiten, mit ihren Lügen und ihrem Erstaunen! Für wen spielte Eliane dieses Spiel? Und warum war Ubus eliminiert worden? Und von wem? Eine Frage: Wieso ausgerechnet in der Rue du Temple? Wollte mir etwa jemand dieses Verbrechen in die Schuhe schieben, das unter meinen Fenstern stattgefunden hat?

»Wer bist du, Eliane? Was für eine Rolle hast du? Du hast also alles bloß erfunden. Ubus, der mich fotokopiert, der sich in meine Träume drängt und der durch deine Phantasien für mich zur Obsession wurde. Einen elenden Vorstadtkriminellen hast du zur Hauptfigur gemacht. Oder hast du vielleicht nur seinen Namen verwendet, ihn selbst aber nicht einmal kennengelernt?«

»Das war doch nur ein harmloses Spiel.«

»Ein harmloses Spiel, hast du gesagt. Und der Diebstahl? Das Plagiat? Der geladene Revolver in der Tasche dieses vorbestraften Kriminellen? War das nur eine Flause des Schicksals oder eine genau geplante Absicht, daß er sich ausgerechnet in meiner Straße, unter meinen Fenstern befand? Mit einem Wort, wer bist du, Eliane?«

Diese erfundene Unterhaltung habe ich mit einigen von den Fragezeichen entworfen, die mir im Kopf herumschwirren. Um Eliane herum hat sich ein Tschernobyl aus Gift und Attentaten auf meine Person verdichtet. Ich war in der Schußlinie eines Berufskillers, der gerade in dem Augenblick aufgehalten worden war, als er dabei war, die Waffe in die Hand zu nehmen. Ubus Arconti, der mich nachäffte, war also eine Erfindung Elianes, um den Versuch zu decken, mich aus dem Weg zu räumen. Oder war der Versuch, mich aus dem Weg zu räumen, nur der letzte Akt ihres metamorphischen Plans?

»Kurz und gut«, fragte ich sie, »wer hat Ubus Arconti gelenkt? In wessen Auftrag hat er sich mit einem Revolver in der Tasche zu meiner Wohnung begeben? In wessen Auftrag wollte er mich aus dem Weg räumen? Und wer hat deiner Meinung nach Ubus aus dem Weg geräumt? Und warum? Antworte bitte.«

Stumme Szene. Wenn Eliane schweigt, liegt irgendeine neue Schweinerei in der Luft, so als wollte das besagen, daß die Geschichte mit dem Tod von Ubus noch nicht zu Ende sei, daß es noch andere offene Rechnungen gebe.

Eine Wohnung in Rom

Ich habe Eliane von der Place des Victoires wiedergesehen, und gemeinsam haben wir die schwarzen Bettücher ausprobiert: eine d'annunzianische, nicht besonders umwerfende Vögelei, ohne Tiefe, ganz sicher aber nicht den Erwartungen entsprechend. Jetzt treffen wir uns in meiner Wohnung in der Rue du Temple, denn ich habe mitbekommen, daß der Ehemann rasend eifersüchtig ist. Wir können nicht das Wagnis eingehen, entdeckt zu werden, während wir unsere lärmenden Schlachten auf dem chinesischen Bett austragen. Ich habe ihn nur auf einem Foto gesehen, und das hat mir genügt. Er hat ein Adlergesicht, streng, aggressiv. Ich habe bereits genug eigene Probleme und will keine Gefahr mit einem Ehemann heraufbeschwören, der so ein Gesicht hat. Dann lieber einsam. Oder auch Marguerite, eine Einsamkeit mit viel Sex frei Haus.

In der Empfangshalle des Hotels Plaza in Rom, wo ich bis zum Abschluß der Renovierungsarbeiten meiner neuen Wohnung in der Via delle Carozze logiere, habe ich überraschenderweise Eliane von der Place des Victoires getroffen. Fröhlich und unbekümmert haben wir uns vor den Augen aller umarmt. Wie sie es versprochen hatte, ist sie nach Rom gekommen, um mir beim Einrichten meiner Wohnung zu helfen und, so sagte sie, vor allem, um mit mir zusammenzusein. Sie flüsterte mir ins Ohr, sie habe sich in den Direktor der Auslandsabteilung der *Loutrous Peintures* verliebt.

Unsere Tage verbringen wir damit, aneinanderzukleben wie zwei Blatt Papier, im Hotel und auch draußen. Sie begleitet mich auch zur Baustelle nach Latina, wohin ich alle zwei bis drei Tage fahre, um den Bau der neuen Anlage zusammen mit einem italienischen Ingenieur zu kontrollieren. Wir befinden uns noch in der Phase der Errichtung von Betonpfeilern und -streben, an denen dann die Fertigwände angebracht werden, aber die Arbeiten gehen unter der Sonne von Latina schnell voran. Eliane schlüpft jedesmal ins Auto und fährt mit uns. Wenn wir an Ort und Stelle sind, beobachtet sie alles sehr aufmerksam und versucht leider auch mitzuarbeiten. Ich mag zwar überhaupt keine weibliche Einmischung in meine Arbeit, aber es ist mir nicht im Traum eingefallen, sie zu erwürgen. Mag sein, daß ich bis über beide Ohren in sie verliebt bin, aber vorsichtshalber versehe ich das erst einmal mit einem Fragezeichen. Jedesmal müßte ich von vorn beginnen, beim Flughafen in Zürich, bei einem Gespenst, vor dem ich mich immer wieder in acht nehme, wenn ich Gefahr laufe, mich zu verlieben.

Ihr Mann hat, wie es scheint, eine Geliebte, doch dann habe ich begriffen, daß es sich um einen Geliebten handelt, und meiner Ansicht nach macht es ihm nicht viel aus, seine Frau über längere Zeit loszuwerden. Doch Eliane meint, er sei rasend eifersüchtig und neige zu Gewalttätigkeiten. Mir ist klar geworden, daß sie sich ungeheuer schämt, einen homosexuellen Ehemann zu haben, und ich hoffe, sie hat sich die Eifersucht nur eingeredet, gewissermaßen als bildhafte Entschädigung. Eliane hat ihm erzählt, sie würde sich in Rom mit Einrichtungen beschäftigen, und in ihrer Lüge liegt ja auch durchaus etwas Wahres. Lügen, die nicht völlig aus der Luft gegriffen sind, sondern einen Funken Wahrheit enthalten, wirken überzeugender. Im übrigen leben ja auch wir beide in einer Fiktion, denn wir nennen uns weiterhin bei Namen, Eliane und Marcello, die nicht unsere sind. Ich habe sie nicht gefragt, wie ihr richtiger Name sei, das will ich gar nicht wissen, mit Eliane bin ich zufrieden, in diesen Namen habe ich mein Begehren nach dem Zusammentreffen am Zürcher Flughafen investiert, ich habe mit der Frau gelitten, die ich im Café du Louvre wiedergetroffen habe, Freundin von Incubus, und jetzt segle ich mit der zweiten Eliane auf dem offenen Meer der Erotik und experimentiere weiter mit farbigen Bettüchern. Während einer unserer Liebesnächte in violetten Bettüchern hat Eliane mir fast ein Ohr abgebissen.

Die Wände der Wohnung habe ich in einem neutralen Weiß streichen lassen. Eliane hätte lieber ein scheußliches Hellgrau gehabt, das sie Perlgrau nannte, doch ich habe ihr erklärt, daß zuerst einmal eine weiße Grundierung aufgetragen werden müsse, danach würden wir dann die Farbe aussuchen.

»Wir haben vier Arten von Weiß«, hat der Maler gesagt, als er mir die Farbmuster der vier Farbtöne zeigte: Gletscherweiß, Milchweiß, Schneeweiß und Hanfweiß.

»Die *Loutrous Peintures* hat sechs davon. Die Eskimos unterscheiden sogar ganze zwölf.«

»Das glaub' ich gern, die Eskimos leben ja auch mit Schnee und Eis«, antwortete der Maler.

»Dafür haben wir in Italien eine Unzahl von Blau, Himmelblau, Türkis, Dunkelblau, Indigo und noch ein paar mehr, während die Eskimos nur einen Blauton haben. Die haben Schnee und Eis, und wir haben hier den Himmel. Um unterschiedliche Weißtöne zu bekommen, müssen wir unser Glück im Mischen versuchen. Mit diesen vier Grundtönen von Weiß kann ich vierundsechzig Farbtöne mischen. Ist doch ein schönes Sortiment, oder?«

Doch jetzt ging es darum, eine endgültige Farbe für die Wohnung auszusuchen.

»Wollen wir Hanfweiß nehmen?«

»Ausgezeichnet«, hat der Maler gesagt, »damit wird auch ihre Frau zufrieden sein, die Perlgrau wollte, das sieht ja so ähnlich aus.«

Ich erklärte dem Maler, daß das Weiß philosophisch nicht einmal als Farbe betrachtet wird, es wird mit dem Nichts in eins gesetzt, der Transparenz, dem Licht, der Leere, dem Mond, der Ruhelosigkeit, der Einsamkeit, dem Schaum, der Droge, der Schwermut, den Gespenstern. Die *Loutrous Peintures*, die acht Rottöne zum Verkauf anbietet, hat lediglich sechs Weißtöne, unterscheidet aber vor allem zwei Kategorien: das leuchtende Weiß, das die Römer *candidus* nannten, und das gedämpfte Weiß, das sie *albus* nannten. Eine eingeschränkte und unzulängliche Sicht auf die Gespenster in dieser Welt.

Auf diese Weise hatte der Maler, der die Wände der Wohnung in Hanfweiß streichen sollte, mich zu einer akademischen Abschweifung über die Farben gebracht. Am Ende kam mir der Arme durch meine Darstellung völlig verschüchtert vor, allerdings auch geschmeichelt. Dann hat er sich an die Arbeit gemacht, um nicht in Gespräche verwickelt zu werden, von denen er, wie er sagte, Kopfschmerzen bekäme.

Eliane und ich haben einen Nußbaumtisch im Stil des 17. Jahrhunderts gekauft, drei kleine Tische, ebenfalls aus Nußbaum, acht Stühle und einen piemontesischen Schrank, alles bei den Antiquitätenhändlern in der Via del Babuino, dazu noch zwei Sofas und zwei Sessel, mit Samt überzogen, ein ziemlich hartes Bett mit Lattenrost, vier kaukasische Teppiche, Spiegel für Bad und Schlafzimmer, Vorhänge aus grobem schwerem Hanfleinen, um das grelle römische Licht zu filtern, und einen alten Bücherschrank, den ich mit bunt eingebundenen Büchern vollstelle, viel Scharlachrot, Blau und Weiß. Die Küchenausstattung haben wir in einem großen Geschäft am Piazzale Flaminio gekauft.

Jetzt ist die eingerichtete Wohnung freundlich und gemütlich, und der Schatten des Erhängten an der Wand im Schlafzimmer ist nur noch Erinnerung an einen Traum, den ich hinter dem piemontesischen Kleiderschrank versteckt habe. Eliane war mit dem Kauf dieses Möbelstücks nicht einverstanden, zu groß für die Ausmaße des Zimmers, doch am Ende habe ich sie überzeugt. Selbstverständlich habe ich ihr nichts von dem Schatten erzählt, den ich im Traum gesehen hatte, denn ich wollte sie nicht erschrecken. Wir sind in die Wohnung umgezogen, noch riecht es dort nach Farbe. Hier kann Eliane nach Herzenslust schreien, wenn wir unsere chromoerotischen Experimente mit farbigen Bettüchern machen. Wenn wir die doppelverglasten Fenster geschlossen halten, kann uns niemand hören, wohingegen ich ihr im Hotel den Mund mit dem Kissen stopfen mußte.

Eliane bleibt in Rom, wenn ich nach Paris muß. Die Stadt ist für sie und für mich zum Risiko geworden, denn ihr Ehemann, wiewohl homosexuell, leidet an einer ganz und gar metaphorischen, unter Hochspannung stehenden Schwärmerei, aus der heraus sich wirkliche Eifersucht entwickelt. Eliane deutet diese Schwärmerei lieber als amour fou, auch weil, ihrer Ansicht nach, jede amour fou eine schwärmerische Vernarrtheit ist.

Eines Nachts, während Eliane schlief, hat Marcello ihr ein Haar aus dem Venushügel gerissen. Das Rabenschwarz war identisch mit dem der anderen Eliane, identisch auch die Länge und Kräuselung, und er hat es neben die Seite des *Hohenliedes* geklebt, wo es heißt: »Sie setzten mich als Hüterin der Wingerte ein, aber meinen eigenen Wingert habe ich nicht gehütet.« Überflüssig zu sagen, was in der Sprache der Bibel der Wingert bedeutet, dessen Eingang Eliane für Marcello weit geöffnet hat (inzwischen habe ich mich längst in meinem neuen italienischen Namen eingerichtet, ich ruhe in ihm aus wie auf einem aufgeschüttelten Pfühl).

Allergie

Wie ich es vorausgesehen hatte, hat sich eine gefährliche Kettenreaktion gegen mich in Gang gesetzt. Gerüchte, Tratschgeschichten gehen von Büro zu Büro innerhalb der *Loutrous Peintures*, fliegen durch Flure, steigen die Etagen im Gebäude an der Avenue de l'Opéra hinauf und wieder hinunter und gehen auch auf der Straße noch weiter, wenn die Angestellten aus den Büros kommen. Die peinliche Wahrheit ist ans

Licht gekommen, die ich bis zum Tag des Besuchs der Anlagen von Nanterre geheimhalten konnte. Natürlich ist das Gerücht auch bis zum Vorstand gedrungen. Das ist ganz eindeutig die Pranke von Monsieur Findus, auch wenn er es vorgezogen hat, die Nachricht von anderen (dem perfiden Orthensius nämlich) dorthin gelangen zu lassen, damit man ihm nicht nachsagen könne, er habe gegen mich intrigiert.

Im FÜNFTEN STOCK des gelben Palais der Avenue de l'Opéra treten in einigen Tagen die engen Mitglieder des Vorstands zu einem Konklave zusammen, um darüber zu beraten, ob die Auslandsdirektion einer renommierten Farbenindustrie wie die *Loutrous Peintures* in den Händen eines Mannes liegen soll, der gegen das Produkt, das er verkaufen soll, allergisch ist, und ob man dieser Person die Leitung einer neuen Anlage in Italien anvertrauen kann. Nach all dem niederträchtigen Tratsch ist die Initiative, meinen Fall vor den Vorstand zu bringen, also nicht von Monsieur Findus ausgegangen, der sich schlau verzogen hat. Ich hoffe nur, sie werden mich keinem Test unterziehen, denn da würde ich mit geschwollener Zunge, vielen Tränen und unaufhörlichem Geniese herauskommen. Kurz und gut, die Dinge gestalten sich schlecht, und schon sehe ich mein Waterloo am Horizont heraufdämmern.

Wenn sie mich entlassen, ziehe ich endgültig nach Rom um, in die Wohnung in der Via delle Carrozze, gemeinsam mit Eliane. Nachdem ich mein Leben den Anstrichfarben gewidmet habe, auch wenn sie mir Tränen verursachen und meine Zunge anschwellen lassen, laufe ich Gefahr, zum »Einwegbehälter« zu werden, zu einer Dose ohne Inhalt, die nicht einfach in die Natur geworfen werden kann. Die Abhandlung über die Farben und ihre therapeutische Wirkung wird mein Lösegeld für die Befreiung von der Müllhalde sein. Ich publiziere ihn, auch wenn ich die Druckkosten selbst übernehmen müßte. Natürlich ohne in dem Text die *Loutrous Peintures* zu nennen, sofern man meinen Rücktritt beschließt. Ich werde meinen Folterknechten doch keine kostenlose Werbung schenken.

Das Verbrechen in der Rue Solférino

Monsieur Findus hat ein schlimmes Ende gefunden. Wie ich es vorausgeahnt hatte, ist er aus nächster Nähe von einem Unbekannten an einem regnerischen Abend in der Rue Solférino erschossen worden, während er nach Hause zurückkehrte. Wie es aussieht, hat er wohl ein paar Stunden lang regendurchweicht auf dem Bürgersteig gelegen. Niemand ist dort im Dunkeln vorbeigekommen, während es aus vollen Kübeln goß, und wenn doch jemand vorbeigekommen ist und ihn gesehen hat, hat er sich nicht die Mühe gemacht, die Polizei zu verständigen, um ja nicht in die Ermittlung verwickelt zu werden. Eine achtsame Polizeipatrouille hat ihn morgens in aller Frühe gefunden. Hatte Aristoteles also unrecht?

Friede seiner miesen Seele! So sagt man ja wohl, aber ich weiß nicht, ob er überhaupt eine Seele hatte, dieser Abschaum der Menschheit. Das Verbrechen ist also genau so passiert, wie ich es vorhergesehen hatte, im Dunkeln, an einem regnerischen Abend, während Monsieur Findus zu Fuß nach Hause zurückkehrte, nachdem er seinen Wagen in einer knapp hundert Meter entfernten Garage ebenfalls in der Rue Solférino geparkt hatte. Eine elegante Straße, ausschließlich mit Wohnungen, daher auch mit wenig oder gar keinem Verkehr. Keiner hat keinen gesehen, so jedenfalls heißt es im Lokalteil der Zeitungen. Was soviel heißt wie: vom Mörder keine Spur. Äußerst tüchtig, Kompliment.

In den von den Zeitungen veröffentlichten Kurzbiographien wird Monsieur Ballou (niemand hat geschrieben, daß er Monsieur Findus genannt wurde) als vorbildlicher Manager hingestellt, gewissermaßen als ein vorbildlicher Mensch.

Und wer hätte sich schon vorstellen können, daß er ein paar Jahre zuvor in einem kleinen Verlag sogar einen Gedichtband veröffentlicht hatte (ach, die Dichter), mit dem Titel *Schwarzes Licht*? Als Lyriker, Büchersammler von äußerst gutem Geschmack, Sammler und Experte alter Stiche war Monsieur Ballou, den Indiskretionen einiger Zeitungen zufolge, mit an Sicherheit grenzender Wahrscheinlichkeit mit der Freimaurerloge nach schottischem Adoptionsritus liiert. Seine Freimaurerzugehörigkeit kann eine neue oder zusätzliche Erklärung für seinen Wiedereintritt in die höchsten Spitzen der *Loutrous Peintures* liefern.

Ein aufmerksamer Chronist hat ein Buch auf seinem Schreibtisch bemerkt: *Physical and Chemical Examination of Paints, Varnishes, Laquers and Colours* von H. A. Gardner, 1933 in Washington veröffentlicht. Ein seltenes Buch, das auch ich in der Nationalbibliothek gesucht und nicht gefunden habe. Antiquarisch? Nur *chemical examination*? Oder war Monsieur Findus auf der Fährte der Chromotherapie? Ich werde es nie mehr erfahren, aber jetzt interessiert es mich auch nicht mehr, es zu erfahren.

Die Polizei verhört einzeln alle Manager der *Loutrous Peintures*, nicht weil sie der Meinung ist, den Mörder innerhalb des Unternehmens zu finden, sondern um etwas über Monsieur Ballous Privatleben zu erfahren und ein Motiv für seine Ermordung zu bekommen. Na ja, ich weiß schon ziemlich genau, was ich der Polizei sagen werde.

»Monsieur Ballou war ein Mann, den man hassen mußte, mit seinen Untergebenen verfuhr er schamlos. Ein Mann aus Eis, ein Tiefgefrierprodukt, er wurde Monsieur Findus genannt. Er hatte meinen Rücktritt gefordert unter dem Vorwand des Plagiats von Amsterdam und meiner Allergien. Motive, ihn umzubringen, hatte ich also mehr als eines, aber das bedeutet nicht, daß ich ihn umgebracht habe. Schließlich bin ich nicht so blöde und bringe meinen erklärten Feind um. Ich habe zwei Alibis, ich bin ganz ruhig.«

»Wissen Sie etwas darüber, daß er homosexuell war?«

»Das würde ich nicht ausschließen. Körperlich war er nicht eindeutig definierbar, und ich weiß nichts davon, daß er weibliche Geliebte gehabt hätte. Aber daß er homosexuell war, kann ich nicht bestätigen.«

Ganz sicher werde ich der Polizei nichts über seine Begegnungen mit Eliane erzählen, lieber lasse ich mir die Zunge herausschneiden.

Für alle Fälle habe ich mir, angesichts meines bevorstehenden, von Monsieur Findus noch vor seinem Tod im Vorstand geforderten Zwangsrücktritts aus dem Unternehmen, für mein Bett eine neue Decke aus einer schönen scharlachroten Kaschmir Mischung gekauft und eine weitere in Smaragdgrün, die ich noch nicht auflege, um die Experimente mit den farbigen Bettüchern nicht zu stören. Ich weiß genau, wann ich sie einsetze.

Nun, jetzt muß ich Monsieur Findus vergessen, ich will nicht, daß er, außer meinen Alibis, auch noch meine Träume heimsucht. Ich muß seine glasigen Augen aus meinem Gedächtnis tilgen, die mich plötzlich aus dem Schatten anstarren, nachdem die Sonne (fünfzehn Millionen Grad) hinter dem Eiffelturm untergegangen ist. Ich muß seine schwammige Zunge aus meinem Gedächtnis tilgen und auch seine dunkelvioletten Lippen, seine Hände, die einen Vogel im Flug darstellten, seinen scheinheiligen Zweireiher aus Grisaille, die alle leider in meinem Palais des Gedächtnisses aufgezeichnet sind.

In der Wohnung in der Via delle Carrozze verwenden wir, Eliane und ich, geschützt von doppelverglasten Fenstern, im Rotationsprinzip die farbigen Bettücher für chromoerotische Experimente, die ich in jedem Fall weiterführen möchte, wie immer auch die Sache mit der *Loutrous Peintures* ausgeht.

Und jetzt frage ich mich: Wann beginnt denn nun mein eigentliches Leben?

© Guido Schiefer

Luigi Malerba
geboren 1927 in Berceto bei Parma,
Mitbegründer der »Gruppe 63«,
lebt in Rom und Orvieto.

Vom selben Autor...

DAS GRIECHISCHE FEUER
Roman
Ein historischer Kriminalroman über eine schöne, nymphomane
Kaiserin, ihre Bürokraten, Kaiser und Liebhaber und eine
Geheimwaffe, die über das Wasser laufen kann.
Aus dem Italienischen von Iris Schnebel-Kaschnitz
Quart*buch*. Leinen. 220 Seiten

DIE NACKTEN MASKEN
Roman
Ein spannender Roman im Rom der Renaissance, über Teufel und
Diakone, Huren und Päpste, Intrigen und Aufruhr.
»Ein teuflisch gutes Buch.« Brigitte
Aus dem Italienischen von Iris Schnebel-Kaschnitz
Quart*buch*. Leinen. 304 Seiten

KÖNIG OHNESCHUH
Roman
Der neue Roman Malerbas behandelt ein klassisches Thema, den
Unterschied von Mann und Frau. Und er erfindet dazu einen
Dialog zwischen dem historischen Paar – Odysseus, dem Lügner
und Abenteurer, und seiner auf ihn wartenden Frau Penelope,
der geduldigen Taktikerin.
Ein Wechselspiel aus Liebe, List und Täuschung, an dessen Ende
der Lügner seine Meisterin findet.
Aus dem Italienischen von Iris Schnebel-Kaschnitz
Quart*buch*. Leinen. 224 Seiten

Wenn Sie mehr über den Verlag und seine Bücher wissen möchten,
schreiben Sie uns eine Postkarte. Wir schicken Ihnen gern die ZWIEBEL,
unseren Westentaschenalmanach mit Lesetexten aus unseren Büchern,
Photos und Nachrichten aus dem Verlagskontor. Kostenlos, auf Lebenszeit!
Verlag Klaus Wagenbach, Emser Straße 40/41, 10719 Berlin

Die italienische Originalausgabe erschien 1999 unter dem Titel *La superficie di Eliane* bei Mondadori in Mailand.

© 1999 Arnoldo Mondadori Editore, Milano
© 2000 für die deutsche Ausgabe:
Verlag Klaus Wagenbach, Emser Straße 40/41, 10719 Berlin
Umschlaggestaltung: Groothuis & Consorten unter Verwendung des Bildes *Kleine Badende* von Gerhard Richter
Gesetzt aus der Garamond von der Offizin Götz Gorissen, Berlin
Gedruckt und gebunden von Clausen & Bosse, Leck
Bucheinbandstoffe von Gebr. Schabert, Strullendorf
Printed in Germany. Alle Rechte vorbehalten
ISBN 3 8031 3152 9